Le récit du combat

DU MÊME AUTEUR

Voyage sur la ligne d'horizon, *roman, Gallimard, 1988, et Folio, n° 3178*
Liverpool marée haute, *roman, Gallimard, 1991*
Furies, *roman, Gallimard, 1995*
Mille six cents ventres, *roman, Fayard, 1998, prix Goncourt des lycéens, et Folio, n° 3339*
Les Indiens, *roman, Stock, 2001, et Folio, n° 3877*
Les Invisibles, 12 récits sur l'art contemporain, *essai, Éditions du Regard, 2002*
Notes pour une poétique du roman, *essai, Inventaire/Invention, 2002*
11 septembre mon amour, *roman, Stock, 2003, et Livre de Poche, n° 30389*
La Fin des paysages, *roman, Stock, 2006, et Folio, n° 4660*
Cruels, 13, *nouvelles, Stock, 2008*
Esprit chien, *roman, Stock, 2010*
Délit de fiction, *essai, Gallimard, « Folio Essais inédit », 2011, n° 558*
Mother, *roman, Stock, 2012, et Folio, n° 5801*
L'Autoroute, *roman, Stock, 2014, et Folio, n° 6407*
Au commencement du septième jour, *roman, Stock, 2016, et Folio, n° 6406*
La Tentation, *roman, Stock, 2019, prix Médicis, et Folio, n° 6910*

Luc Lang

Le récit du combat

Stock

Couverture : Le Petit Atelier

Illustration de bande : *Saint Christophe*,
Rubens © Art in Flanders,
photo Hugo Maertens / Bridgeman Images

Graphisme : © Julia Bourdet

ISBN 978-2-234-09449-9

À Serge Chouraqui
le senseï

Pour Robert Lang
et Luc Levannier
in memoriam

À Fabrice Bouchet
l'ami

À Sébastien Arlot
le compagnon de route

LÉGENDE

C'est l'été 62, sur une plage corse, un sable blond, le ressac de courtes vagues sous un ciel d'azur, baigné du parfum des eucalyptus. Calvi, le décor du premier combat, d'une première confrontation physique, mythologique, avec un géant, indestructible, qui peut me saisir, me soulever, me brandir, un ballot au-dessus de sa tête, bras tendus. Le goût, le bonheur du chahut et de la bagarre commencent ici, je découvre la force de l'homme venu partager ses vacances avec nous. C'est le voyage de noces de ce couple d'amoureux, je n'assisterai pas au mariage à la mairie d'Asnières, j'ignore s'ils sont déjà mariés, ne me pose pas la question, ma mère et l'homme, Andrée volubile et l'homme qui parle peu. Toujours est-il qu'il se tient là, que je lutte contre lui, la tête parfois prise dans les pans de sa chemise, découvrant l'odeur d'un nouveau corps en même temps que sa puissance, inimaginable, moi qui connais la douceur du corps de ma mère avec lequel je n'ai jamais songé à engager un quelconque pugilat. Alors que sur la plage, jetant mes forces et mon élan dans la bataille, je suis secoué d'un rire incoercible parce que je sais que l'affrontement est un jeu, et que cette puissance que je ne pourrai vaincre sera pour l'avenir celle qui me protège, qu'elle sera ma muraille contre le monde et ses ennemis. Dans ce jeu dont personne n'est dupe, je m'engouffre avec une joie ravie, ce combat au corps-à-corps pourrait durer des heures sans que je me lasse. Je vérifie aussi, s'il en était besoin, combien l'homme, au plus fort de l'empoignade, ne me fait aucun mal et combien il m'est bienveillant. Combien en somme ce géant, c'est moi-même. Je jubile de ce combat avec ma propre muraille, c'est moi, l'enfant de presque six ans, qui devient invincible. Non seulement l'homme se prête à ces interminables batailles, mais il me saisit, ceint de ma bouée, me fait tournoyer au-dessus de l'eau pour me projeter en l'air, à plusieurs mètres... Je plane avant que d'être précipité dans la mer, tiède et transparente. C'est un transport ineffable que meut sa force insoupçonnée.

Je remarque aussi sur le visage heureux de ma mère et dans ses yeux d'amoureuse combien elle est complice de ces scènes de combat et d'envol qu'elle ne manque pas de filmer avec sa caméra Super 8 qui se remonte à la main. Dans ce décor estival, marin et parfumé, c'est une nouvelle cohérence à trois qui s'instaure, c'est l'avenir soudain qui ouvre une trajectoire rassurante et beaucoup mieux dessinée. Andrée a su faire le bon choix, Robert sera l'appui solide, pour la vie tout entière, lui qui danse sur le sol, toujours en équilibre, en maître de judo.

Or ces combats avec celui qui deviendra mon père n'étaient jamais informés par un quelconque art martial, il s'agissait d'interminables chahuts qui ensoleillèrent nombre de dimanches matin dans notre appartement d'Asnières, quand enfant, je bondissais sur lui encore couché dans la chambre des parents. Andrée s'esquivait au plus vite quand elle était encore au lit, mais n'exprimait aucune réticence pour ce que j'éprouvais comme des moments rares et privilégiés. J'avais en effet durant ces échauffourées la certitude d'atteindre à l'essence même de l'enfance dont le combat aurait été le motif. Vérifiant sans cesse dans des éclats de rire et jusqu'à l'épuisement physique combien cet homme m'offrait sa protection contre le monde extérieur.

*

Simplement je grandissais, et Robert voulut me proposer d'acquérir des formes qui permettraient de prolonger ce lien singulier entre nous, me pourvoyant d'un savoir, d'une culture qui pourraient devenir une pratique sérieuse et codifiée sur « la voie de la souplesse », précisa-t-il.

La toute première fois, nous sommes déjà installés dans la maison héritée de sa mère. Il se tient debout, bien campé, dans le couloir tapissé d'un papier peint à grosses fleurs, il m'évoque une force qui viendrait du ventre, le ventre d'où surgirait toute l'énergie, la vitesse, le caractère explosif du geste afin de créer le vide sous les pas de l'adversaire, qu'il s'y engouffre, s'y projette vers la chute inéluctable.

En fait, il n'explique pas ou si peu, il mime surtout le mouvement, les deux mains ouvertes, paumes et doigts déployés sur l'abdomen, avec un déplacement glissant des pieds, le bassin rentré, une sorte de danse, que je saisisse bien de quoi il parle. Âgé de huit ou neuf ans, je le contemple, ses pieds, ses jambes, ses mains plaquées sur son ventre, cette moitié de corps juste à la hauteur de mes yeux… Cet homme que je désigne comme mon père depuis deux ans, guère plus. Je l'aime, je l'écoute, je suis attentif même, mais il tient des propos obscurs, une force qui viendrait du… Je suis disposé à le croire, d'autant que tout cela est évoqué avec fièvre, insistance. Je vois bien qu'il s'évertue à me transmettre quelque chose qui serait comme une révélation… Et puis, il y a ce vêtement blanc de coton souple, épais, veste et pantalon suspendus sur un cintre, que j'observe en coin, que je n'ose toucher, encore moins revêtir, même pour en rire de la taille de l'habit qui pourrait m'ensevelir. Enfin cette ceinture noire que j'ai une fois soupesée, une tenue que je n'identifie pas, qui doit l'habiller, et qu'il décroche plusieurs fois par semaine, les jours où il arrive plus tard à la maison parce qu'il est allé s'entraîner, qu'il rentre du dojo, qu'il est d'une présence plus radiante, plus disponible qu'à l'habitude quand il s'en revient simplement de sa journée d'usine. À cette époque sans télévision et sans internet, il n'y a que des mots qui reviennent souvent dans ses paroles, les mots « judo », « force du ventre », « souplesse », des mots mais aussi des livres entre ses mains, aux couvertures encombrées d'espèces de hiéroglyphes, des caractères japonais, m'a-t-il expliqué. Des livres austères dont l'un blanc, très épais, un papier doux, une grande couverture dépouillée avec un cercle rouge et le mot « Japon », juste. Des ouvrages dont je n'approche pas, convaincu de leur inaccessibilité, dépositaires du même sens obscur que les propos ou les pas glissants de mon père, les mains ouvertes en étoile sur l'abdomen.

Cette scène première se répétera à plusieurs reprises tout au long de l'enfance, souvent dans le couloir, parfois au salon, sur le tapis rouge où j'aime jouer avec mes voitures et mes figurines, s'imprimant dans mon esprit comme un mystère, une chose désirable appartenant à l'univers du père, face à quoi la mère opposera une inertie et un désaveu farouche, alors qu'elle-même a pourtant pratiqué ce judo, qu'elle s'est souvent prévalue avec fierté d'une ceinture bleue à la taille confirmant, pense-t-elle, le sérieux de son engagement et de sa compétence.

Lorsque mon père prolongera le mime, souhaitera le rendre plus précis, plus déplié, plus compréhensible, me saisissant au col et à l'épaule tel un adversaire, tel un partenaire de sa danse absconse, que je perçoive enfin cette force venue du ventre, ma mère quand elle en sera témoin ne manquera jamais l'occasion de médire Arrête, tu vas lui faire mal ! Comme si l'homme était maladroit, alors que je sais depuis peu que mon père est un grand maître de judo. Ou mieux encore Arrête de lui mettre ton judo dans la tête ! Alors que toute l'aristocratie de cet homme, son maintien, son élégance se fondent en cette pratique qui est aussi sa passion et sa ligne de vie.

Je pressens une lutte d'influence âpre entre mes parents autour de cette discipline qui devient l'univers que ma mère veut taire, recouvrir, faire disparaître. Que je ne m'y engouffre pas. L'argument d'autorité qu'elle invoque sans cesse tel un étendard est sanitaire, physiologique, de pure prophylaxie, elle le juge implacable Les chutes, c'est mauvais pour son dos, il va s'abîmer la colonne ! C'est son leitmotiv. Ce n'est pas une intime conviction, c'est une vérité qu'elle assène avec colère, elle se sent autorisée, elle veut sauver la peau de son gosse. Aussi exalté, aussi désireux que je sois d'épouser la pratique de mon père, je m'en trouve ainsi entravé, au point que je ne m'avance plus dans le jeu, je n'y jette plus mes forces et ma joie, je ne m'engage plus dans le mouvement ludique du combat qu'amorce Robert me saisissant par l'étoffe de l'épaule et du cou. Il aurait fallu que je me mette à danser avec lui, nous, les deux, se tenant fermement afin que Robert me fasse partager cette sensation de vitesse, de puissance, d'explosion, venue d'une rotation soudaine des hanches et du ventre Ton centre de gravité, ne cessait-il de répéter. Mais non, je ne m'avance plus, je suis debout mais inerte, tel un garçon stupide, emprunté, qui refuserait d'exécuter le moindre pas, renonçant avant même d'avoir essayé. Je me fais honte, j'ai un monde d'adresse tout corporel à ma portée, cet homme généreux tout disposé à le transmettre, tel un legs, et je demeure immobile, reclus, larvaire, un benêt douloureux, déchiré, planté au bord de la piste. Comme si ma mère avait su me nouer des liens aux chevilles et aux poignets, m'interdisant de pénétrer les secrets d'une expertise physique qui pourtant insuffle tout mon élan, aimante tout mon inépuisable désir de faire.

Andrée, qui m'entraîne sans délai, me poussant, me précipitant vers une autre discipline, la gymnastique et les agrès : barre fixe, anneaux, barres parallèles, sol, cheval d'arçon, cheval de voltige. Une activité cristallisant tout son rêve de mère et qui recueillait son plein assentiment. Elle, l'enfant affamée, carencée, déficiente, fille de résistant, qui n'avait pu sous l'Occupation nazie s'y consacrer, renonçant à un avenir d'envols et d'arabesques.

Elle en rajoute dans son dénigrement du judo, évoquant avec une sorte de dégoût le corps des judokas qu'elle trouve, en toute mauvaise foi, ventrus et flasques, offrant dans la même phrase de vanter la gymnastique qui façonne un corps fin et musclé, autant dire un corps d'une beauté antique sans briser la colonne, ni rompre le dos... Robert est pourtant musclé et dépourvu de ventre, mais elle n'en démord pas. C'est une question de forme, d'esthétique.

Il faut donc me plier, sur ordre, à une pratique de gymnaste, non pas l'ordre d'une autorité hiérarchique mais celui dicté par les sentiments et le désir d'Andrée qui submergent toute résistance, pervertissent toute volonté, annihilent tout libre arbitre. Je me soumets ainsi à son entêtement forcené, comprenant vite que cette discipline ne me convient aucunement. Parce qu'il s'agit d'opérer des sauts périlleux avant, arrière, des doubles saltos, des vrilles, des soleils, autant de figures aériennes auxquelles je suis incapable de m'abandonner, parce que mon corps d'enfant a peur du vide, je suis ainsi constitué. Il n'est pas question de vertige, non, le vide est simplement le motif éternel de ma terreur, tout au long de ma vie, le motif éternel de mes cauchemars. Je suis soudain au sommet d'un édifice, d'une grue, d'un pylône, d'une colonne sans fin, d'une tour, d'une plate-forme, sans aucun chemin pour en descendre à part le vide dans lequel se jeter, alors qu'il me faut d'urgence retrouver la terre, ferme. Je me réveille pantelant, suffoqué, le visage en sueur, alors qu'entre le saut et la chute, j'étais à sombrer dans l'aérien néant. Certains êtres semblent avoir hérité des oiseaux, ils se tiennent au bout de la chaîne d'une mystérieuse filiation, le vide est leur milieu, ils y exécutent les figures les plus improbables… Enfant, j'aime passionnément le jeu, le chahut, le handball, le lancer de poids, le javelot, le tir à l'arc, la bicyclette, et plus tard les courses échevelées à moto, sur des chemins boueux qui traversent les champs derrière Gonesse, du moment que je suis en appui, en prise avec le sol et la terre. Adulte, je détesterai l'avion, le vivrai comme une épreuve, parce que voler n'est pas humain, est dénué de sens, c'est une monstruosité, répétant à l'envi une phrase titre d'un de mes films fétiches et le chiffre de ma sensibilité corporelle : *Seuls les anges ont des ailes*, d'Howard Hawks.

Dix années durant, je vais m'adonner à une pratique qui me renverra à ma médiocrité de terrien incapable de m'envoler et de fendre l'azur, essuyant des chutes parfois violentes et dangereuses que ma mère ne veut pas considérer… Parce que je m'élance pour exécuter une roue suivie d'une rondade, d'un flip-flap, mais quand il s'agit de rompre tout contact avec le sol, de se jeter dans le vide derrière soi, à l'aveugle, je me lance, je pousse fort sur mes jambes, je m'élève et… je reste paralysé en l'air, la nuque et le dos abandonnés au néant, oui, je pousse sur mes jambes, lance les bras, amorce le salto arrière, et me fige à l'instant où il faudrait accélérer la rotation. C'est alors le moniteur à la « parade », dit-on, nécessairement là pour parer la possible chute, qui intervient, pousse mon corps idiot, suspendu en vol à la rotation, afin qu'il atterrisse sur ses pieds, ou pour en amortir, quand rien d'autre n'est possible, l'écrasement sur le tapis. Mais lorsque c'est un élève qui est à la parade, surviennent des chutes sur le haut du dos, parfois proches de la nuque, augmentant ma peur. N'y a-t-il pas de jeunes champions promis à des avenirs radieux et triomphants qui ont fini sur une chaise roulante pour les mêmes raisons ? Alors que je suis dévoré par l'envie de rejoindre mon père pour apprendre à ne jamais perdre mes appuis, glissant sur la terre, vif et mobile, mais les pieds rivés au sol.

*

Entrer au collège serait peut-être l'occasion de rebattre les cartes, de redessiner un autre destin corporel qui ne soit pas une fatalité. Puisque je me réveille dans une nouvelle réalité, rugueuse, jusque-là inenvisagée, celle de garçons prépubères hésitant entre l'enfance et l'adolescence, qui en viennent très vite à l'affrontement physique. Les combats ne sont plus un jeu, un chahut, ma muraille n'est plus le géant et sa bienveillance, mais moi-même, seul et nu. Contraint de m'aventurer dans un monde où ma propre existence apparaît soudain en pleine lumière et comme à découvert. Comprenant vite que le simple fait d'être là relève pour les autres d'une extériorité et d'une altérité qui posent souvent problème. Au point que je puisse devenir suffisamment indésirable pour qu'on veuille me rouer de coups. Il faut dans cet univers stupide et guerroyant, avant même de défendre sa place, en trouver une, et tâcher de s'y tenir debout.

Je suis à la porte de l'autocar du ramassage scolaire, un matin sombre d'hiver pluvieux, emporté dans une violente bousculade à l'instant d'y monter, je me bats, c'est la première fois, l'adversaire saigne du nez, se recroquevillant sous l'avalanche de mes coups jusqu'à l'intervention du chauffeur, qui a quitté son siège pour venir interrompre le combat. Il plonge son regard dans le mien, pointe son index près de mon visage Tu as un sale esprit, toi ! Une sale mentalité ! Je n'ai donc pas le loisir une seule seconde d'apprécier ma victoire, je suis envahi d'une profonde honte coupable qui me taraude suffisamment tout le jour pour aller présenter des excuses à l'élève, le soir même, sur le trottoir, à la sortie de l'autocar. L'idée que je puisse appartenir à une engeance mauvaise m'a terrassé.

Il y a, fort heureusement, la découverte des filles, leur douceur, leur sensualité qui me fracturent de haut en bas, le ravissement vibrant d'être assis en classe à côté de l'une d'elles, le collège devenu mixte depuis peu. Je suis subjugué par deux d'entre elles, l'une a des yeux verts d'une lumière aigue-marine, l'autre des taches de rousseur, je guette sans me lasser leur regard, leur sourire tendre. Et voici qu'un grand dadais insulte Myriam. Il me dépasse d'une tête, il est maigre, un peu voûté, je lui saute à la gorge, je le plaque au sol, il ne résiste pas, il bat en retraite. Mes deux amoureuses ne m'accordent pas un regard, elles s'éloignent en pouffant de rire, bras dessus bras dessous, à l'autre extrémité de la cour de récréation. Je suis alors saisi par le ridicule de la situation, soudain tout à fait seul sur la scène que j'avais voulue balayée d'un souffle héroïque et chevaleresque.

Mais je n'ai pas encore subi ces deux graves défaites qui me révèlent, à la mesure de ma jeune adolescence, toute l'âpreté du monde. L'une d'elles est d'abord psychologique, toute fondée sur la réputation d'un garçon du nom de Burdalo, jusque-là déclaré invaincu, qui, pour conserver son statut de chef de meute auprès de l'ensemble de la classe, croit bon de m'attaquer, me jugeant à juste titre peu enclin à la soumission. C'est un matin, l'autocar m'a déposé à la Patte-d'oie, je remonte le trottoir en surplomb bordé de platanes, j'approche du collège Philippe-Auguste, discutant avec un autre élève lorsque je repère ledit Burdalo, nimbé de son permanent triomphe, accompagné de son sbire, son témoin, quasi son historiographe, avançant résolument vers moi. Je comprends aussitôt ses intentions aucunement motivées a priori, mais je sais que ce combat doit lui sembler suffisamment nécessaire pour qu'il ait lieu. C'est plutôt un marquage puisque je ne réplique pas, neutralisé par la peur, me prenant sans piper mot un marron dans la figure, comme s'il était tacitement entendu entre nous que le contrat jamais énoncé, sinon par la rumeur qui bruissait dans la classe, était ainsi rempli. Son poing atteint ma pommette sous l'œil gauche, je sens la vibration du coup dans les os, puis chacun continue son chemin, sans échanger une parole. Je ravale mon orgueil, une outrageante déglutition, convaincu désormais qu'il me faut de toute nécessité, et pour le reste de mon existence, « avoir peur de la peur », comme l'écrit Pascal.

L'autre cuisante défaite qui aurait pu être ma chance fut le résultat d'un véritable combat sans concession. Il existait au collège une classe dite « de transition » qui conduisait au certificat d'aptitude professionnelle, cantonnée dans un préfabriqué au fond de la seconde cour de récréation, une classe considérée comme celle des élèves perdus et déscolarisés qui n'iraient jamais au lycée. Je fus moi-même à deux doigts d'y être orienté. De fortes têtes, disait-on, habitaient cette classe, des « durs », qui avaient pour cela d'autres horaires de récréation, afin d'éviter d'éventuels incidents. Or, l'un d'entre eux se trouvait accidentellement dans la cour à l'heure de la récréation générale, il se querellait avec un de mes camarades. Je m'approche, interromps l'échange, ordonnant à l'inconnu, sur un ton de chef de bande, de foutre la paix à mon pote et de déguerpir fissa. Le garçon brun, au regard sombre, aux cheveux bouclés, se retira sans un mot. L'incident fut aussitôt oublié dans l'agitation et le chahut débridé de la récréation. Les cours de l'après-midi s'achevèrent, la cloche sonna, les élèves s'acheminèrent vers la sortie, une grille grande ouverte sur l'étroite esplanade que prolongeait le parking où les professeurs garaient leur voiture, dont celui de gymnastique et de sciences naturelles, qui possédait deux coupés Alfa Romeo, un rouge et un bleu, magnifiques, autour desquels je tournais souvent, collant mon nez à la vitre, fouillant du regard le tableau de bord et le dessin des sièges.

C'est en franchissant la grille que je perçois une ambiance particulière, presque studieuse, avec des collégiens qui ne formaient pas l'habituelle cohue criarde et désordonnée, mais qui demeurent sur les côtés, laissant libre un cercle vide, une sorte d'arène devant la sortie. Je crois entendre à plusieurs reprises Il t'attend… comprenant assez vite que c'est moi qu'on attend, les élèves qui me fixent, mais aussi le garçon aux cheveux bouclés et au regard noir qui se tient là, tranquille, entouré de sa bande de la cité des Carreaux, située à cinq minutes du collège. Ainsi, tous ceux qui s'attardent aux alentours savent qu'ils assisteront à un inévitable combat, peut-être même à une mise à mort dont il ne faudra rien manquer. Le garçon se détache de son groupe, s'avance vers moi, prend soin de me rappeler l'altercation quelques heures plus tôt, personne ne peut s'autoriser à lui parler sur ce ton ni à le menacer, c'est un casus belli, les comptes doivent être réglés. C'est donc ça la réalité, cet instant où je dois faire face, affronter l'autre sans pouvoir différer ? Maintenant ? Oui, déjà ! Le combat se déchaîne aussitôt, l'embrasement d'un fagot de brindilles sèches. J'y mets toute mon énergie, toutes mes forces, n'éprouve étrangement aucune peur, mais j'ai la sensation que mes coups ne portent pas, qu'ils sont trop désordonnés, mal ajustés, un fatras de gestes qui glissent sur l'adversaire, ses épaules, sa chevelure, rien d'essentiel, tandis que les poings du garçon s'écrasent sur mon visage avec force et précision, tels des coups de boutoir qui ébranlent l'ossature de la tête. Le combat paraît long, une courte poignée de minutes tout au plus. Ai-je l'air égaré, le regard vague, toujours est-il que l'autre croit bon d'arrêter le combat, jugeant sans doute que la leçon suffit, à une époque où persistait encore un code de l'honneur. Il n'a pas lâché sa meute sur moi, que je reparte sur un brancard et dans une ambulance, il a juste démontré à ses ouailles qui était le chef, et pourquoi. Le garçon, dépourvu de la moindre ecchymose, rompt alors, puis s'éloigne calmement, suivi de sa bande. Je n'insiste pas, envahi d'une grande lassitude, éprouvant combien les jambes me portent mal. J'ai fait face, je suis encore debout, mais enfin, je manque cruellement de technique... Dans l'autocar, les autres élèves me regardent bizarrement, me confirmant que ce gars-là est un caïd, un dur, qu'il est invraisemblable de lui chercher noise. C'est en arrivant à la maison que je saisis mieux pourquoi on m'observait de la sorte, et pourquoi mon visage me semblait brûlant et douloureux. Les bosses et les hématomes fleurissent ici et là, les couleurs mauves et violettes montent à la surface de la peau, je ressemble à un boxeur essoré, et lorsque mes parents rentrent du travail, Andrée en est suffisamment défaite et accablée, Robert suffisamment en colère pour que je tourne la mésaventure à mon avantage, cette fois, je tiens ma chance, je triomphe Si je faisais du judo, ça serait pas arrivé !

Andrée en est arrêtée, marquant un blanc dans sa désolation, mais étrangement, Robert ne pousse pas l'avantage qu'on devrait partager, comme si l'explication lui paraissait trop simpliste. Mais surtout comme si Andrée l'avait suffisamment marabouté pour qu'il renonce, lui aussi, à poursuivre avec moi ce lien complice autour du judo. Comment a-t-elle fait pour le circonvenir à ce point ? Pour qu'il renonce à me transmettre ce qu'il a de plus précieux ? Ce qu'il incarne avec une telle évidence ?

J'avais bien saisi, intuitivement du moins, qu'il ne proposait aucun modèle de virilité masculine, ça ne l'effleurait pas. C'était une fausse question. Hors sujet. Robert m'avait juste fait comprendre qu'un ensemble de techniques devenues instinctives à force de travail conférait cette puissance qui, je l'éprouvais, irriguait sa présence, sa silhouette, sa démarche, son calme, une nappe phréatique dans les profondeurs de ses tissus.

Est-il emporté à cet instant dans une colère froide de voir ma gueule cabossée ? Une colère qu'il ne nous avoue pas ? À moins qu'il songe que mon judo de débutant ne m'aurait préservé de rien ? Son mutisme me désarçonne. J'en suis effondré, mais je me tais, j'attends la réponse de ma mère, de celle qui décide du destin de ma chair et de mon squelette. Après un long silence embarrassé, elle consent malgré tout à ce qu'on trouve un dojo dans ce coin de banlieue. Je pense avoir gagné, je m'y attelle résolument, en un temps où le téléphone commence tout juste d'apparaître dans les foyers, que l'information n'existe que sur des affiches à la mairie ou dans les magasins, qu'il faut la glaner en arpentant la ville à pied ou à bicyclette. Je finis par débusquer un cours dans un baraquement planté sur un terrain d'herbes folles, à la lisière de La Fauconnière, une cité tranquille et bien arborée où j'ai achevé mon cursus d'école primaire. Les horaires d'entraînement s'y font rares, à des heures tardives, mon père doute de la qualité de l'enseignement, ma mère trouve l'inscription onéreuse, ils ne daignent pas même se déplacer pour évaluer le cours, ils s'arrangent simplement pour noyer le poisson dans une inertie décourageante. Je comprends assez vite, mon visage ayant recouvré ses traits et sa couleur, que l'opportunité de ma gueule amochée, qui m'apparaissait un argument décisif, ne pourrait renverser l'ordre établi. J'avais pourtant payé de ma personne... J'en suis mortifié, je suis bon pour retourner à mes maudits agrès, mes voltiges mal esquissées, me jetant dans le vide la peur au corps. Mon destin est scellé.

*

Face à l'inlassable réprobation de ma mère demeure cependant la discrète incarnation de mon père en maître de judo m'évoquant parfois certains de ses combats, ou encore cette période pionnière où le judo japonais arrivait en France.

L'histoire vraie sonne comme une légende. Luc Levannier, le meilleur ami de Robert, fut l'une des premières ceintures noires de judo, en 1945, et le premier médaillé français dans un tournoi contre l'Angleterre, en 1948. Il ouvrit également l'un des tout premiers dojos, à Paris, où Robert s'entraîna dès 1947. Au début des années 50, ils reçurent Ishirō Abe, aujourd'hui centenaire, qui les initia à l'authentique judo japonais. Ils devinrent ainsi de rares apôtres, à représenter et à défendre le vrai judo : *ju* (souplesse) *do* (voie). Ils s'entraînaient mais aussi ils enseignaient matin et soir, y compris le samedi. Ils étaient, Luc et Robert, saint Paul arpentant les rives de la Méditerranée pour porter la parole du Christ, eux la gestuelle d'Ishirō Abe, lui-même l'apôtre de Jigorō Kanō, le créateur du judo.

Mais ce Levannier n'était pas seulement le meilleur ami de mon père, il devint mon parrain parce qu'il était aussi un ami de ma mère, parce qu'Andrée et Robert s'étaient entraînés dans son dojo pour finalement s'aimer et se marier. Luc Levannier était donc l'architecte de cette famille et assez naturellement le parrain dont j'emportais le prénom, Luc, ce qui rendait plus incompréhensible encore l'indéfectible hostilité d'Andrée envers cette discipline, comme si l'enfant allait lui échapper. Et quand je lui demanderai, à plusieurs reprises, ce qui avait motivé le choix de mon prénom, jamais ma mère n'évoquera même à mots couverts le moindre désir d'avoir voulu emprunter celui de Levannier.

Lorsque nous allions dîner chez le parrain, rue des Volontaires à Paris, au début des années 60, je m'esquivais pourtant du loft en entresol, grimpais l'escalier, me déchaussais dans une semi-pénombre et arpentais le dojo vide, une pièce vaste, haute sous plafond, avec une estrade sous des fenêtres d'atelier qui captaient sur la rue la lumière des réverbères. Je foulais le tatami froid, glissant en chaussettes, un bruit de tissu froissé sur la surface du sol dans l'odeur tenace des corps au travail, des judogis en sueur et de la poussière, qui ne me gênait aucunement.

Plus jeune encore, à quatre ou cinq ans, je m'étais assis déjà, lors de séances d'entraînement, en haut des marches de l'escalier, tapi dans un angle à observer cette fourmilière de corps vêtus de blanc, dont celui de ma mère, se tenant par deux, dans une espèce de danse que rythmait la glisse métronome des plantes de pied sur le tissu rêche du tatami jusqu'à l'imprévisible instant où parmi ces couples, soudain, l'un d'entre eux, l'une d'entre elles s'envolait pour venir s'aplatir au sol dans un claquement cinglant du bras et de la main ouverte. Je ne connaissais pas encore Robert, je ne comprenais rien à ce spectacle, ni à ses règles, ni à ses techniques, j'éprouvais juste l'extrême concentration des esprits, l'extrême engagement des corps, l'intensité et l'énergie qu'irradiaient tous ces danseurs, j'étais en hypnose devant ce que je supposais être un âpre combat, choisi, consenti, mais au-delà, une pratique qui aurait tenté d'honorer quel mystère ? quelle sagesse ? quel art ? Aussi, quelques années plus tard, lors de ces dîners en famille chez mon parrain, je m'éclipse souvent de table pour monter l'escalier et gagner dans la pénombre le dojo assoupi et désert, car je sais comment ce lieu s'anime, s'électrise dans la blanche lumière des étoffes et du sol, dans l'inlassable mouvement des corps au travail, une pièce hantée que j'arpente, paisible, comblé, à l'écoute et à la vue des fantômes heureux et des auras persistantes.

*

Ainsi ma mère était parvenue, intuitivement, sans en avoir probablement le projet arrêté, à distendre ce lien et cet accord, si puissant et joyeux, de l'homme et de l'enfant, qui s'était inauguré sur cette plage de sable blond, une scène grecque et mythologique qui aurait dû se prolonger dans ce que Robert m'offrait de vivre en partage, une pratique commune du judo. Andrée avait barré le chemin qui menait à ce qui m'apparaissait confusément comme une consistance de l'être, l'accès à la part essentielle de cet homme dont la force était aussi sa technique, son expertise physique et spirituelle qui me permettrait de me confronter au monde, de m'engager dans le combat, ignorant alors que le combat était un mot générique englobant l'existence tout entière. Cette distance physique qu'elle instaura entre les corps du père et du fils n'eut jamais aucune incidence sur l'affection et la complicité qui scellaient notre lien, elle engendra simplement chez l'enfant que j'étais un sentiment de privation douloureux, comme la confiscation d'une onde incandescente qui ne pouvait se déployer, et qui se transforma, l'âge venant, en une résolution indéfectible de devenir, adulte, un judoka. Il suffisait d'être patient, d'attendre son heure.

INDIENS ET COWBOYS

Mais Robert ne se borne pas à narrer le récit des origines, la fondation, le décor, les combats, les sensations insoupçonnées qu'éprouvent les initiés, cette mystérieuse force du ventre. Il évoque souvent le Japon qu'il ne pourra approcher que dans les livres, le zen, la recherche de la pureté dans le geste juste, le silence de l'ombre, la force discrète. Si elles sont indirectes, les incidences n'en sont pas moins nombreuses dans ce qui engage le quotidien. Robert exècre les armes à feu, et dans les westerns américains qui abondent alors au cinéma, il épouse toujours, a contrario de l'idéologie ambiante, la cause des Indiens.

À l'occasion d'un Noël dans le pavillon de Puteaux en pierre meulière que louaient l'oncle et la tante – on y accédait immédiatement assailli d'un sentiment d'étouffement tant la cour en ciment poussiéreuse puis les pièces étaient étroites et sombres –, à l'occasion donc de ce Noël en famille, Robert et Andrée m'offrent ainsi une panoplie d'Indien, pauvre et dépouillée. J'étais un enfant brun, avec d'épais cheveux noirs et bouclés, un regard sombre, je me voyais métèque, un physique de gitan, c'est ainsi que je m'éprouvais. L'incarnation me paraît alors immédiate, vêtu que j'avance dans mon pitoyable gilet en skaï rouge décoré de perles, la tête surmontée de quelques plumes aux couleurs fluo, juste armé d'un tomahawk en plastique, d'un poignard en caoutchouc et d'un arc dont les flèches parcourent difficilement quelques mètres.

Mon cousin du même âge, la chevelure d'un blond d'or, reçoit, lui, une panoplie complète : bottes, pantalon noir évasé, décoré de larges œillets argentés et de lacets cuir, chemise rouge à carreaux, gilet noir, chapeau, ceinturon et double étui richement décoré de pierreries pour y glisser ses deux six-coups métal inox rutilants. Quand il réapparaît cinq minutes plus tard dans l'exiguë salle à manger enfumée où les adultes sont attablés, bruyants et bavards, coude à coude autour de la trop grande table encombrée de vaisselle, de restes de nourriture et de cendriers dégorgeant de mégots, c'est un cowboy flamboyant et nanti, lourdement armé, qui affronte un misérable Indien ressemblant fort aux pouilleux des westerns.

Ce petit théâtre pour enfants cristallise à loisir celui des adultes, plus conséquent, social et politique celui-là, qui anime notre famille. En effet, l'éblouissante panoplie de mon cousin signale l'ascension professionnelle de l'oncle devenu chef de service chez Peugeot. Ma panoplie signale peut-être l'embrassement de la cause indienne, mais aussi le modeste statut de mon père, ouvrier qualifié, ajusteur en micromécanique, à Issy-les-Moulineaux, dans l'usine de la CGR. Sinon qu'en cet endroit, Robert signifie haut et fort qu'il a refusé la place de contremaître qu'on lui proposait. Son statut est un choix, il ne quittera pas le bleu de travail pour la blouse grise du petit chef, il décrit d'ailleurs abondamment et à plusieurs reprises la supercherie de la blouse grise plaçant celui qui accepte de la revêtir, en la circonstance Burgelin, un vieux copain d'atelier, entre le marteau et l'enclume, entre ses anciens compagnons de travail qui le méprisent et ses chefs qui le pressurent.

Ce qui intéressait mon père, c'était le vêtement blanc, le judogi, et de pratiquer inlassablement cette discipline qui s'avère une autre quête, celle-ci intime, sensible, physique, martiale et esthétique. Le rendant plus que réticent, pire, indifférent à l'ascension professionnelle dont l'oncle Roland se rengorge, tel un pigeon durant les amours, en atteste l'achat soudain d'un premier loden vert kaki, la poitrine plus altière, le ventre en avant, le visage impavide, pénétré qu'il est de ses nouvelles responsabilités dont personne dans l'entourage n'est capable de soupçonner le poids ni l'ampleur…

Ainsi, mon père et le judo, au tout début des années 60, apparaissent comme un foutu gravier dans la chaussure, une marginalité qui trouble le bon sens avisé de l'oncle et ronge les certitudes familiales, dessinant avec une certaine acuité ce qui n'est pas loin de ressembler jusque sur la scène de ce théâtre de Noël à une lutte des classes où chacun choisit son camp et son monde, Indien ou cowboy.

*

La mise en perspective de ce difficile emboîtement familial entre les sœurs, les beaux-frères et leurs enfants trouve d'autres nombreux relais, à commencer par le parcours scolaire de la progéniture. C'est bien connu, les chiens ne font pas des chats, et mon cousin oscille invariablement lors des bilans scolaires entre la première et la deuxième place alors que j'occupe imperturbablement et d'évidence les toutes dernières... J'ai pourtant quitté la maternelle en sachant lire et écrire, j'ai sauté le cours préparatoire, on m'a triomphalement parachuté en cours élémentaire, j'en suis plutôt fier, mais je rêvasse, le maître répétait sans cesse que j'étais distrait C'est un enfant distrait, il rêve... À quoi pouvait-il rêver ? Étais-je comme le lièvre qui contemple et musarde, certain d'arriver avant la tortue ? Non, je n'étais pas dans la course, les yeux enfuis vers l'azur, le mouvement des nuages, les couleurs d'automne dans la frondaison des marronniers ombrageant la cour de récréation...

C'est donc l'architecture d'une vie tout entière qui se compose lentement, insidieusement sous mon regard anxieux, une architecture où tous les étages, professionnel, scolaire, vestimentaire, à l'instant des jeux de guerre un soir de Noël, dessinent une cohérence symbolique des plus affligeante si on la compare à celle de l'oncle, de la tante et du cousin. Comme d'habiter une cabane dans un bidonville de Nanterre alors qu'en face, sur l'autre côté de l'infranchissable boulevard, se dresse une somptueuse demeure.

Ce jour traumatique de Noël sonne comme une débandade, cette soirée est la coagulation d'une réalité familiale dans ses profondes disparités et ses cruels déséquilibres, et elle joue comme une surenchère puisque je n'ai, à cette occasion, que le seul loisir d'éprouver la désastreuse comparaison des panoplies. Mes parents ne m'accordent en effet que le temps de l'essayage, je tire une flèche mourante, à la trajectoire en cloche, qui vient agoniser au pied du cowboy, et on remballe le cadeau, illico presto, car je suis sévèrement puni au regard de mes derniers résultats scolaires trop calamiteux. L'ensemble des convives, que je déteste en la circonstance, approuvent d'un docte mouvement du menton l'implacable rigueur parentale, c'est une humiliation publique en plusieurs couches. Mon cousin, seul, arpentera cette soirée en élève modèle et en cowboy triomphant. À sept ou huit ans, je ne possède aucune clé me permettant de comprendre et d'analyser quel vent noir de désastre me traverse. Je suis une terre dévastée, ma défaite est plus que concrète, elle est métaphysique, elle aurait la puissance de signer mon désespoir à vie.

Et pourtant, malgré cet effondrement de toutes parts, je perçois chez ce père miraculeusement survenu dans notre existence une sorte de paix que je ne m'explique pas mais qui semblerait ouvrir sur un informel dehors étrangement lumineux. Chevillant en moi l'intuition d'un autre monde possible qui permettrait de s'extraire de cette architecture verrouillée sur l'échec. Une intuition confortée par l'hostilité que Robert suscite chez l'oncle et la tante, non pas seulement parce qu'il est un corps étranger dont il faudrait se débarrasser, mais parce qu'il serait un être que l'on craint et que l'on jalouse pour la puissance qu'il incarne silencieusement. Comme s'il était la figure d'un ailleurs certes indéfinissable, certes incompréhensible, mais qui sait se soustraire totalement à l'emprise des valeurs que l'oncle et la tante considèrent évidentes et universelles. Grâce à la sereine présence de mon père et à la malveillance familiale qu'elle suscite, à l'exception notable de mon jeune cousin également aimanté par sa personne, je construis insensiblement l'espérance d'une échappée. Reste l'énigme du chemin qui mènerait à ce monde inconnu dont mon père est pourvu, m'efforçant d'en attraper des bribes, des fragments abstrus, tels la force du ventre, l'instant exact du geste, l'explosion du mouvement, la souplesse, le Japon...

*

Ce laborieux emboîtement familial acheva de se disloquer quand il fut question du mode alimentaire adopté par chacun. Du côté de la tante, de l'oncle et des cowboys, on aime consommer de la viande à tous les repas, du côté d'Andrée, de Robert et des Indiens, on est scandaleusement végétarien...

Parce que nous sommes à l'orée de ces années 60 où chaque film studios a charge de consacrer a minima une scène au steak ou à la côte de bœuf qu'on sort du frigo, qu'on cuit sur le barbecue, qu'on dévore, peu importe. L'artiste Oldenburg en vient à fabriquer des sculptures géantes de hamburgers, signifiant combien le steak de bœuf, haché ou non, devient le chiffre alimentaire d'un Occident conquis par les États-Unis. C'est ici que la singularité de mon père joue fortement en miroir avec celle de ma mère[1] qui, en 1963, soumet la maisonnée au régime végétarien.

L'autoritaire décision d'Andrée apparaît, dans ce contexte, résolument aveugle et folle.

On habitait Asnières, un 5e étage, rue Jean-Jacques-Rousseau. Andrée découvre ce qu'on appelait alors une « maison de régime », située à deux cents mètres du pont de Clichy et du cimetière des chiens. Elle revient un samedi matin transportée par cette rencontre avec Georges et Marie, les propriétaires de ladite maison à la devanture rouge. Tous deux deviendront des amis très proches, jusqu'à leur mort. Or ils sont végétariens, et lui est de plus radiesthésiste, ouvrant pour Andrée un espace d'exploration et de supputation dans lequel elle se perdra avec ivresse.

Parce qu'elle a renoncé à sa carrière de chanteuse de variété, suite, prétend-elle, à son douloureux enfantement, s'appuyant sur une chronologie fluctuante et approximative, mais qui ne fait qu'alourdir ma dette à son égard... N'évoque-t-elle pas, souvent, combien mon épaisse chevelure de fœtus lui avait, de l'intérieur, incendié le ventre ? Laissant deviner chez elle une vision anatomique de sa grossesse tout à fait singulière... Elle m'imaginait en somme nageant entre ses viscères, venant cogner de la tête, tel un poisson dans son bocal, la paroi de son ventre enflammé par ma chevelure précoce et urticante.

Grâce à l'entremise de Georges, c'est donc une nouvelle scène qui s'ouvre pour elle, lui offrant d'être à nouveau l'objet de tous les regards, la femme solaire, le guide, qu'imposent son tempérament volcanique, son charisme hypnotique. Ainsi devient-elle, quatre ou cinq ans plus tard, tout à la fois croyante, mystique, voyante, chamane, magnétiseuse et radiesthésiste à son tour, faisant une longue incursion dans une secte japonaise sise à

Paris, rue Condorcet, où elle accède au rang de prêtresse initiée. Elle y diffuse la lumière et nous y entraîne sans barguigner, père et fils, dans une pratique bihebdomadaire de longues prières nipponnes éructées à voix haute, qu'on agrémente d'inconfortables génuflexions. On l'accompagnait, mais avec circonspection, dans cette approche détournée du Japon…

Au sortir de ses premières conversations avec Georges et Marie, elle se contente provisoirement de nous convertir au végétarisme. D'une sensibilité présocratique qu'il se découvrira plus tard, dénonçant le meurtre des animaux que la présence dans son assiette révulse, mon père est ravi de cette décision.

Aucune viande, aucun poisson ne sera dorénavant ingéré à cette table. Adieu les salaisons, l'odeur enivrante du foie grillé… J'accusais le coup, je me taisais, je n'avais pas l'âge des récriminations, je regrettais, juste, en silence, stoïque, ces goûts et ces arômes…

*

Robert et Andrée, chacun à leur manière, ont donc franchi ensemble une double limite, leur mise au ban de la famille est inéluctable, elle sera violente. À la faveur d'un goûter dominical dans notre appartement d'Asnières d'où Robert s'est absenté, parti rendre visite à sa mère. Ils sont tous à boire le café dans la salle à manger, ils grignotent de petits gâteaux. Et l'oncle Roland s'énerve, se monte la tête, rappelant vertement à Andrée qu'il possède dans un tiroir une kyrielle de photographies où on la voit, oui, toi, Dédé ! lever ton verre de vin, et puis te bâfrer avec un steak tartare grand comme ton assiette !

Je suis dans ma chambre d'enfant avec mon cousin, un garçon doux, obéissant, nous sommes nés la même année, quelques semaines nous séparent, sa mère, ma tante, nous a allaités tous deux, Andrée prétendant que son atroce grossesse avait empoisonné son lait, comme si en tétant ses seins j'allais avaler de l'arsenic... Les portes sont grandes ouvertes, j'entends clairement ce qui se dit, ce qui se braille plutôt, dans le salon-salle à manger où ma mère se trouve malmenée.

Aussi je mets à profit un combat entre Indien et cowboy pour malmener le cousin tant et plus, en représailles, le terrassant, le ligotant serré au pied du lit, les mains dans le dos, lui tordant les bras, le ficelant tel un gigot... Les voix enflent, l'acrimonie suinte, Roland tonne Tu savais vivre à l'époque ! Faire la fête ! Et soudain, comme s'il avait l'explication de cette ignominieuse conversion alimentaire d'Andrée, l'oncle s'exclame à deux reprises, conclusif T'es une putain ! Oui ! Parfaitement ! T'es une putain !

C'est un suspens abrupt qui flotte au salon. Les deux sœurs, Ginette et Andrée, d'une même ardente beauté, d'un même caractère insoumis, révolté, se taisent, les lèvres étrangement cousues. Ce n'est pas un ange qui passe, chacun sans doute s'adonnant à une pénible déglutition qui aurait expliqué ce silence vertical, de crypte.

N'ayant rien perdu des propos, je suis submergé d'un profond sentiment de mépris à l'égard de mon oncle. Du haut de mes sept ans, je comprends aisément qu'il n'y a aucun rapport logique entre le végétarisme et le statut de putain, créditant aussitôt Roland d'une intelligence courte et d'une raison aléatoire, même si je songe que ces propos doivent désigner aussi un passé que j'ignore. Je sais d'autre part que Roland n'aurait jamais proféré ces mots en présence de Robert, que j'imaginais lui assenant une paire de claques retentissantes. L'oncle, au visage satisfait de chef de service chez Peugeot, devint pour moi, dès cet instant, une monnaie frappée de bêtise et de lâcheté, elle nourrira définitivement notre peu d'échanges.

J'entends des raclements sur le parquet, ils doivent s'extirper de leur fauteuil de bridge, le goûter soudain écourté. Reste mon cousin, résigné, le menton sur la poitrine, les bras dans le dos, arrimé au sommier de mon lit, dont je ne veux défaire les liens, ma tante l'appelant en vain du salon, déboulant dans ma chambre, s'échinant, tout à fait incapable de délier les nœuds, repartant en cuisine chercher un couteau pour trancher la ficelle aux verrous inflexibles qui cisaillait ses tendres poignets de cowboy.

Enfin on se retrouve tous, piétinant dans l'entrée de l'appartement, englués dans un malaise poisseux. Ginette inopinément, comme cherchant ses mots, commence à se lamenter Et l'anniversaire du gosse, on n'a pas apporté de cadeau... L'oncle Roland, d'un geste théâtral, qui se veut prodigue, extirpe au hasard de la poche de son pantalon un billet de cinquante francs qu'il me tend, mine de rien, mais l'air important tout de même. Je lorgne la grosse coupure, stupéfait, j'évalue en hâte la considérable colonie d'Indiens et de cowboys que je vais m'offrir, j'avance la main, paume ouverte, doigts repliés, pour ramasser le... Mais Andrée interrompt le geste du beau-frère Non, certainement pas ! Merci. C'est une gifle pour mon oncle qui doit remballer son billet, mais aussi pour moi qui me suis révélé si faible, corruptible, vénal. Andrée, à l'inverse, est si digne, si intransigeante... J'ai honte de ma concupiscence, mais je suis fier de ma mère.

Le végétarisme est donc lui aussi un combat à mener, une cause juste à défendre, ce pénible moment qui scelle définitivement la rupture en est la preuve. Et si, à l'école, jamais ne s'échappa de mes lèvres le mot « végétarien », si jamais, y compris sous la torture, je n'aurais avoué à mes camarades un mode alimentaire aussi inconcevable, ridicule et insensé, en cette étrange période d'après-guerre qui comptait tant de morts et où l'on se gavait d'autant de viande, je demeurais, certes, interloqué par une telle détermination à la déviance chez mes parents, qui semblaient se foutre royalement de ces excommunications dont ils étaient l'objet. Une déviance qui me pesait, mais dont je tirais progressivement le sentiment d'une différence, d'un retrait dans lesquels je puisais une sourde fierté grandissante.

Car il semblait, au fil de l'enfance, que cet horizon d'échec que me dessinait en retour la famille comme un destin fatal n'était peut-être qu'une épreuve et une souffrance qu'il s'agissait d'affronter, dont il fallait s'acquitter sur ce chemin de ronces, aveugle, qui conduisait à un monde dont mes parents possédaient l'énigme, un monde à l'écart, de rigueur, de discipline et de travail, où l'alimentation carnée, la réussite scolaire et l'ascension professionnelle ne seraient peut-être plus les garants du bonheur.

JUDO

Devant cette marginalité en miroir dans laquelle le couple se tenait ensemble, la désapprobation de ma mère envers la pratique du judo dont il fallait interdire la transmission demeure énigmatique en dépit des arguments qu'elle avança, et des raisons conscientes et inconscientes que j'imputais à son autoritarisme naturel.

Ainsi je ne vêtirai le vêtement de coton blanc que fort tard et dans un contexte beaucoup moins favorable. Le dojo du parrain a depuis longtemps quitté ce lieu magnétique de la rue des Volontaires, c'est à présent une salle anonyme de la proche banlieue sud, à la porte de Châtillon. Quant à mes parents, ils habitent Gonesse, la lointaine banlieue nord. L'usine de la CGR a déménagé d'Issy-les-Moulineaux pour Stains, et mon père se rend moins souvent au dojo tant la distance est grande depuis son nouveau lieu de travail perdu dans une zone trouée de terrains vagues et mal desservie. Approchant la soixantaine, il doit en outre restreindre l'entraînement debout, qui implique beaucoup de torsions, de rotations de hanches et de genoux, de projections et de chutes éprouvant durement les articulations et le dos. Robert devrait à présent se concentrer sur l'autre versant tout aussi important du judo, la pratique au sol, qu'il n'affectionne que très modérément, à la différence de son vieil ami et maître qui excelle jusque très âgé dans ces techniques horizontales et rampantes, de glissements, d'immobilisations, d'étranglements et de clés. Levannier, en effet, paraît surfer sur la masse de l'adversaire au sol, quelles que soient sa force et la suprématie de sa puissance, lequel se tord, se contorsionne, se retourne pour prendre l'ascendant, et finalement s'épuise en vain, tandis que le parrain, d'un savoir technique déroutant, continue de l'envelopper, de le neutraliser, sans effort, n'usant que du poids de son propre corps toujours placé, sans essoufflement ni fatigue, l'image de l'araignée serait la plus immédiatement juste.

Quand, à vingt ans, immergé dans mes études, je commence enfin à m'entraîner dans cette salle, mon père n'y vient plus que rarement. Certes, le parrain est là, attentif, attentionné. C'est un bel homme, d'une présence bienveillante et paisible, une moustache éternelle, une texture de cheveu asiatique, noir et raide. Il est une sorte de marginal menant pour nous une vie de bohème, comme la chantait Aznavour dans les années 60, une existence à la lisière de l'art et de l'artisanat. On l'appelle par son nom, tel un artiste, ce qu'il est d'ailleurs dans le champ des arts martiaux, on dit : Levannier. Son épouse ne disait pas Luc, elle dit Levannier. Il préfère la simplicité du Douanier Rousseau aux avant-gardes des années d'après-guerre. Il possède une grande reproduction de *La Carriole du Père Junier* sur l'un des murs de son espèce de loft à l'entresol de la rue des Volontaires. Le mot « loft » n'existait pas encore dans la langue française, mais lorsque enfant, j'y dîne avec mes parents, l'endroit me semble vaste, je peux voir, en levant les yeux, les jambes des passantes, rares le soir, qui cisaillent la lumière des réverbères, mais je fixe surtout cette reproduction du Douanier Rousseau, je trouve l'image sans mystère et pour cela mystérieuse tant mon parrain insiste sur sa réussite. Levannier disait que c'était une peinture simple comme si le simple était difficile et précieux. Je ne comprenais pas l'enjeu et continuais de fixer l'image. Le parrain est sinon antiquaire au marché Paul-Bert des Puces de Saint-Ouen, il y vend des meubles mais se spécialise très vite dans les poupées anciennes.

Je me sens accueilli par cet homme, un maître incontesté, modeste et discret, entouré de ses fidèles élèves, les meilleurs. Mais le jeune homme que je deviens s'éprouve en retard, très en retard, le souffle de l'Histoire est passé, je suis sur les traces d'un temps héroïque révolu où dansaient sur le même tatami Levannier, Robert, mais aussi l'artiste Yves Klein, et d'autres personnalités de ces années enfuies, dont un grand chirurgien, Feldmann, et un célèbre commissaire parisien, Chardon. C'est une sensation douloureuse à plusieurs titres. Tout d'abord d'entrer dans l'âge adulte sans être le moins du monde initié à un quelconque art martial, le judo en la circonstance, ayant gâché une dizaine d'années à tenter l'envol vers d'impossibles figures aériennes, la dizaine d'années où les meilleurs acquis physiques tracent la géographie sensori-motrice du corps. Enfin de n'avoir pu participer à cette épopée dont je percevais la rumeur, le parfum, dans les propos enfiévrés de mon père, ce temps d'une discipline neuve et d'un monde d'élus qui captaient tout mon désir d'enfant de devenir l'adulte aux pieds agiles qui me préserveraient de la chute.

Ainsi les dieux se sont forgés, le royaume est constitué, l'élan refroidi. L'aura du parrain est inentamée mais l'ombre et le secret se sont refermés sur ce personnage silencieux que je n'ose questionner alors même qu'il est la clé de l'énigme familiale.

*

Car tout s'est noué en son dojo de la rue des Volontaires. Andrée était alors une jeune femme moderne, émancipée, d'une vingtaine d'années, déjà divorcée, financièrement autonome, qui travaillait dans une grande entreprise, ayant délaissé une carrière naissante de chanteuse où elle se produisait en première partie des récitals de Tino Rossi, Bourvil, Yvette Horner et d'autres. Elle possédait une vaste garde-robe, alternait talons aiguilles et ballerines, pilotait un scooter Lambretta, cheveux au vent, filant l'été sur la Côte d'Azur par la nationale 7, chevauchant son bolide sur l'asphalte sinueux du massif de l'Esterel, ne répugnant pas à s'engager dans des courses folles et improvisées avec des garçons qui paradaient sur des Vespa entre Cannes et Saint-Tropez. Quand elle s'arrêtait sur la côte sauvage, elle descendait dans des criques et nageait le crawl dans des eaux diamantines. Elle aurait pu incarner, avec dix ans d'avance, une héroïne du cinéma de la Nouvelle Vague.

Elle conduit sa 4 CV, habite sous les toits un minuscule studio non loin du quai de Javel quand elle s'avance, dans les années 50 et la rue des Volontaires, sur la voie de la souplesse. C'est là qu'elle rencontre Jacques, six ans plus jeune qu'elle, un judoka doué, brillant, qui entame des études de kinési. Elle est sous le charme, c'est avec lui qu'elle me conçoit… Lequel Jacques, aussi doué soit-il, s'esquive, refuse finalement la paternité de l'enfant à naître, ne signant pas le document idoine, la reconnaissance, s'excluant de fait de cet endroit captivant, à l'époque l'unique dojo parisien. Ainsi, ce jeune Jacques, désormais sans maître ni lieu, deviendra le judoka errant, orphelin, frappé d'anathème, un rōnin qui reconduit son propre destin puisque Jacques lui-même est un fils sans père. Andrée s'est donc retrouvée fille-mère, disait-on à l'époque, pour élever seule son enfant.

Mais il existe un autre élève du dojo, Robert, jeune veuf d'une épouse morte en couches avec leur fils, et judoka de la première heure avec qui le parrain a partagé l'euphorie des commencements, un ouvrier qui a traversé son double deuil grâce au judo quotidien et à la lecture de Freud, que le parrain lui a mis entre les mains. Robert, lui-même un enfant sans père, d'un décès prématuré, les poumons dévorés par les gaz de la Grande Guerre. Homme intègre et solide, il semble à Levannier celui dont Andrée a besoin. Ils pratiquent ensemble le judo rue des Volontaires, quoi de plus aisé pour favoriser leur rencontre.

Ils sont tous deux, sur les photos de l'époque, d'une beauté confondante. Lui, grand, brun, cheveux bouclés, visage osseux, régulier, large front, altier, une prestance, elle, une abondante chevelure de jais tout aussi bouclée qui dévale sur son corps bronzé de naïade, un visage fin, charmant, de grands yeux noirs, flamboyants, le regard d'une fière et indomptable femme du Sud. C'est un couple puissant, charismatique, dans des vêtements chics des années 50. Elle est solaire, déborde de vie, d'énergie, elle est volubile et enchanteresse, lui est d'une présence forte, sobre et silencieuse.

Le parrain a dû songer qu'il fallait dessiner pour son élève, l'ouvrier judoka, doublement endeuillé, un nouvel horizon amoureux, il a dû songer qu'il fallait trouver pour son autre élève, la fille-mère, un compagnon aimant et loyal, qui serait aussi un père exemplaire pour l'enfant que je suis, alors âgé de cinq ans. L'âge qu'aurait eu le propre fils de Robert s'il n'était mort-né, comme si, à la manière des jeux vidéo, son fils avait droit à une seconde vie et qu'il le retrouvait cinq ans plus tard...

Le parrain réussit là un formidable coup de dés, créant en cette rue des Volontaires un lieu neuf, unique, magnétique, un lieu au sens d'Aristote, un temple d'où le judo se diffuse, mais aussi un lieu du désir des formes et du lien, où recommence l'histoire jusque-là chaotique et empêchée de l'enfant et d'Andrée, Robert acceptant de passer sous les Fourches Caudines du regard de la mère et du fils, jusqu'à épouser l'une et adopter l'autre, signant même une reconnaissance de paternité pour ce fils que j'étais, qui n'était pas le sien mais qui le devint, le temps heureux et partagé construisant seul une nécessaire destinée où chacun peut se reconnaître et s'identifier dans une histoire commune.

*

Aussi, quand à l'âge de la majorité je surviens dans le dojo de Levannier, dans cette salle anonyme d'un bâtiment récent proche du périphérique à la porte de Châtillon, quelque quinze ans plus tard, comment le parrain perçoit-il mon arrivée ? Sait-il pourquoi celui qui est à présent le fils de Robert a tant tardé pour s'engager sur la voie de la souplesse ? Sait-il que son dojo et son enseignement étaient frappés d'interdit par l'unique décision d'Andrée ? Qui voit-il arriver, ouvrir la porte, saluer ? Est-ce la renaissance du jeune Robert en la silhouette juvénile qui se présente à lui ? J'éprouvais l'épaisseur d'un silence sur la nuque, le poids de l'histoire familiale, une espèce d'attente immémoriale, à bas bruit, qu'irradiaient Robert et le parrain à mon égard. J'entre dans un lieu sacré, au bord de ma conversion, sous le regard des miens.

Levannier prend acte de ma présence parmi ses élèves et Robert assiste à plusieurs reprises aux séances d'entraînement. Ce serait enfin le moment, soustrait au regard de la mère, d'éprouver avec lui, le corps de mon père, et dans son propre mouvement, au cœur de son expertise, les deux, nous tenant par le col et le haut de la manche, nous deux enfin vêtus du même judogi blanc, la ceinture noire et la blanche mêlées, oui, ce serait le moment d'éprouver cette mystérieuse force du ventre qui soulève l'adversaire, qui l'accompagne et le précipite dans le vide de son propre élan. Mais Robert, d'une indéfectible élégance, ne veut s'interposer entre son fils et le parrain, entre l'élève et le maître du lieu, entre les deux Luc, en somme.

Ce que j'éprouverai rétrospectivement comme pire qu'un destin, une malédiction. Comment avons-nous pu supporter un tel chassé-croisé, traverser un tel ratage et, je présume, accepter un tel manque, pour ne jamais nous retrouver ensemble, maître et élève, père et fils, à danser sur un tatami ? Robert se contente d'évaluer donc, depuis son retrait, assis, en vêtements de ville, hors du tatami, le comportement du jeune homme que je suis, mesurant sans doute jusqu'où ses propres monstrations, ses gestes dansés, ses évocations de la discipline ont pu m'imprégner tout au long d'une enfance qui fut, en cet endroit, distraite et confisquée.

Je pressens, devant mes premiers pas glissés sur le tatami, combien mon père et le parrain doivent être assaillis de souvenirs, ceux essentiels des commencements qui nouèrent la trajectoire de leur existence tout entière. Sont-ils apaisés de songer que la transmission va enfin pouvoir opérer, ou sont-ils douloureux, tels des écorchés, mesurant tout ce qui restera intransmissible, insaisissable, pour ce débutant que je suis, si attardé que je me considère, si peu méritant que je redoute d'être, encastré de surcroît dans une autre époque ? Nantie, complaisante, moins exigeante, moins novatrice, où le judo lui-même est devenu un spectacle bien plus qu'une sagesse ?

Le parrain constate en effet une dérive, une érosion de l'esprit du *ju* qui, littéralement, signifie céder. C'est-à-dire céder à la poussée de l'autre, le partenaire, l'adversaire, l'ennemi, peu importe. C'est cela la souplesse, céder au mouvement de l'autre afin d'y ajouter l'élan de son propre mouvement, que les deux forces conjuguées, additionnées mènent l'adversaire à son déséquilibre augmenté et à sa chute. Dans cette pensée de céder à l'autre, il y a l'idée de l'accompagner, de l'épouser dans son impulsion et non de le contrer, de le bloquer, d'y opposer sa force. C'est dans les épousailles de l'autre qu'on le conduit jusqu'à son propre vide, l'étreinte amoureuse, quasi.

C'est pour tout cela que le judo spectacle marchandisé, cette discipline à présent olympique, avec l'apparition des catégories de poids, le renforcement démesuré de la puissance musculaire, y compris par le dopage et l'absorption d'anabolisants, pour conduire à des combats de titans où la force s'oppose à la force, avec une prise de risque minimale et une inventivité réduite, est une profonde trahison de l'esprit du judo que mon parrain n'aurait jamais pu envisager. Et qui l'accable.

De même que l'apparition des plastrons électroniques qui enregistrent les touches et comptabilisent les points imposera plus tard un véritable carcan aux combats de taekwondo. Qui ne s'élaboreront plus qu'autour de cet unique enjeu, toucher le plastron de l'adversaire avec une pression suffisante pour marquer des points. Appauvrissant et même caricaturant considérablement le vocabulaire et la syntaxe gestuelle de cet art coréen. Chaque fois qu'on les intègre dans une logique de numération, les arts martiaux y perdent leur âme et l'esprit du budo.

Je surviens donc si tard dans l'histoire qui a construit ces hommes. Je m'applique du mieux possible, je n'ignore pas que le travail assidu et la modestie prévalent. Je fais plus que me souvenir des mots et des gestes de Robert, j'essaie de les incarner à mon tour, guettant, sans rien oser demander surtout, les premières remarques. J'aurais tant aimé que mon père déplie de longs commentaires, et je l'entends me dire, sobrement, que j'ai une bonne attitude... Je m'attelle donc en silence au dépliement de sa courte phrase, comprenant que je suis jugé d'emblée sur le taï-sabaki, comprenant que je me déplace avec souplesse, enchaînant ces fameux pas glissés, qui produisent un frottement chuinté, instaurent un rythme si particulier sur le tatami. Je ne suis pas crispé, ne cherche pas à dominer ou à contrer le partenaire en usant de ma force, chacun tenant l'autre par le col et la manche. Non, je m'attache à cheminer comme il convient, comme Robert aurait désiré que je fasse. J'essaie du moins de m'en persuader.

Mais il me faut apprendre au plus vite l'un des fondements du judo, la chute. Ce geste dont ma mère voulut toujours me préserver, n'était-ce pas l'argument phare qui justifiât son veto ? La chute qui détruit le dos ? Qui va abîmer ta colonne ! A contrario d'Andrée, le parrain pense qu'il faudrait non pas tomber, ce qui arrive à chacune et chacun, dès l'enfance et tout au long de sa vie, mais apprendre à chuter. Savoir donner à son corps la courbe qui convient à l'instant de l'impact afin qu'il roule et non qu'il s'écrase, le bras tendu et la main ouverte du côté où l'on tombe, pour venir frapper le sol, offrant à l'onde de choc de trouver son chemin vers la terre, tel un paratonnerre détournant la foudre, que l'onde ainsi drainée par cette claque vigoureuse du bras et de la main s'absorbe dans le sol et ne puisse se diffuser dans le corps, endommageant os et organes. Levannier en a conçu un projet pédagogique pour les écoles. On apprend bien aux enfants à nager, pourquoi ne pas leur apprendre à chuter ? Il s'agit de préserver de jeunes êtres et de futurs adultes, tomber à terre étant d'ailleurs plus fréquent que tomber dans une eau profonde où l'on se noie...

Mais l'Occident n'aime pas la chute, symboliquement détestable, qui signifie l'humiliation, la dégradation, fier qu'il est de se dresser sur ses ergots, bien campé, dominateur, droit dans ses bottes. Il s'agit d'accepter ici que le déséquilibre et la chute participent de la vie, qu'ils soient indexés d'une valeur positive, pour le moins d'une évidence naturelle, ce qu'ils sont. Apprendre à chuter serait alors un moyen de se relever sans dommages, de continuer justement son existence debout. Levannier se heurte à un mur culturel et idéologique. On l'écoute poliment, considérant sa réputation, mais les démarches n'aboutissent pas.

Me pliant au veto de ma mère, je ne sais donc pas chuter, moi qui dus, de surcroît, me jeter comme du toit d'un immeuble dans les pires acrobaties aériennes... L'homme vieillissant que je suis aujourd'hui se demande encore si le verbe « chuter » n'est pas l'un des chiffres matriciels qui traversent toute son histoire. Accepter de chuter, refuser de chuter, travailler à chuter ? Alors même que la chute constitue le motif récurrent de mes plus noirs cauchemars, alors même qu'une unique fois dans mes nuits, je rêverai que je vole au-dessus d'une voie ferrée et de lignes électriques, avec quelle volupté ! Alors même que ma première compagne choisira de chuter du 5e étage pour mettre fin à ses jours, sans doute faudrait-il dire plus justement qu'elle choisira de sauter. Mais je n'étais pas encore à l'orée de cette chute qui imprimera, quelques années plus tard, d'un sceau définitif, mon existence tout entière.

*

Survenu tardivement dans le dojo du parrain, j'apprends tout d'abord à danser, shintaï, et à chuter, ukemi. Chaque fois, le plus souplement possible. Et puisque mon père m'a concédé à deux reprises et très sobrement que j'ai une bonne attitude, taï-sabaki, je m'applique et m'évertue dans la joie, le ravissement, presque, d'un rêve qui va tardivement s'accomplir. Je développe même une attaque en deux temps, frontale, avec mon pied droit crochetant par l'intérieur la cheville gauche du partenaire, lequel s'en dégage en s'appuyant naturellement sur son pied droit qu'il s'agit alors dans le même instant de balayer de ma jambe gauche, accompagnant en cela le premier dégagement réflexe dudit partenaire qui se déséquilibre et s'envole. En termes techniques, je dois enclencher un ouchi-gari avec ma jambe droite pour enchaîner aussitôt un de-ashi-haraï avec ma jambe gauche, une feinte frontale suivie immédiatement d'une projection latérale. Ça fonctionne. Souvent. Sur les ceintures de couleur... En revanche, je ne fais qu'inquiéter, déséquilibrer parfois les anciens sans parvenir à les faire chuter.

Un soir, je travaille avec un homme d'une quarantaine d'années, une ceinture noire très expérimentée, qui a la courtoisie de me laisser prendre l'initiative du combat. Je cherche donc l'ouverture, engage bientôt mon attaque, vif, et soudain je décolle mystérieusement, mon dos puis tout mon corps planant au-dessus du dos et de la tête de l'adversaire pour me retrouver au sol, plaqué. Un coup de maître, un geste parfait, manifestement effectué sans effort, la sensation véritable d'un envol que j'aurais impulsé, précipité en effet dans mon propre vide avec une aisance insaisissable, incompréhensible, une trajectoire que je ne peux reconstituer, folle, par-dessus le corps de l'autre sans même l'avoir effleuré pour finir telle une tortue échouée sur le dos, vaincu. Mais sidéré, ébloui par la technique exemplaire du judoka, envahi de reconnaissance envers l'autre d'avoir pu vivre une telle expérience. Comme s'il avait, cet inconnu, en cet instant de fulgurance, incarné le mouvement de mon père. Me confirmant dans mon désir incommensurable d'apprendre et de rattraper le temps perdu. Quand je me relève, l'homme qui a exécuté ce geste d'expert est de marbre, aucun signe de forfanterie, nulle esquisse d'un sourire de puissance, la même impassibilité studieuse, prêt à reprendre son pas dansé avec le jeune débutant que je suis, ce que nous fîmes, entamant de nouveau ce mouvement à deux que j'apparente à la valse.

Levannier conseille, montre, corrige, rythme l'entraînement, mais ne s'expose plus aux mêmes risques. Ils sont nés la même année, 1923, Luc et Robert. La soixantaine approchant, Levannier évite lui aussi les chutes trop fréquentes. Ainsi, le maître enseigne les déplacements, les esquives, comment trouver ou provoquer l'instant décisif du déséquilibre, comment y engager alors la bonne prise, le geste juste de tout son élan, de toute sa vivacité, projetant l'élève au sol avec une facilité déconcertante. Danser avec le maître qui montre est un privilège réservé aux anciens. J'ai droit malgré tout à quelques minutes de déplacement avec le parrain qui essaie comme Robert de me transmettre ces sensations, à la fois d'ancrage au sol, d'équilibre et de souplesse, de relâchement, d'absence de tension, et puis cette force venue du ventre...

Une seule fois, Levannier me propose un véritable échange où je pourrai, à ma guise, engager toutes mes forces. Il s'agit d'un travail au sol où le maître s'allonge d'emblée sur le dos, comme déjà vaincu par une projection. Avec l'assurance et les certitudes de mes vingt ans, m'éprouvant agile et vigoureux, j'entretiens le vague espoir d'immobiliser le parrain, peut-être dix, vingt secondes, au vu de l'avantage manifeste qui m'est offert. Je me jette dans la bataille empli d'espérance, tâchant comme il se doit de souder le maître au sol. Mais le corps de Levannier a beau se trouver sous le mien, il y a toujours un bras, une jambe qui me gênent, un torse à moitié vrillé, quasi retourné. C'est une baleine que je ne peux envelopper, je suis dans l'eau, allongé sur une immense savonnette, à l'échelle de mon corps, laquelle glisse sous ma peau, entre mes bras, mes jambes, j'enserre, j'empoigne, j'étreins, je verrouille, mais ça échappe, ça rapetisse, ça s'amenuise, ça s'enfuit, c'est une étrange sensation, au plus près, celle, probablement, de vouloir étreindre de l'eau. Mon père m'a pourtant prévenu, Levannier au sol est déconcertant, insaisissable, un très grand maître. Robert emprunte, lui, l'image du chat dont le squelette glisse et roule sous sa peau, on pense le tenir mais les os et les muscles se dérobent. Je m'épuise donc, les muscles s'engourdissent, le cœur cogne, le souffle manque. Quand je suis debout, au simple contact de mes pieds sur le sol, je suis plus résistant, je récupère vite, je dose l'effort. Allongé, c'est l'ensemble de mon corps qui est en appui sur la terre, l'énergie s'en va par toute la surface de mes jambes, de mes bras, du buste, du ventre, le sol absorbe toutes mes forces comme un sable mouvant. Il me faut moins de trois minutes pour atteindre l'épuisement et la suffocation, alors que le maître n'a travaillé que l'esquive, l'écoulement, quasi la disparition physique sans jamais chercher à contre-attaquer, à m'immobiliser, à m'étrangler, ce qui eût été l'affaire de quelques secondes. Le parrain respire normalement, comme attablé à une terrasse de café, discutant avec son filleul. N'en pouvant plus de tant d'efforts, de torsions, de tractions, de saisies, je suis vaincu par mon propre épuisement, m'abandonnant à mon tour sur le dos, cette fois échoué sur la grève, cherchant l'air, tel un noyé, incapable de bouger Repose-toi, récupère, murmure simplement mon parrain qui s'en retourne auprès de ses autres élèves. Ce n'est pas un écart, c'est un abîme technique qui nous sépare, le jeune homme d'une vingtaine d'années et l'homme mûr d'une bonne cinquantaine d'années.

Ces deux scènes originelles qui sont de pure défaite absolue en rase campagne, sans que jamais je n'aie pressenti à mon égard le moindre soupçon de mépris, de volonté de domination ou d'humiliation, fondent probablement mon admiration pour cette discipline, l'esprit qui y préside, renforçant mon humilité et ma patience face au travail qu'il faut accomplir sans jamais s'interrompre, si j'ai le désir d'éprouver un jour combien ces techniques prendront forme en moi, tendu sourdement vers cette quête intime dont je rêve, sur la voie de la souplesse.

ERRANCES

Surgit un écueil qui se révèle bientôt insurmontable. Si j'apparente ce mouvement dansé du judo à une valse avec le ou la partenaire, c'est qu'il est un déplacement tournant, pivotant, et non d'avant en arrière, du moins le plus souvent. Et si j'aime danser en couple jusqu'à l'aube s'il le faut, je suis incapable d'engager une valse sans souffrir dans la minute qui suit d'un affreux mal de mer, une nausée qui me submerge. Reste le tango, le paso, la salsa, le boogie-woogie, le rock'n'roll, mais la valse, non. Or, ce même trouble survient aussi sur le tatami, non seulement lorsque je travaille debout mais aussi lors de chutes avant entamées sur la ligne de crête du bras et de l'épaule, ce qu'on nomme communément un roulé-boulé, m'obligeant à m'interrompre durant l'entraînement. Convoquant en ma mémoire d'insupportables souvenirs de manège dont je descendais enfant, le teint verdâtre, défait une heure durant. Faiblesse hépatique ? Problème d'oreille ? de vision ? C'est une constante physiologique qui ne me quittera pas, quel que soit le mouvement tournoyant dans lequel je me trouve emporté, une idiotie, une idiosyncrasie. Je ne serai jamais cosmonaute, patineur artistique…

J'essaie pourtant d'en faire fi, enfin vêtu du judogi blanc, pieds nus sur le tatami, heureux. Mais un an et demi plus tard, il me faut abdiquer, laissant mon père et mon parrain fort déconcertés. Ma mère écartée de ma décision souveraine de pratiquer le judo, c'est le mal de mer qui me soumet… comme une espèce de fatalité métaphysique que je nommerai au hasard « foie », « vision », « oreille interne », consacrant en moi une sorte d'effondrement intérieur.

Je dois plier, abandonner, ranger le judogi dans l'armoire. Je ne serai jamais judoka. C'est Robert et Levannier que j'abandonne. C'est moi-même. Comme si, malgré tout, je devais donner raison à ma mère. Venu vérifier, dix-huit mois durant, la vérité de son énoncé Je t'ai interdit le judo, mon chéri, mais ce n'est pas une condamnation, c'est une loi ! Ta loi.

Je soupçonne encore aujourd'hui mon parrain de n'avoir jamais cru à cet handicap physique. Un mauvais prétexte pour justifier ma paresse, mon peu d'intérêt pour un art auquel je m'étais confronté si tardivement…

J'éprouverai des regrets tenaces d'avoir si peu approché cet homme, d'avoir manqué la rencontre avec celui qui savait tout, non seulement du judo, mais de ce montage parental qui avait construit mon histoire.

Quitter le dojo, renoncer au judo, c'était aussi m'éloigner du parrain, le perdre de vue plusieurs années durant.

*

Ce renoncement ouvre sur une très longue période d'errance. Soustrait à l'autorité de ma mère, j'ai certes cessé de m'adonner à cette foutue gymnastique dont je sais par ailleurs admirer la beauté des figures. Je pratique donc la natation, mais je m'emmerde gravement. Le caractère répétitif des mouvements, le lieu javellisé dans lequel je n'ai jamais aimé que le chahut avec les amis, juchés sur de grosses bouées. Le corps quasi nu, livide et frissonnant, environné de carrelage, une espèce d'antichambre de la morgue... Une violence que je m'impose dès le déshabillage en cabine pour ensuite me glisser sous une douche froide où trop souvent remonte en moi, j'ignore pourquoi, l'image de mon corps d'enfant, les épaules rentrées, le dos rond, la chair de poule sur mes avant-bras maigres et glabres, transi, avec les pieds bientôt immergés dans un pédiluve dont je soupçonne la propreté, plongeant enfin dans une eau qui me glace parfois, le temps d'accomplir furieusement une ou deux longueurs pour me réchauffer.

Dans *Palombella rossa*, Nanni Moretti filme avec quelle justesse cette sensation de fragilité, de dépouillement de l'enfant quasi nu et voûté, son corps fluet secoué de tremblements, les dents et les genoux grêles qui s'entrechoquent, un corps d'innocent condamné, avec juste dans son dos, à moins d'un mètre, l'adulte et sa voix d'ogre qui gronde Allez ! Jette-toi ! Allez ! Saute ! À l'eau ! autant dire dans la vie, les épreuves, le combat, la souffrance, alors que tu es là, sur le rebord carrelé du bassin, et que tu pressens exactement que te jeter à l'eau, c'est accepter surtout de te jeter dans l'existence, qu'il te faudra nager, surnager sans cesse, avec la pensée de la noyade qui te taraude le ventre. Allez, saute !

Enfin réchauffé, après 100 m de crawl forcené, concéder qu'il ne s'agit que d'un mauvais moment à passer, le temps de parcourir entre 1 et 2 km, selon ton humeur et ta disposition, saisi d'un ennui profond et de l'envie d'être ailleurs malgré l'alternance des nages, continuant de ruminer, durant l'épreuve d'où l'esprit s'absente, les soucis de la veille et du lendemain. Je tâche d'accomplir mon devoir chaque semaine, me prêtant parfois de meilleure grâce à la course à pied, qui ne nécessite pas de se dénuder pour grelotter sur du carrelage blanc. Cependant, l'idée d'un corps comme d'une mécanique à laquelle on consacre un temps d'entretien extrait de toute pensée ne me convient pas.

Le peu d'expérience que j'ai du judo m'a permis d'entrevoir que le corps et l'esprit ne font qu'un, que la question de cette dualité devient un contresens, une mauvaise question, hors de propos, que le sujet justement se constitue dans un travail qui le sollicite pleinement. Les formes et les figures qu'il convient d'acquérir mobilisant tout autant la sensibilité musculaire, articulaire, que l'intelligence intuitive et la raison, puisqu'il s'agit de dessiner, de tracer, d'inventer dans la masse corporelle une nouvelle géographie motrice, une nouvelle cartographie sensible, ce qui serait en définitive une éducation de l'être.

Ce corps mécanique et la pensée occidentale qui l'accompagne atteignent à leur monstrueux apogée avec l'invention et la prolifération urbaine de machines qui font travailler le corps devenu corps-machine à son tour, lequel peut ainsi courir ou pédaler sur place dans une immobilité mobile, tandis que la pensée s'évite l'ennui et l'impatience morfondue en lisant le journal, en traitant ses mails, en surfant sur internet, dans l'attente que ce corps idiot, cette viande imbécile ait achevé sa durée d'entretien. Ce n'est pas seulement une non-pensée de l'être, c'est une dépossession, une délégation, un taylorisme imposé à soi-même, qui me saisit d'effroi.

Pour en revenir à la natation et à la course à pied, je dois admettre qu'une pratique physique qui laisse mon esprit vacant me rebute totalement. À cela s'ajoute un caractère répétitif et quantifiable : tant de longueurs pour tant de minutes et de secondes… Quand bien même je ne comptabilise aucunement ces données pour moi-même, excepté le nombre de longueurs de bassin, que j'oublie souvent au cours de ma nage et de mes ruminations, le simple fait que l'activité physique puisse être quantifiable me navre et m'accable. Cet entêtement à soumettre les sports à des mesures chiffrées, quelles qu'en soient par ailleurs la complexité technique et la beauté : la hauteur du saut à la perche, la longueur du lancer de javelot, la vitesse d'une course à pied ou à bicyclette, le poids des haltères…

Comme le remarque Virilio[2], les sports sont en sursis. Le corps humain le mieux développé impose en effet des limites indépassables, c'est aujourd'hui essentiellement grâce au progrès technique de l'équipement (vêtements, chaussures, matériel) et grâce au dopage que l'on peut repousser ces limites. Cette volonté acharnée d'établir de nouveaux records est motivée par l'unique souci de continuer à vendre du spectacle, mais en pures données quantifiables, les plus simplistes, les plus caricaturales, les plus éloignées de la complexité humaine et de la construction d'un corps érudit, ce que j'aimerais nommer un corps-livre. Nous avons poussé si loin cette traque des records qu'il faut à présent plusieurs années pour gagner quelques centièmes de secondes, quelques micromillimètres de hauteur ou de longueur, préservant en cela la pauvre idée darwinienne d'un progrès humain qui s'incarnerait dans un corps toujours plus performant.

Le fait de cantonner le sport sur le strict terrain des chiffres le place nécessairement sous perfusion, pour reprendre cette image de Virilio. Une perfusion chimique, technique, qui fait intrusion dans l'art du corps pour tendre vers un « art du moteur » dont la chair ne serait plus qu'un support, une enveloppe, une panoplie d'anthrôpos... Ce qui nous vaut de ne voir en spectacle que des corps très jeunes, ceux qui établissent ces fameux microscopiques records, comme si le délié et la beauté d'un saut à la perche ou d'un lancer de javelot n'étaient plus envisageables avec un corps ayant dépassé son quart de siècle.

Si Andrée m'avait contraint à pratiquer la gymnastique, je dois bien reconnaître qu'elle m'avait orienté vers une activité qui échappait à l'évaluation quantitative. Il s'agissait simplement d'exécuter des figures aériennes les plus parfaites possibles, offrant de déployer un panorama de la physiologie humaine en des trajectoires dynamiques qui défient, certes, la gravitation, mais qui découragent aussi une quelconque mesure de distance, de poids et de durée. L'évaluation relève ici de la qualité technique et de la plastique, admettant une dimension esthétique qui assimile cette discipline à la danse ou au cirque acrobatique, deux univers d'expression qui se laissent peu quantifier.

Si j'ai retenu quelque chose de cette pratique de la gymnastique, c'est sans doute cet enjeu-là, que serait le geste, selon Aristote[3]. Un geste qui n'est pas destiné à une fin extérieure à lui-même, à l'accomplissement d'un record ou d'un projet qui le congédie. Non. Le geste qualitatif qui, dans son déroulement, dans son présent, est en lui-même sa propre fin. Diffusant la joie et le sentiment d'être alors qu'on l'accomplit. Voler dans les airs en y traçant des formes, exécuter une figure, dansée ou non, une musique, une marche en montagne, comme déplier le fil d'un ravissement en temps réel. Pour soi, et les autres parfois. Ainsi, le bonheur incrusté dans tout verbe d'action conjugué au gérondif ou au participe présent, à la *forme progressive* pour emprunter à la grammaire anglaise cette notion qui exprime si bien le geste aristotélicien, la forme progressive engendrant l'allégresse dans son processus et sa durée.

*

Je songe justement à la marche en montagne puisqu'elle constituait le pendant du judo dans l'univers de mon père. Étrangement, c'est Robert lui-même qui en avait condamné l'accès, alors qu'il évoquait souvent ses échappées heureuses en Haute-Savoie avec son ami René, un homme du pays résidant au Fayet. Andrée lui avait demandé à plusieurs reprises de nous emmener dans ces montagnes, mais à peine avait-il accusé réception, répondant de manière elliptique que c'était trop difficile, trop dangereux. Le rythme et l'intensité des courses, les abords des torrents dévalés à la limite de la chute dont on se sauve par l'enchaînement et la vitesse vers un nouvel appui... L'épreuve nous serait insurmontable.

Lorsqu'on séjournait quelques jours au Fayet, rendant visite à René, son épouse Yvette et leur petite fille Ghislaine qu'enfant, je trouvais si belle, avec qui je pouvais interminablement jouer au mikado afin de la contempler, l'air de rien, impressionné par notre différence d'âge, elle, l'aînée de presque deux ans..., il ne fut jamais envisagé la moindre marche d'approche vers les sommets. Comme s'il y avait un mystère, un secret en cet endroit chez mon père, alors qu'il était un homme de partage.

Je compris bien plus tard comment Robert, d'un tempérament saturnien, n'aurait pu renouer en compagnie de l'amoureuse et de l'enfant avec même de modestes promenades d'approche sans être précipité trop douloureusement dans la mélancolie de ses courses alpines avec l'ami René, qui ne pouvait plus l'accompagner, ayant miraculeusement échappé à un grave accident de moto. Projeté qu'il fut à plus de trente mètres de l'impact, il en avait gardé par moments de violentes douleurs cérébrales qui le terrassaient.

Quoi qu'il en soit, ces escapades répétées en Haute-Savoie entre vingt-cinq et quarante ans semblaient bien constituer le socle de Robert au même titre que le judo, suffisamment pour dessiner un horizon d'attente et d'aimantation vers lequel je m'avancerai, adulte, cette fois en compagnie de mes propres enfants, ignorant alors combien la marche en montagne et les arts martiaux entraient en résonnance, œuvraient à une même constitution de l'être.

Mais Robert n'avait pas seulement tenté de me transmettre sa passion du judo. Il avait longuement et à maintes reprises invoqué le Japon, le zen, cette religion si différente, qui n'est pas tournée vers une dévotion et une liturgie consacrée à Dieu, mais qui, au contraire, promet la grâce à qui se consacre à une pratique individuelle, que ce soit la cérémonie du thé, l'art floral, le tir à l'arc, ou bien sûr le zazen, cette posture difficile à observer des heures durant, qui nécessite un relâchement et un équilibre parfait du corps, afin que s'instaure une disponibilité au vide du présent. Le parrain s'en était également fait l'écho, lui qui de nombreuses fois s'était rendu au Japon, notamment pour y retrouver Ishirō Abe et d'autres maîtres. C'était donc le pays du Soleil Levant, sa culture, ses traditions, ses pratiques religieuses qui tissaient progressivement un motif familial d'importance. Or je ne comprenais rien au zen, les enjeux spirituels ne me préoccupaient guère, j'étais juste définitivement lassé des longueurs de piscine. J'avais simplement noté que les arts martiaux sont nombreux, qu'il suffirait peut-être d'en choisir un qui m'évitât le mal de mer… Ce serait une autre façon de poursuivre le chemin du père et du parrain, d'être malgré tout dans l'héritage d'une filiation, et de répondre à mon désir d'une discipline qui engage indissolublement le corps et l'esprit.

*

Survient cet évènement du 5 septembre 1985, dans un appartement où je vis avec ma compagne depuis nombre d'années, au 5ᵉ et dernier étage, le chiffre 5 encore, celui d'une certaine superstition chez les Japonais, qu'ils inscrivent dans leur pièce de monnaie de 5 yens, la seule qui soit trouée. Il fait un temps caniculaire sur Paris. Je prépare le dîner dans la cuisine, fenêtre ouverte sur la seconde cour. La chambre donne en revanche sur la première cour, c'est de là, une fois la porte fermée et la fenêtre ouverte, que ma compagne décide de sauter dans le vide de la nuit, ses lunettes de vue posées sur son bureau. Je confectionne une sauce pour le poisson. J'entends le bruit sec et assourdissant d'une claque sur le sol qui envahit la cuisine depuis la seconde cour, c'est exactement la gifle d'une vague immense sur le sable. Que je n'identifie pas, que je ne comprends pas. Je traverse alors l'appartement, ma compagne n'est pas dans le salon, je pense la rejoindre en ouvrant la porte de la chambre, la fenêtre béante me fait face dans la touffeur du soir, j'entre, m'avance, quatre pas, les lunettes sont dépliées, au centre sur le bureau vide, un pas encore, j'ai les mains sur la rambarde, me penche dans le vide, je vois.

C'est mon cauchemar qui s'accomplit, le couteau dans les yeux qui m'arrache un cri. Je dévale les cinq étages, je suis agenouillé sur le bitume de la cour, je lui parle, je pose des questions, elle ne répond rien, j'insiste, je veux la mettre en position latérale de sécurité, je connais mes cours de secourisme, les pompiers de la caserne voisine surviennent dans la minute, alertés par la concierge juste après la vague s'abattant sur le sable, ils m'écartent, font le vide autour d'elle, découpent son jean bleu depuis les chevilles avec des ciseaux, la recouvrent d'une couverture, la transportent sur un brancard, je les suis, les deux policiers du commissariat de quartier m'empêchent de monter dans le camion ambulance qui part vers l'hôpital, ils m'escortent jusqu'à l'appartement, ils fouillent chaque pièce

Vous étiez là ?

Oui, dans la cuisine.

Vous pourriez être le…

Ils ne le disent pas, ils le pensent, juste. J'entends leur silence bavard, leurs pensées fiévreuses, ils m'enveloppent, me conduisent au commissariat, ils m'interrogent longuement, il faut raconter sa vie, oui, il y a eu d'autres tentatives, le téléphone sonne, est-ce à cet instant qu'ils ont ce pompier qui parle dans l'écouteur, témoignant l'avoir entendue, elle, oui, elle, lui murmurer alors qu'il prodiguait les premiers soins Laissez-moi mourir ? J'ignore si c'est cet appel, toujours est-il qu'ils me congédient, qu'ils se débarrassent. Je monte dans un fourgon qui passait par là, qui fait sa ronde, des bruits qui saturent l'habitacle, de tôles qui vibrent, de moteur qui geint, de pneus qui crissent, de radio qui grésille, des remugles d'essence, de sueurs, de pieds, d'urine dans la chaleur moite du panier à salade brinquebalant. Ils me déposent devant l'entrée de Bichat, je peux rejoindre celle qui a sauté dans le rectangle de la nuit, exempte de toute peur, pour en finir, ne plus souffrir, le saut, la chute, tel un soulagement. J'avance dans le labyrinthe des couloirs jaunâtres et déserts, l'odeur du Crésyl, l'odeur des soins et des chairs blettes. Je ne la rejoins pas, cela fait longtemps qu'il est trop tard.

*

Mon parrain, avec lequel je n'ai plus guère de contacts et qui apprend la nouvelle par l'entremise de Robert, me téléphone, m'invite à passer le voir aux Puces de Saint-Ouen, quand je veux, quand je peux, que je sache pouvoir compter sur lui. Je lui rends visite trois semaines plus tard, ce n'est plus la même adresse, sa boutique se trouve à présent dans le marché Biron, elle est moins grande mais plus luxueuse, non plus ouverte aux quatre vents par des vantaux en bois sur les hivers rigoureux où, le corps emmitouflé dans un lourd manteau, il fallait sans cesse arpenter l'allée, bras croisés, le cou et la nuque enveloppés d'une écharpe, tapant des pieds dans des bottes fourrées pour résister à l'engourdissement. Je me souviens très précisément de ces dimanches après-midi où mes parents rendaient visite à Levannier et son épouse, Alice, une femme volubile, gouailleuse, au rire intempestif. Une judoka de haut niveau qui enseignait également dans son dojo. Je me souviens de ces dimanches après-midi d'ennui où l'enfant que j'étais, résigné, errait au hasard dans les allées du marché, enjambant les flaques d'eau sur le bitume, le regard parfois arrêté par des jouets d'entre les deux guerres, souvent hypnotiques, conçus par des esprits pétris de physique et de mécanique qui, grâce à des poulies, des pentes, des contrepoids, des ressorts, des roues dentées, animaient d'étranges créatures fantastiques, de bouffons personnages, des monte-charge, des passerelles en montagnes russes par où dévalaient des autos, des trains, des boules qui circulaient mystérieusement dans des tuyaux aux orifices numérotés pour jaillir par la gueule béante de grenouilles coassantes.

La boutique du marché Biron possède une devanture vitrée, le long des murs courent de jolies vitrines peuplées de poupées anciennes, un tapis orne le sol, des fauteuils sont à disposition. Mon parrain m'accueille chaleureusement, toujours cette même présence discrète et apaisante. Il laisse son épouse s'occuper seule de la clientèle, me prend le bras et m'entraîne vers une brasserie. On parle peu, quelques banalités d'usage, souvent interrompus par des Salut, comment tu vas ? qu'échange Levannier avec d'autres antiquaires. Cette lente traversée par les allées encombrées de badauds m'oppresse. J'entends rire et jacasser, toutes ces voix qui s'apostrophent, s'interpellent, je remonte le cours d'un fleuve, je suis à contre-courant, chaque corps est un buisson d'épines, j'esquive, me faufile comme je peux, le parrain est mon radeau, croiser cette foule m'est insupportable, tous ces gens, tant de vivants dans mon désert... On s'attable à une terrasse de la rue des Rosiers, n'évoquant qu'à demi-mot le drame du 5 septembre. Je n'ai pas encore réalisé que mon parrain connaît la scène, qu'il est en train de la rejouer avec moi, après l'avoir vécue avec Robert. Dans nos vies de jeunes hommes, Robert, à peu près au même âge que le mien, s'est retrouvé en deuil, nous sommes veufs, tous deux, ne sachant plus où poser nos carcasses encombrées, le parrain doit en éprouver une espèce de familiarité et de vertige à la fois, de cette répétition qui, à ses yeux, ressemble sans doute à une malédiction. Lui qui s'est porté au-devant de Robert et à présent au-devant du fils de Robert, une trentaine d'années plus tard. Ce doit être une profonde stupéfaction qui le pousse à n'évoquer que l'avenir, les projets, mais trop enlisé dans ma peine, je suis incapable d'envisager même le jour qui vient. C'est de cette répétition qu'il aurait peut-être fallu s'entretenir, mais le parrain n'ose pas, il craint sans doute de trop minorer ma propre tragédie, et je ne suis pas encore moi-même traversé par cette réalité de la répétition. J'attends du parrain qu'il parle, qu'il déplie des phrases qui diraient… je ne sais quoi. La vérité ? Celle qui éclairerait l'acte, le saut ? Qui résoudrait l'énigme ? J'ignore quoi, j'attends, juste, et j'espère.

Sinon qu'il ne peut rien ajouter à mon ressassement, qu'il s'agit juste pour lui d'être là, à m'écarter, à me distraire de mon temps arrêté, jusqu'à ce que je traverse le fleuve noir, atteigne l'autre rive et reprenne mon chemin. Le parrain a beau me répéter qu'il faut continuer, qu'il faut vivre Viens quand tu veux, on t'attend, j'ai le sentiment de ne pas être entendu. Je quitte cette entrevue déçu, plus égaré peut-être parce que j'attendais trop, j'espérais trop de cette figure d'homme sage, j'imaginais entendre une parole qui éclairerait ma nuit, c'est une présence trop silencieuse, c'était un temps partagé qu'il m'offrait, je ne comprends pas, ne sais qu'en faire, je rate ces retrouvailles, je ne donnerai pas suite.

Mon père m'a tellement dit combien Levannier l'avait accompagné dans la traversée de son propre deuil, combien il avait été essentiel, l'entraînant dans une pratique plus forcenée du judo et la découverte livresque de la psychanalyse, qui avaient armé sa pensée et soutenu sa réparation. Ces deux hommes avaient le même âge, ils portaient ensemble le dojo et son épopée, enseignant le judo dès 7 heures du matin, avant la journée de travail des élèves, puis le soir, parfois le midi. Robert y consacrait tout son temps quand il n'était pas dans son atelier d'ajusteur, à l'usine, dix minutes seulement en métro le séparaient de la rue des Volontaires. Si le drame se répétait, il n'y avait plus cet emboîtement miraculeux des vies du père et du parrain, juste une triste redite qui devait entamer l'élan même du parrain se portant vers son filleul, comme s'il subissait, interdit, l'invasion périodique d'un fléau de criquets dévastant ses plantations. Ce lien interrompu avec Levannier résonne encore aujourd'hui en triste écho avec celui de Robert en judoka. Telle une plénitude du manque.

*

Succèdent de longs mois inertes. Je traîne ma présence inutile et suffoquée chez les uns et les autres, mes parents et les amis, les plus sûrs, les plus compréhensifs. Je me pose chez eux tel un sac, la peau du visage en carton mâché, un veuf s'étirant des sourires de clown, mais je suis absent, ne parviens pas à les rejoindre sur l'autre rive, j'essaie de ne pas les importuner trop longtemps dans leur appartement parisien exigu, je change d'adresse toutes les deux ou trois nuits car depuis ce soir du 5 septembre, je suis sans domicile fixe, jamais retourné dans ce trois-pièces maudit, au 5e étage sur cour de la rue Legendre. Une vague a tout emporté, l'appartement, l'immeuble, le quartier. Les amis seuls, les chers vaillants, se sont occupés du déménagement, consignant l'ensemble des affaires dans un garde-meubles. J'ai récupéré quelques vêtements, des livres et mes papiers d'identité. J'erre dans la capitale, je suis de la couleur des murs, le walkman vissé sur les oreilles, traversant rues et boulevards sans plus considérer le flot des voitures, aimanté par cette mort qui ouvre devant moi d'indicibles ténèbres, il suffit d'avancer. Ainsi, je suis sans cesse tenté de la jouer à mon tour, une mort horizontale cette fois, fauché par une auto.

L'ami Jean, pressentant chez moi la tentation d'en finir, insiste, lors d'un déjeuner en tête à tête, dans une gargote indienne du passage Brady, ce n'est pas une solution, c'est un aveuglement, ce serait donner raison à l'oubli, à l'effacement, alors qu'il s'agit de porter cette mémoire, d'en être le garant. Ses quelques mots me chassent définitivement du cercle de l'enfer dans ce jeu de la marelle.

Quand j'attrape le dernier train à la gare du Nord pour rentrer à Gonesse, mes parents tournent et vaquent dans leur maison, ils sont à m'attendre, sans le moindre reproche aux lèvres, le moindre jugement. Leur décence, leur tact, leur indéfectible soutien sont bouleversants, je suis incapable de m'en rendre compte. Un soir pourtant, de nouveau rentré par le dernier train, échoué dans le salon, cheveux sales en bataille, vêtements et chaussures empoussiérés, je suis assis sur le canapé, telle une viande abrutie posée là, et c'est Andrée – alors que Robert est monté dans leur chambre, sans doute habité lui-même par la résurgence de son propre deuil –, c'est Andrée qui cède à la révolte, en bonne mère juive, elle m'interpelle, le ton est ferme, comminatoire, ça commence par les cheveux qu'il s'agit d'entretenir, plus tard ce sera trop tard pour en regretter la chute… Enfin, elle en vient au fait, me demande de réagir, c'est elle sinon qui va crever, sic. Qui va se laisser prendre par la mort. J'en suis interloqué. Ma mère prétend faire passer sa peine par-dessus la mienne, ce serait elle la victime en dernier ressort, elle qui souffrirait jusqu'à en mourir, si je continue de… m'acharne à… L'égocentrisme d'Andrée me consterne, son audace me stupéfie, mais je suis comme réveillé par la découverte de l'existence des autres, de ma mère en la circonstance. Je m'ébroue, redresse l'échine. Toutes ces personnes autour de moi, les plus aimantes, les plus aimables méritent mieux que le fardeau, au fil des mois, que je deviens.

J'entendrai la gifle exacte de cette vague s'infusant dans mon crâne plusieurs années durant. Je voudrai devenir sourd. Je consacrerai bien plus tard un roman au saut et à la chute, me demandant si un corps qui tombe fait le même bruit qu'un corps qui saute. Longtemps je ne pourrai regarder la sérigraphie de Warhol, *Suicide*, où celui qui glisse le long de la façade d'un building est dans la position parfaite de quelqu'un qui saute. Longtemps je ne pourrai approcher l'œuvre photographique d'Ana Mendieta, hantée qu'elle est par cette vision de la gisante, y prêtant inlassablement son corps, pour finalement se trouver sur le même chemin, précipitée dans le même vide sans retour qu'emprunta ma compagne, c'était juste trois jours plus tard, le 8 septembre 1985, on ignore encore pour Ana Mendieta, gisante sur le bitume du trottoir, si ce fut, de la fenêtre du 34e étage, une chute, un saut ou un assassinat…

C'est une empreinte au fer incandescent, la chute deviendra définitivement le fil rouge de mon existence. Il y aura donc l'écriture de ce livre, *Les Indiens*, mais nombre de personnages dans mes romans trouveront la mort dans un mouvement de haut en bas, cette maudite verticale qui me terrorise et le long de laquelle s'énoncent les lois physiques de la gravitation, tandis que d'autres trouveront, a contrario, une mort horizontale qui les déporte dans un tout autre univers mental.

*

Il y a donc l'audace d'Andrée, sa colère envers son fils, son espèce de chantage, mon indignation sans mot puis mon réveil. Je suis alors à Clichy, quelques semaines plus tard, en terrasse, devant un café, j'y retrouve un ami sinologue, Bruno, l'un des créateurs de la librairie chinoise Le Phénix, située sur le boulevard de Sébastopol. Il comprend que je surnage sans force à la surface du fleuve qui pourrait aisément m'engloutir. L'existence est devenue un simulacre, plus rien n'opère de ce qui nourrit l'élan, le désir de courir vers l'avenir quand on en ignore tout, mais qu'on en vit l'espoir. Le futur n'est plus. Ma compagne me l'a clairement signifié à l'âge de ses vingt-huit ans. Et je ne sais quoi lui répondre, je piétine à l'aveugle dans un champ de ruines.

On en vient, j'ai oublié la raison, à parler d'arts martiaux. Le kendo nous attire de par la beauté du vêtement, du casque et de la visière qui dissimule le visage sous des lignes de métal horizontales du plus bel effet. On pense à tort qu'il s'agit d'un art tourné vers le dépouillement et la pauvreté puisqu'on y manie un bâton, le bambou. On ignore que le kendo, issu du kenjutsu, est littéralement « la voie du sabre » et que le bambou est un substitut dudit sabre, plus aisé à manier et permettant des frappes réelles durant l'entraînement. Il est, a contrario, l'art martial par excellence des seigneurs et des samouraïs qui les servent, ceux pouvant s'offrir un sabre et le costume afférent. On repère bientôt un dojo qui nous semble l'un des plus illustres, le champion de France y entraîne ses élèves, c'est une vieille bâtisse en bois sise avenue Parmentier. La salle est haute, vaste, elle retentit du fracas des bambous qui s'entrechoquent et des cris des combattants, dont les larges étoffes dessinent des traînes à leur silhouette, conférant une emphase chevaleresque à leurs mouvements. Les verrières occupent la moitié supérieure du mur ouest, les habits d'un bleu nuit et le parquet ancien luisent ainsi d'une chaude lumière noire et boisée. C'est un langage obscur, les gestes et les touches ont une fulgurance quasi invisible, les bâtons décrivent des trajectoires précises, élaborées, qu'on imagine mortelles parfois s'il s'agissait de sabres, mais les combats demeurent proprement illisibles, infusant le spectacle d'un mystère impénétrable et légendaire. La seule caractéristique majeure que je peux noter, c'est le déplacement des couples, frontal, qui avancent et reculent en ligne, avec parfois des esquives latérales mais sans jamais de mouvements tournoyants qui pourraient me causer la nausée. C'est un atout majeur, mais les horaires proposés ne me conviennent pas. Le costume est splendide, mais c'est un lourd harnachement, coûteux et encombrant, qu'il faut transporter dans un sac très volumineux plusieurs fois par semaine. Conquis, l'ami s'inscrit au cours de kendo.

Alors que j'hésite encore, je passe discrètement la tête par la porte entrebâillée d'une petite salle au rez-de-chaussée, assistant trois minutes à un entraînement de karaté. Je crois reconnaître le même vêtement blanc qu'au judo, une ceinture autour de la taille… Les mouvements paraissent peu tournants, surtout frontaux. Je consulte la grille des horaires, qui s'intercalent aisément dans mon emploi du temps. Mais enfin je n'ai jamais songé à pratiquer cet art martial dont je n'ai que des représentations ridicules, dépréciatives ou comiques, c'est selon. Ne voit-on pas des types qui hurlent en brisant des planches, des briques ou des tuiles d'un coup de poing, de pied ou de tête ? Un spectacle de foire inlassablement répété ? C'est donc sans enthousiasme et par défaut que je m'inscris dans cette discipline, c'est juste une tentative…

*

On ignore aussi que nous avons choisi des pratiques historiquement antagonistes. L'une, le kendo, littéralement « la voie, *do*, du sabre, *ken* », celle des samouraïs, qui servaient daimyos, shoguns et castes dominantes nipponnes[4], l'autre le karaté-do, littéralement « la voie, *do*, de la main, *te*, vide, *kara* », celle des paysans mais aussi de l'aristocratie d'Okinawa.

Situés en lisière de la mer de Chine orientale et de l'océan Pacifique, Okinawa et son archipel sont unifiés au début du XVe siècle sous la dynastie Ryūkyū, qui développe de véritables échanges commerciaux et culturels, principalement avec la Chine, mais aussi avec le Japon et l'Indonésie. Les arts s'y épanouissent, ouvrant l'île et son archipel à un véritable âge d'or. L'usage des armes y demeure interdit, il s'y pratique un art martial encore peu codifié, le *tō te*, la main de Chine, *tō* pour Chine, *te* pour main, qui signale l'influence des arts martiaux chinois dans le développement de cette discipline. Mais à la fin du XVIe siècle, le clan Shimazu de Satsuma (aujourd'hui Kagoshima), au sud du Japon, envahit l'archipel, puis soumet Okinawa, imposant un pouvoir d'oppression qui reconduit l'interdiction des armes. La pratique du to té qu'on nommera Okinawa-té au XIXe siècle s'étend et se renforce comme une résistance à l'occupant nippon, notamment au sein de l'aristocratie qui le pratique et l'enseigne clandestinement dans ses demeures et ses jardins, mais aussi dans la paysannerie qui lui adjoint des outils agraires comme armes de défense, tel le fléau pour battre les céréales. À la fin du XIXe siècle, Okinawa est définitivement annexée et devient officiellement préfecture japonaise.

Cet art du combat à main nue, qui s'est progressivement constitué et codifié dans l'enseignement des deux écoles historiques, celle de Naha-té (du port de Naha) et celle de Shuri-té (du château de Shuri), est accueilli au Japon dès 1922. Il est ensuite rebaptisé, avec l'agrément de l'assemblée des grands maîtres d'Okinawa, d'un nom japonais : *kara*, vide, *te*, main, et on lui ajoute le *do*, la voie, qui officialise son appartenance au budo, l'ensemble des arts martiaux nippons.

Le karaté s'est donc construit autour de l'usage premier de la main, proposant tout un ensemble d'applications : main ouverte, avec le tranchant extérieur ou intérieur, avec la paume, avec les doigts plus ou moins repliés, en griffes ou en poinçon, sans parler des clés et des possibles saisies ; enfin le poing fermé avec lequel on travaille frontalement mais aussi en marteau ou avec le dos de la main. C'est un art enseigné à tous les écoliers d'Okinawa depuis 1905, pour ses vertus éducatives et le développement d'une santé vigoureuse, estiment les habitants de l'île.

Je ne soupçonne rien de cette histoire quand je décide de laisser l'ami Bruno suivre seul l'enseignement du kendo, me convainquant de suivre, à reculons, celui du karaté. C'est une période où j'entreprends les choses sans nécessité, m'y présentant de dos, jamais de face. Je suis loin de supposer que je ferai d'une pratique aussi dépouillée et si peu séduisante une discipline de vie à laquelle je ne pourrai plus renoncer, me déportant une fois encore du côté rugueux des Indiens…

KARATÉ

Mais le deuil n'est pas une activité sociale, je dois continuer de gagner ma vie et, grâce à l'entremise d'un de mes professeurs d'université, j'assure des cycles de conférences au musée et dans les expositions de Beaubourg. J'étudie, je découvre, je contemple, je théorise, j'élabore, j'hypothèse, devant un public d'étudiants et d'adultes qui m'oblige à faire bonne figure et à tenir l'apparence.

Je suis toujours sans domicile fixe et Michèle, une conférencière du Louvre qui me confie souvent ses élèves à Beaubourg, me propose d'occuper pour une somme modique un petit deux-pièces sous les toits dans son hôtel particulier de l'île Saint-Louis, ce qui contribue de manière décisive à me sortir la tête de l'eau. J'y séjournerai avec bonheur une douzaine d'années. Certaines nuits, je rêve encore de la demeure. Je m'y installe, j'y croise Michèle et Jean-Claude, les propriétaires, nous devisons aimablement. Cette maison est le premier radeau sur l'océan de mon naufrage.

Lorsque je m'avance vers mes premiers cours de karaté, lorsque je me rends dans cette salle aveugle, d'une surface modeste, baignée d'une lumière néon et pourvue en son centre d'un pilier porteur, cet endroit n'a rien d'un chemin glorieux. Mais je cherche simplement à mettre un pied devant l'autre, à entrer dans un mouvement qui me sorte de l'inertie et de l'indifférence, un nouvel univers de gestes qui m'oblige à l'activité, qui m'emporte dans un enchaînement, quelque chose comme la musique.

Tout me semble étrange, rébarbatif, les postures de base, zenkutsu, kokutsu ou kiba-dachi, me paraissent arbitraires, abstraites, sans aucune espèce d'évidence, difficiles à observer, pénibles, les jambes et les cuisses en sont douloureuses, comme s'il fallait réinventer la forme du squelette, des muscles et des articulations, pour obtenir de piètres résultats. Et ce ne sont que des postures, sans avoir encore engagé le moindre pas en avant, en arrière, ou sur les côtés.

Ma jambe avant en zenkutsu, pliée à plus de 90°, sur laquelle je dois faire porter 80 % du poids de mon corps, mon genou vers l'extérieur et suffisamment avancé pour être en surplomb du gros orteil tandis que ma jambe arrière demeure tendue, en appui sur le sol, tel le tuteur oblique d'un arbre, tout cela le bassin rentré, basculé…

Et mon bras, lorsque je suis censé donner un coup de poing, qui doit rester souple durant sa trajectoire pour, en un mouvement de vrille, se verrouiller juste avant l'impact, au niveau des deux articulations, les maillons faibles que sont le coude et le poignet, mon poing dans le strict prolongement de l'avant-bras, plus exactement du radius, pour aller frapper avec la base du métacarpe de l'index, et du majeur éventuellement...

Enfin la main, qui pour devenir un poing tout à fait verrouillé, doit inaugurer le repliement des doigts par le pliage très serré de l'auriculaire dans ma paume. À partir de ce socle pourtant fin et fragile, l'annulaire, le majeur et l'index peuvent alors s'aligner en un même pliage, avant que mon pouce, telle une feuille, vienne recouvrir la pierre ainsi formée... Or la clé de ce verrou est bien mon petit doigt.

Ces fondements ne sont en outre jamais énoncés. Le maître parle beaucoup de principes généraux, mais n'explique rien. Un Japonais me répondrait qu'il n'est pas question de comprendre mais d'imiter. C'est à force de répéter le geste référent que je parviendrai à mon tour au geste juste.

Ainsi le pourquoi n'est pas une condition requise, la compréhension rationnelle en cet endroit ne ferait qu'embrouiller, pour le moins retarder le travail. L'essentiel est d'entrer dans le courant du fleuve, c'est-à-dire dans l'imitation et la répétition, jusqu'au surgissement non d'une simple compréhension mais surtout d'une sensation physique qui serait l'indice que j'approche du bon geste. Le maître, le senseï, celui avec lequel je dois être dans un rapport de pleine confiance, n'est pas quelqu'un qui parle et qui explique, mais qui montre et corrige. C'est au travers d'un langage gestuel que se tisse le lien d'éducation.

Simplement, ce jeune maître devant moi exécute des figures complexes à une vitesse qui les rend peu déchiffrables. Il montre ce qu'il sait faire et non ce qu'on devrait faire. Je pratique une espèce d'imitation comme à tâtons. Je suis pitoyable, emberlificoté entre mes jambes et mes pieds, mes bras et mes mains comme s'ils étaient en trop grand nombre. Je débute dans ma solitude incapable, mesurant au cours de cette première année combien je ne saisis rien de ce qui m'est demandé. Les seuls moments de bien-être sont causés par l'autre lieu où nous pratiquons parfois, la haute et vaste salle en bois, au 1er étage, avec sa verrière ancienne, son parquet sombre et lumineux, réservée à l'entraînement du kendo. Nous baignons alors dans une beauté architecturale qui devient une injonction à bien se tenir, à tendre vers une sorte de dignité dans nos habits blancs.

C'est en cette salle que j'entrevois intuitivement, un matin d'été, après plusieurs mois d'activité balbutiante, la pertinence de cette pratique. Le maître m'invite à engager un combat souple, un randori, dans le respect des règles de bienséance, avec un autre élève, une ceinture marron, qui se révèle un pugnace combattant, vif et d'un gabarit sec, presque maigre. Je suis en bonne condition physique et ne tisse encore aucun lien logique entre mon incompétence technique et le fait de livrer ce combat souple qui n'exige à mes yeux que vitesse et détermination. Je m'avance donc confiant dans cet échange, un face-à-face qui galvanise nécessairement, usant de ce que je sais du combat, à savoir rien d'autre que des souvenirs de pugilats dans l'enceinte du collège et les alentours. Or je ne parviens jamais à toucher l'autre, mes coups ne s'adressent qu'au vide. Le partenaire bouge trop vite, de manière imprévisible, et finit, sans effort et comme en passant, par m'administrer un seul coup de poing, discret, non trop appuyé, sur le flanc gauche, et puis c'est tout. Simplement, ce coup net et précis produit une onde de choc dont j'éprouve parfaitement le cheminement au travers de mon abdomen, comme un frisson né sous les côtes gauches, se déplaçant au centre du ventre pour finir sur le côté droit, exactement dans le foie que je sens vibrer telle une membrane de haut-parleur animée d'un tremblement. Alors je m'effondre, avec un long temps de retard, mais plié en deux, le souffle coupé. La touche est parfaite, ne réclame ni critique ni protestation, le geste est effectué dans les règles de l'art et mérite considération.

Cette expérience opère comme un dévoilement, semblable à celle de mon envol dans le vide que ce judoka expérimenté m'avait tendu, alors que je bataillais dans le dojo du parrain. Le coup reçu sur le flanc gauche joue bien comme un dessillement, serait-il écrit dans la Quête du Saint Graal, suscitant ma curiosité, mieux, ma volonté de savoir, ignorant encore qu'il ne s'agit pas de savoir mais de faire, résolu pourtant à me soumettre, sans plus de question, au travail de l'imitation têtue.

*

Les arts martiaux, dit-on, dérivent d'une même matrice originaire, le kung-fu, qui les contiendrait tous. Lequel, de tradition bouddhiste et se diffusant depuis la Chine, aurait irrigué toute l'Asie, engendrant différentes écoles dont les gestes se recoupent massivement. Avec une insistance selon les arts sur telle ou telle famille de mouvements, telle ou telle distance des corps. Ainsi le judo accentuerait l'attention sur le corps-à-corps, le karaté au contraire sur la distance entre les corps. Mais s'il existe des atémis (coups) et des clés en judo, il existe aussi des projections et un travail au sol en karaté.

Renonçant à la « voie de la souplesse », je m'engage ainsi dans celle de la « main vide », sachant au demeurant que la souplesse est une constante essentielle du karaté comme de tous les arts martiaux.

Un soir donc, avant le dîner, je crois pouvoir annoncer à mon père que finalement je pratiquerai le karaté. À ma grande stupéfaction, j'en reste quelques secondes suspendu, désemparé, Robert désapprouve farouchement. Il me vante à nouveau les vertus du judo, comme si je n'en savais rien, m'évoque son efficacité qu'il juge supérieure... Il ne comprend pas mon choix. À ses yeux, je me fourvoie gravement.

S'ensuit ce soir-là une discussion technique, âpre et tendue, dans la cuisine carrelée jaune, avec son mobilier intégré en Formica gris et marron, ce qu'on installait dans les « cuisines modernes » à la fin des années 60 et qui fut le décor de tous nos repas lorsque, mariés, mes parents s'installèrent dans cette maison de Gonesse où Robert était né. On est assis de part et d'autre de la table, c'est mon père qui est le plus véhément, comme si mon choix était un caprice, un écart désinvolte de l'orthodoxie, une envie idiote de me distinguer, comme si je pouvais finalement suspendre, par ma seule volonté, ce foutu mal de mer qui me soulève le cœur après quelques minutes de danse tournoyante, pour de nouveau me hâter vers le dojo du parrain.

L'argument premier de mon père, c'est qu'un coup de poing ou de pied est aussitôt pour le judoka l'occasion d'une saisie et conséquemment d'une projection suivie d'une immobilisation et d'un étranglement. J'ai beau lui répondre qu'un coup bien porté en karaté signifie un retour immédiat de ladite main ou dudit pied à son point de départ, qu'il s'agit de frapper pour aussitôt se retirer, se mettre hors de portée de la saisie justement... Et puis, dans le karaté, un coup peut être suivi d'une saisie, d'un balayage, d'une projection et d'une immobilisation, comme en judo. Et voilà qu'on se lève, qu'on mime dans la cuisine carrelée, entre la table et l'évier, certains gestes afin d'illustrer nos propos, mon père glissant sur ses appuis, le bassin rentré, et moi tâchant de...

Non, mon père n'est pas convaincu. D'autant que je débute dans la discipline, mes gestes n'impressionnent guère, mon savoir est court. Andrée râle. Le dîner va être froid. On se rassoit, on partage le gratin de légumes. La conversation s'achève sur un désaccord profond qui me navre. Je suis un peu défait, moi qui pensais avoir trouvé l'esquive me permettant de prolonger l'héritage du père, son aristocratie tout entière inspirée du Japon et de la légende du grand judo, telle que la met en scène le cinéaste Kurosawa. J'ignore encore, malheureusement, que c'est l'inventeur du judo, Jigorō Kanō lui-même qui, le premier, invita des maîtres d'Okinawa à venir enseigner le karaté au Japon. Peut-être alors aurais-je pu semer le doute dans l'esprit de Robert.

On reprendra cette discussion à deux ou trois reprises. En vain. Mon père se sent en quelque sorte trahi. Je vacille, mais je n'ai pas le choix, je dois continuer dans cette voie. D'autant qu'à force de répéter ces gestes et leur syntaxe, je suis emporté dans un mouvement où la nécessité et le désir d'apprendre m'infusent suffisamment pour que j'éprouve à nouveau le temps qui s'ouvre, j'en distingue les contours vagues d'un devenir. Et puis j'acquiers l'intime conviction que la transmission a opéré, que ma passion pour le Japon, son cinéma, son architecture, ses jardins, ses nourritures, enfin les arts martiaux, je la dois à Robert et que je souhaiterais, tout comme lui, en faire ma ligne de vie, ma tenue, mon élégance.

LE VÊTEMENT DE TRAVAIL

Je n'avais pas tout dit à mon père quant aux raisons de ma décision. Certes, il y avait dans ce choix quelque chose de distrait, peut-être d'inconséquent, telle une bouée de sauvetage que j'aurais saisie de manière réflexe et sans y penser. Mais si j'étais à renoncer au vêtement bleu indigo, à la coiffe d'un heaume, à un masque de fer, à la tenue si grandiose et chevaleresque du kendo, c'est qu'il y avait dans mon choix que Robert désapprouvait si franchement un ressort essentiel.

J'avais aperçu, le premier jour, la tête glissée au hasard dans l'entrebâillement d'une porte, des élèves dans un habit de coton blanc, une ceinture de couleur à la taille, vêtus à l'identique de ceux pratiquant le judo. Cette vision avait produit un effet de reconnaissance et de familiarité suffisant pour que je me projette aussitôt dans ce cours, habillé du judogi de Robert. La discipline serait peut-être différente mais j'endosserais a minima, au sens propre et figuré, l'habit du père, comme si son judogi avait pu transmettre, par une espèce de contamination tactile, telle une peau vivante enveloppant la mienne, sa mémoire et son savoir tout corporel. De plus, enfilant son vêtement, je devenais son étendard.

Je ne lui avais pas évoqué ce ressort essentiel qui avait présidé à mon choix, tant je m'étais lamentablement fourvoyé, me présentant ainsi vêtu de son judogi à mon premier cours de karaté. Le jeune maître m'avait aussitôt fait comprendre que ma tenue ne convenait aucunement. Ni dans la coupe ni dans le traitement du tissu beaucoup trop souple. Il fallait une toile de coton plus lourde, une trame plus dense, une coupe plus ajustée au corps, notamment par les deux attaches latérales de la veste. Lorsque j'annonçai à Robert ma décision de m'engager sur la voie de la main vide, j'avais déjà, dépité, définitivement rangé son judogi dans l'armoire. C'était en somme une absolue défection, je n'avais rien à lui en dire, alors qu'il était déjà vent debout contre mon choix, le karatégi lui-même dessinant dans le tissu blanc le costume de ma trahison.

Cet attachement à son vêtement d'entraînement, le désir de le porter signalait une fois encore l'obsession de rattraper ces moments confisqués que je n'avais pu vivre dans l'enfance, sans m'expliquer pourquoi cela avait suscité chez moi un tel manque. La question même ne m'effleurait pas.

L'autre vêtement de Robert que j'enfilais d'ailleurs à la fin de l'adolescence et au début de l'âge adulte, c'était son bleu de travail que j'empruntais volontiers pour réparer la mobylette puis la moto ou la voiture, comme si j'allais acquérir dans la salopette bleue une sorte de légitimité à travailler la mécanique.

J'affichais ainsi, quoi qu'il en soit, je clamais même un héritage et une origine. Alors que ma mère, dans la deuxième partie de leur vie commune, n'avait cessé de vouloir miner la place de Robert. M'évoquant, dès mes treize ans, et jusqu'à la nausée, ce prétendu père qui aurait été le mien, ce Jacques devenu kinési, propriétaire d'un luxueux cabinet parisien, boulevard de Courcelles, masseur officiel, entre autres, du skieur Jean-Claude Killy, triple champion olympique de la fin des années 60. Elle disait Ton père, ton père. Je lui répondais invariablement Mon géniteur, mon géniteur…

Nous avions patiemment, Robert et moi, construit au fil du temps ces figures du père et du fils, nous en étions suffisamment constitués, Andrée elle-même en jeune amoureuse avait largement contribué à l'invention de cette famille, pour que je sois arcbouté à cette construction. Ainsi ma mère, malgré son infatigable travail de sape à l'encontre de Robert dont elle s'était désamourée, du moins qu'elle n'aimait plus de la même façon – il s'y mêlait à présent de l'agacement, de l'acrimonie parfois dans un moment où sa vie plus avancée ne semblait pas tenir ses promesses –, ainsi Andrée ne pouvait entamer son image. Elle réactivait simplement chez moi, avec la même détermination, la nécessité de défendre ce que Robert incarnait dans mon existence.

Or, il y avait toujours eu deux vêtements de travail qui circulaient dans la maison parentale, passant régulièrement dans la machine à laver pour finir suspendus sur la corde à linge. L'un était une salopette ou un ensemble bleu d'ouvrier, l'autre un ensemble blanc de judoka. Je ne voyais jamais mon père les porter, et pour cause, à la maison c'eût été un contresens.

Il faut qu'en Mai 68, à l'âge de onze ans, j'embarque dans la 403 que conduit ma mère, l'accompagnant à l'usine d'Issy-les-Moulineaux occupée par mon père jour et nuit... Andrée a garé la voiture à l'entrée d'un boulevard bordé de platanes qui donne sur des terrains vagues, l'autre côté étant bordé d'usines, continûment. Ma mère porte un sac rempli de nourritures, on marche longuement sur les trottoirs pavés, le long de hautes murailles surmontées de banderoles syndicales, où se tiennent juchés des ouvriers plutôt joyeux, la veste ouverte sur un marcel blanc, la cigarette aux lèvres, la casquette vissée sur le crâne, qui lancent d'insistants bonjours et de larges sourires à la jeune maman, dans la lumière du printemps. J'écarquille les yeux, impressionné par cette architecture exclusivement industrielle, écrasante, monumentale, avec ces hommes grimpés sur la corniche de ces murailles noircies, qui exhalent une fièvre festive, celle des grands jours où l'Histoire bascule. On arrive enfin devant l'usine de Robert, la CGR, close, barricadée, elle-même festonnée de banderoles où s'étalent mots d'ordre et revendications. Une trentaine d'ouvriers se tiennent par petits groupes devant le double portail, à discuter, à rire, certains d'entre eux assurant le piquet de grève. Andrée s'approche d'un groupe, épaules nues dans sa robe légère, froncée à la taille, et chaussée de ballerines, radieuse, le visage des hommes aussitôt incendié par sa beauté, attentifs à ses paroles qu'ils semblaient boire

Robert ?

Oui, Robert Lang.

Ah, Lang ! Je vais le chercher. Deux minutes, petite madame.

Mines ravies, sourires charmeurs, clins d'œil peu discrets. Je suis des yeux le messager disparaissant par la porte piétonnière découpée dans le double portail en acier massif. Je tiens toujours la main de ma mère, m'éprouvant malgré tout comme sa sentinelle, tandis qu'elle échange quelques mots avec les ouvriers sur la tournure des évènements. Ils lui demandent si c'est bien des nourritures délicieuses qu'elle apporte… Robert, c'est un veinard ! Ils rient, ils patientent.

Enfin, deux hommes, dont le messager, se glissent par l'étroite porte, ils apparaissent comme dans un décor de théâtre insurrectionnel, ils fendent les groupes qui encombrent trottoir et chaussée, je fronce les sourcils, envahi d'un trouble de mal reconnaître le nouveau venu qui s'avance, tête nue, dans le soleil printanier et l'exaltation de la révolte, un sourire éclatant à l'adresse d'Andrée dont il est éperdument amoureux, et de son fils que je suis devenu. J'ai donc cette hésitation sur l'identité de l'homme, tant le vêtement et sa couleur bleu roi transfigurent sa personne, comprenant soudain que je découvre mon père au travail, celui qui s'affaire dans son atelier et sa compétence d'ajusteur en micromécanique, puisqu'il construit en ce vaste endroit des appareils de radiologie pour les hôpitaux. Je découvre l'une des faces invisibles de l'homme avec lequel je vis chaque jour et que je pensais connaître, je le surprends dans l'activité qui accapare les deux tiers de son temps, que Robert n'évoque jamais, sinon l'été pour répéter invariablement qu'il fait chaud sous la verrière. Je m'étais bien représenté le toit en verre, mais je n'appréhendais nullement le bâtiment immense, les ateliers, les outils, mon père, dans ces bleus qui séchaient sur la corde. Je contemple celui que je ne connaissais pas, je devine l'incarnation du travail en l'homme que j'aime ainsi costumé, je découvre le travail, du moins je mesure que le vêtement annonce un métier, une expertise, un savoir-faire, l'habit fait le moine ! Ma mère qui fut, sa vie durant, une sympathisante communiste, paraît fière de son ouvrier d'homme en lutte, je m'en trouve contaminé, j'aime cette singulière atmosphère qui règne devant l'usine, ce vent de l'insurrection qui souffle sur le boulevard d'Issy-les-Moulineaux, mon père qui en devient l'icône.

C'est donc de cette même usine de la Compagnie générale de radiologie qu'il repart chaque soir en vêtement de ville, avec très souvent, glissée sous son bras, la sacoche souple couleur camel, à fermeture Éclair, contenant le judogi et la ceinture noire, pour se rendre au dojo, rue des Volontaires, de l'autre côté de la porte de Versailles. Or, c'est dans le vêtement de coton blanc que je rêvais de découvrir Robert évoluant dans sa maîtrise, plaçant son haraï-goshi qui faisait s'envoler le partenaire, ce que je n'aperçus jamais en vrai. Ce pourquoi j'écoutais si avidement les récits éloquents du parrain, ne possédant de cette réalité que des images fixes sur de rares clichés en noir et blanc. Ayant été soigneusement tenu à l'écart de ce lieu magnétique par la mère louve et gymnaste.

L'unique fois où j'avais dû l'apercevoir travaillant en judogi, c'était lorsque, âgé de cinq ans, je m'étais blotti en haut des marches de la rue des Volontaires, dans l'angle du palier, en bordure des tatamis, hypnotisé par le spectacle des corps dansant jusqu'à la chute de certains d'entre eux dont les membres supérieurs claquaient le sol violemment. Mais Robert était alors un inconnu. Il se fondait parmi les silhouettes tourbillonnantes, il travaillait et enseignait le judo, mais je ne l'avais pas regardé, je ne l'avais pas vu, il était juste dissous dans le mystérieux spectacle de cette farandole folle, un simple anonyme sans intérêt particulier.

J'ignorais qu'il serait un jour mon père, un homme que je ne pourrais jamais admirer évoluant dans son art et sa puissance, je dis bien *jamais*, puisqu'il n'y eut aucune autre occasion au cours de ces vingt années qui suivirent, avant qu'il ne cesse de s'entraîner. Ce qui fut nécessairement le fruit d'un acharnement sans faille, d'une irrévocable décision de fer. Ce soir de l'été 61 où j'avais contemplé sur les tatamis ces corps qui me fascinaient de par l'énergie et l'extrême concentration qui s'en dégageaient, mon regard d'enfant n'avait pu s'attarder que sur les mouvements de ma mère, les glissements de sa frêle silhouette ceinte à la taille de cette ligne bleue dont elle était si fière.

En ce jour de Mai 68, je comprends cependant l'importance et la nécessité du vêtement de travail qui marque, tel un rituel, l'entrée dans une technique, une pratique, une activité, un univers complexe de gestes, de mots, d'affects et de connivences. Tel celui qui, se glissant justement dans un scaphandre, peut s'enfoncer dans d'inaccessibles profondeurs océaniques.

*

Rangeant définitivement le judogi de Robert dans l'armoire, j'achète pour le cours suivant un premier karatégi, d'un tissu lourd et raide que j'enfile par devoir, convaincu qu'il faut endosser le vêtement idoine si je décide de m'avancer dans cette nouvelle voie. L'expérience venant, je comprends la spécificité du karatégi, notamment l'emploi de cette toile épaisse, dite claquante, qui permet d'évaluer la qualité du geste, à la fois sa trajectoire mais aussi sa vitesse et son énergie. L'absence du moindre son ne présageant rien de bon.

Travailler ainsi vêtu m'est vite devenu nécessaire car le rythme s'incarne dans des froissements et des impacts sonores, et parce que j'éprouve étrangement le sentiment d'être à la fois confirmé et protégé par l'épaisse toile. Rendant malaisé d'ailleurs l'usage d'un vêtement de sport ordinaire, comme si l'on avait coupé le son des mouvements, que j'étais sourd devenu, altérant gravement la trame rythmique de mes enchaînements. Enfin, lorsque mon poing, ma main ou mon pied viennent frapper le corps d'un partenaire ordinairement vêtu, la sensation du toucher devient sèche, brutale, organique, avec le ressenti immédiat de la chair de l'autre, de ses muscles, de ses os, sans la médiation sonore de la toile qui me permet d'ajuster au plus près la force de mon coup afin d'éviter de faire trop mal ou de blesser.

Cette singularité technique étant éprouvée, le vêtement a une autre fonction essentielle qui vaut cette fois pour tous les arts martiaux. C'est en effet un keikogi, littéralement une tenue d'entraînement, un simple vêtement de forme unique pour l'ensemble des praticiens d'une même discipline[5]. Or, enfiler cet habit, c'est aussi accepter d'abandonner au vestiaire son univers personnel, ses singularités sociales, professionnelles, culturelles, religieuses, pour se consacrer ensemble à une activité commune. Alors même que l'ensemble du spectre social s'y trouve représenté.

Les disparités ne s'affichant plus a priori, elles vont simplement se dessiner à l'intérieur même de cette discipline. Elles concerneront des écarts de maîtrise, de condition physique, de qualité du travail requis, creusant à l'intérieur du karaté, certes, des différences entre individus, des différences qui ne divisent pas les élèves, mais au contraire les rassemblent dans une pratique où les maladresses et les erreurs des uns sont corrigées par l'excellence des autres, parce qu'il existe toujours quelqu'un de plus habile, de plus expert, parce qu'il existe toujours quelqu'un de moins habile, de moins expert…

Les couleurs des ceintures de judo ou de karaté qui ceignent la taille des praticiens n'ont de valeur qu'à l'intérieur de cette pratique, et pour les plus gradés impliquent des devoirs plus que des droits, celui d'incarner dignement l'expertise dont ils sont censés être les représentants, enfin celui de transmettre leur savoir et l'expérience de leur pratique aux moins expérimentés. La finalité étant qu'à l'intérieur de ce travail en commun, chacun se trouve tiré vers l'excellence, la sienne. Le choix de s'engager dans cette aventure commune en se vêtant du même vêtement relève presque d'un modèle social, politique et symbolique.

Au-delà de l'enseignement des arts martiaux, si l'on songe à l'école, censée regrouper des enfants ou des adolescents afin qu'ils acquièrent des pratiques et des savoirs, l'absence d'une tenue de travail tend justement à les détourner de la finalité qui les réunit en les déportant sur la scène d'un théâtre social où leurs habits, tous différents, affichent les univers culturels et, malheureusement, les classes sociales des parents. Ainsi distraits de ce qui doit les réunir, les élèves vont insidieusement ou explicitement s'affronter en des joutes vestimentaires qui les divisent et pour certains les humilient, entravant l'élan nécessaire au désir d'apprendre. Les enfants et les adolescents, transformés en drapeaux des disparités et des inégalités sociales, mais aussi des dissensions religieuses, sont en quelque sorte regroupés en un lieu de jauge et d'évaluation qui n'est plus celui de l'école. Le vêtement de travail, comme il existe dans le dojo, serait une façon de réunir les élèves, non pour exhiber des différences limitées à leur pouvoir d'achat dans une économie de marché, mais pour tendre ensemble vers le même but, l'excellence des savoirs et des techniques. N'est-ce pas la vocation du dojo comme de l'école ? Le lieu ensemble d'où l'on cherche *sa* voie ? Endosser un moment de la journée une tenue de travail n'est pas une entrave à la liberté, sinon, encore une fois, celle de consommer. Cette tenue, au contraire, est un engagement dans l'action, dans l'activité, l'être se constituant dans le faire et non dans la pose.

LE SENSEÏ / LE MAÎTRE

Encore fallait-il trouver le senseï, le bon maître, celui qui convient, l'exemplaire. Il y a celui de cette première année 1986, choisi à l'aveugle et par l'effraction d'un regard dans l'entrebâillement d'une porte, au rez-de-chaussée d'un dojo connu pour l'enseignement du kendo. Il montre beaucoup ce qu'il sait faire, parle tout autant, mais nous laisse peu travailler, nous quittons le cours dans un karatégi presque impeccable, n'ayant aucunement transpiré, frustrés d'avoir si peu pratiqué.

Lors d'une longue explication où nous demeurons comme trop souvent immobiles, à l'écouter, il convie à l'improviste un élève d'une quarantaine d'années, d'une corpulence enveloppée, une ceinture marron studieux mais impressionnable, à se présenter face à lui pour soudain l'attaquer, le maître portant sa main en griffe à la lisière des yeux du pauvre élève qui en perd ses lunettes et demeure figé de longues secondes, cambré, sur les talons, la tête légèrement renversée, pétrifié qu'il devient sous cette étreinte des doigts incrustés dans son visage, comme il l'aurait été sous le regard de la Gorgone. La scène impressionne de par sa tension violente, mais suscite dans le dojo un silence glacé, et bientôt une gêne et un malaise. L'inégalité des forces en présence, l'attaque inconsidérée, le respect au maître qui interdit même de répliquer, aussi vaine et maladroite soit la réponse…

Enfin, il propose à un autre élève, qui serait le premier parmi nous à obtenir ce grade, de passer son examen de ceinture noire. Mais sans vraiment le préparer sérieusement, lequel, méconnaissant ses katas, échoue très normalement. Le maître, sans être le moins du monde démonté, lui attribue nonobstant ladite ceinture noire en son seul nom, fort peu légitime en la circonstance, cela au cours d'un grandiloquent cérémonial tout à fait schizophrène. Ce qui ajoute à mon embarras quant à la santé mentale de ce jeune maître qui portait beau avec sa longue queue-de-cheval.

Je confie mes doutes et mes interrogations à un ami, galeriste d'art, qui me convainc sans peine de le suivre dans un autre dojo, une grande salle en parquet située sous l'église américaine du quai d'Orsay, où lui-même pratiquait depuis vingt ans. Il me présente à son maître, un bel homme, dans la force de l'âge, un nom d'Europe centrale, saturé de consonnes, des Z, D, G, difficilement prononçables à la lecture… Il a le regard clair qui traverse, il est chaleureux, attentif, je suis séduit. Quand on entre dans l'enceinte de l'église, qu'on dévale les marches sur la droite, qu'on s'enfonce sous l'église, il est déjà là qui nous accueille

Salut, mon pote. Comment tu vas ?

Son regard est si posé, sa question est si intensément adressée que je me sens obligé d'étoffer ma réponse, de la circonstancier, de peur qu'un simple Oui, ça va, et toi ? apparaisse comme un rituel vide qui pourrait le froisser

Ça va, merci. C'est juste le genou droit, me suis blessé avant-hier, au foot avec des copains, je boîte un peu.

Mince ! Va doucement alors. Doucement surtout !

Je pars me déshabiller, j'enfile le karatégi, je le croise de nouveau trois minutes plus tard, il m'apostrophe avec la même tension pleine

Salut mon pote, comment tu vas ?

J'éprouve une petite seconde quelque difficulté à répondre Ça va, merci. C'est juste le genou, me suis blessé avant-hier, je... À la place de quoi, j'ai dû bredouiller finalement un

Et toi ?

Super, mon pote. Va t'échauffer.

Il me faut quelques semaines pour vérifier que cet accueil, il le joue en boucle avec chaque élève, mais qu'il s'en fout, qu'il n'entend rien, ça n'imprime pas, son regard en effet me traverse, il ne voit rien. Je découvre bientôt qu'il n'a qu'une seule passion, lui-même, qu'il rêve en star de cinéma. Plusieurs producteurs s'entraînent dans son dojo, des acteurs comme Stévenin, des enfants d'acteurs, comme le fils de Carole Bouquet, les seuls dont il écoute peut-être les propos, espérant ardemment un rôle qui ne viendra pas

Salut mon pote, comment tu vas ?

Ça va, et toi ?

Super. Prépare-toi.

Je m'en tiendrai définitivement là, très vite, à ce court rituel théâtral, lisse, équilibré, qu'il accomplit, lui, avec la même intense lumière dans ses yeux, la même chaleur enveloppante dans sa voix, étrange et sans objet.

Son enseignement, en revanche, est très sérieux, incomparablement plus exigeant, difficile, âpre. Je découvre l'inlassable répétition des mêmes gestes jusqu'à l'exténuation physique, à bout de souffle, bras et jambes moulus. Je comprends qu'il s'agit d'acquérir un vocabulaire, chacun des gestes ayant la valeur d'un mot. Et si dans nos langues un mot est déjà constitué de lettres et de sons, je pourrais de la sorte parler de la *morphologie* du geste comme on parle de celle du mot dans nos grammaires. Apprendre un geste relève de la même complexité car il implique tout autant un certain mouvement qu'un certain appui, une certaine orientation du bassin... Un simple coup de poing mobilise ainsi la main, le bras, mais avec la même importance l'autre bras, les épaules, le ventre, les hanches, les jambes, les pieds... C'est bien un langage qu'il me faut apprendre, qui ouvrira plus tard sur un échange, une conversation. Je m'adonne ainsi à un travail qui ressemble fort à un soliloque, le kihon.

Je découvre également que si les mots constituent des rapports entre eux pour élaborer une phrase, les gestes font de même. La phrase peut être courte ou longue, mais elle a une musique, un style. Elle peut être hachée, heurtée, alambiquée ou au contraire simple, fluide, évidente. Certains gestes sont entre eux contradictoires, telle une faute de syntaxe, en ce sens qu'ils sont paradoxaux, forcés, au regard de l'ergonomie du corps, de sa réalité articulaire. D'autres sont complémentaires, s'imbriquent et sonnent ensemble. Et s'il existe un enchaînement, il existe une pulsation, des vitesses que préside toujours la morphologie de mon corps, ses possibilités et ses limites.

J'essaie alors de sortir de mon soliloque pour entamer un dialogue. Comme si l'on travaillait à deux l'extrait d'une pièce de théâtre, nos enchaînements et nos déplacements ajoutant à l'extrême difficulté de trouver la distance juste entre nous, ni trop près ni trop loin, ce que Deleuze nomme la *politesse*. Tout comme pour l'extrait théâtral, la chorégraphie à deux, le kihon kumité, est fixée à l'avance, et l'on tâche ensemble de l'honorer au mieux, par un incessant travail de répétition de deux, trois, quatre attaques et contre-attaques, jusqu'à ce que l'échange soit accompli avec une fluidité et une intensité qui laisseraient croire à un échange libre et spontané, à l'extrait d'un combat réel.

Les trois entraînements hebdomadaires que je m'impose rythment suffisamment mes semaines pour devenir mon bâton de marche. Je m'avance de nouveau au-dehors, emporté parfois dans le vif éclat du présent.

*

C'est une période où pour continuer de gagner ma vie, j'opère le grand écart entre des conférences sur l'art moderne et contemporain et les cours d'alphabétisation sur les chantiers Bouygues. Passant parfois dans la même journée des baraquements ouvriers de l'immense fosse des Halles en reconstruction au Centre Pompidou situé à cinq minutes à pied, l'expérience d'une déflagration sociale, veillant à ne pas emporter sur mes vêtements et mes chaussures un voile de ciment trop visible quand j'arrive au musée.

Je rencontre dans ces préfabriqués humides et poussiéreux, imprégnés de l'odeur des corps fatigués et des vêtements de travail recuits – certains de ces Algeco modulaires où j'enseigne étant situés sur de vastes chantiers de la lointaine banlieue –, j'y rencontre des personnages à la silhouette massive, que le travail rude en toute saison dans le BTP a forgée puissante et minéralisée, peu expressive, comme engoncée dans leur usure. Au-delà de cette force et de cette résistance physique que leur corps dégage, je découvre des monolithes qui s'attendrissent, qui sourient, évoquant leur famille. Ils sont concentrés, ils m'accordent une attention aiguë et chaleureuse, je deviens progressivement celui qui pourrait satisfaire leur incommensurable désir de lire et d'écrire, parce qu'ils veulent aider leurs enfants à faire leurs devoirs, déboulant parfois dans le baraquement avec un visage complice, un dictionnaire neuf sous le bras, convaincus d'avancer d'un pas décisif vers les mots. Simplement leurs mains ont souvent la maladie du ciment, leurs doigts gonflés plient difficilement, tenir un stylo pour écrire devient une épreuve douloureuse comme s'ils luttaient pour animer leurs mains devenues des pierres.

Je partage avec eux, plusieurs années, cette ligne de front, et je les quitte un jour, envahi d'un sentiment mêlé de lâcheté et de culpabilité. Mais je viens d'obtenir un poste d'enseignement de la philosophie aux Beaux-Arts, et de recevoir, la même semaine, un télégramme sur papier bleu des éditions Gallimard, la responsable des manuscrits m'invite à les contacter, ils souhaitent publier mon roman. Non seulement je deviens capable de m'avancer au-dehors, mais ce dehors m'accueille, une longue suite d'évènements heureux qui me paraissent chaque fois des miracles ourdis par la chance, la *fortuna*. La vie n'est pas seulement finie, elle peut aussi commencer, dans une étrange superposition des forces contraires.

Je n'en demeure pas moins rivé à cette discipline du karaté trihebdomadaire, avec ce maître qui exige de ses élèves un travail sur leur corps qui me fait songer à celui du labour sur les terres à betteraves, un labeur de peine toujours recommencé, censé façonner une morphologie autre. Il prétendait, à juste titre, tracer en nous une nouvelle géographie sensitive, il forait dans nos tissus un réseau moteur inconnu jusque-là. On serre les dents, on répète inlassablement les gestes, on apprend le langage, on le parle entre nous.

*

C'est alors que j'entame l'écriture d'un roman situé à Liverpool, deuxième port européen du commerce d'esclaves. Je souhaite y camper la préparation d'une exposition d'art africain dans la nouvelle Tate Gallery implantée dans les docks en perdition, ces architectures monumentales et triomphantes du XIXe siècle, abandonnées pour 80 % d'entre elles. Je souhaite également y montrer une vie ouvrière, notamment celle de la communauté noire immigrée. Un vol d'œuvres rares, la tentative de les récupérer en feront, entre autres, la tension narrative. La nécessité s'impose à mes yeux de séjourner en Afrique noire. Un ami anesthésiste, Christian, qui décida lui aussi, quelques années plus tard, de se donner la mort, travaille à l'hôpital de Yaoundé, il peut m'accueillir, je pars.

Je n'évoquerai pas l'émerveillement ni la stupéfaction qui m'assaillent dès ma sortie de l'avion. L'épaisse touffeur de l'air, les odeurs puissantes de manioc fermenté, de poissons qui sèchent au soleil, les parfums poudrés d'argile et de henné. La ville sans éclairage, plongée dans les ténèbres dès 18 heures mais grouillante de monde, un taux d'humidité de 90 % qui me vaut les premiers jours de violentes courbatures et un épuisement physique inconnu lorsque je joue au ballon plus de vingt minutes avec les jeunes du quartier où je réside. Rien n'est semblable à ce que je connais de la vieille Europe. Il est rare qu'un échange verbal se conclue sans un éclat de rire. La misère est cependant partout, la vie s'organise au jour le jour, un bricolage permanent.

Les pompiers de l'unique caserne sont en prison. Ils n'ont pu éteindre l'incendie dans la propriété d'un ministre. Ils sont bien arrivés à temps pour combattre les flammes, ils ont branché les lances d'incendie du seul camion en état de marche, elles ont éructé quelques dizaines de litres d'eau, rien de plus. La citerne était vide. Les pompiers se sont enrichis avec le bien public, est-il écrit en une du journal gouvernemental, des milliers de litres d'eau vendus aux habitants du quartier, sans doute pour nourrir leur famille, les maigres salaires versés aux soldats du feu ayant parfois six mois de retard... Ne restait plus qu'à contempler la lancinante avancée du brasier avant que d'aller en prison. Plus d'eau, plus de pompiers, plus de propriété du ministre. Et le fou rire en partage.

Je décide de partir vers le nord à bord de tout ce qui roule. Des breaks 504 où l'on s'entasse à neuf adultes, la direction a plus que du jeu, les amortisseurs sont rincés, les freins sont approximatifs, les chambres à air font parfois des bulles sur le flanc des pneus lisses et fendus. Les pilotes, pied au plancher, poussant habituellement ces épaves jusqu'à 120 km/h sur d'étroits rubans d'asphalte cloqué, chacun priant en silence pour sa survie. Des camionnettes Saviem où l'on s'agglutine à trente parmi des monceaux de bagages, des cages remplies de poulets, une chèvre juchée sur le toit.

Je m'enfonce dans une région de tension frontalière avec le Tchad, la Libye de Kadhafi soufflant sur les braises. Les contrôles sont incessants et interminables à l'entrée puis à la sortie des bourgades. Police, gendarmerie, armée, le chauffeur de la camionnette allonge la monnaie, à chaque arrêt, pour chaque corps de brigade. Le temps ne compte pas sous la fournaise qui nous consume.

C'est aux deux tiers de mon voyage, lors d'un énième contrôle, qu'un policier zélé déchiffre mal la validité du visa sur la photocopie de mon passeport. Le secrétaire général du consulat de Yaoundé ne m'a-t-il pas vivement conseillé de le déposer au coffre et d'en tirer une copie certifiée ? On peut être tué par des trafiquants pour un passeport en règle... Je n'ai pas d'appareil photo, je circule en saison des pluies, je n'ai rien d'un touriste, je suis brun, les cheveux toujours noirs et bouclés, je suis probablement un terroriste libyen infiltré par N'Djamena pour déstabiliser la région.

Le jeune policier en T-shirt et jean élimé hèle deux adolescents à mobylette qui font le taxi. Nous montons chacun à l'arrière des selles biplaces et nous voici cahotant dix minutes sur la piste en direction de Maroua. Je vois la nuque épaisse et le dos du policier sautillant sur la selle, la crosse tout entière de son arme dépassant de sa poche revolver, le tissu tendu à craquer. Nous semons à nos trousses un panache de poussière blanche dans cette zone sahélienne où la pluie n'existe plus même dans le dictionnaire. Nous descendons de nos selles moites devant une pauvre bâtisse basse en parpaings hâtivement enduits d'un mortier qui s'écaille, guère plus grande qu'une poste de village. Elle est posée là sans l'ombre d'un arbre, couverte d'un ondulé en fibro qui vibre et s'évapore sous le soleil vertical. Le policier zélé me demande de payer la course des taxis, on grimpe une volée de marches, je comprends que j'entre dans un commissariat, j'aperçois confusément dans la pénombre un comptoir, trois policiers en uniforme...

Mes yeux s'habituant à l'obscurité, je comprends que c'est également une prison puisqu'au fond, une grille haute barre toute la largeur de la pièce, une vingtaine de prisonniers me dévisageant au travers des barreaux. À droite de la geôle, deux portes demeurent fermées, l'une d'elles ouvre sur une salle d'interrogatoire, ce que je découvrirai plus tard lorsque j'entendrai souvent, le soir ou au petit matin, les coups et les hurlements traversant les murs.

Je m'approche du comptoir, me penche, salue les policiers avachis transpirant sur leur siège en skaï défoncé. L'un d'eux se lève de mauvaise grâce, s'avance, nonchalant, tenant son ventre dans sa main gauche, tel un paquet considérable, les pans de sa chemise écartelés autour des boutonnières et débordant du ceinturon. Je lui explique courtoisement la méprise sans gravité, l'erreur est humaine... sous le regard aigu et l'attention frontale des prisonniers collés à la grille, ne perdant rien du spectacle trois mètres plus loin. Un Blanc inquiété par la police mérite leur écoute, englués qu'ils sont dans la vacuité inerte et liquoreuse de la prison en fournaise. Il suffit d'un appel téléphonique et tout va s'arranger, c'est ainsi que je lui explique les choses. Je devrai simplement trouver un autre Saviem pour continuer ma route, c'est un peu contrariant, mais bon...

Je ne réalise aucunement qu'on ne laissera pas filer ainsi l'espion libyen que je suis. Si j'ai en outre des contacts dans le pays, les séjours que j'ai effectués chez les différents gouverneurs de régions attestent de mon infiltration profonde parmi les dirigeants du Cameroun, confirmant mon extrême dangerosité. Aucun des gouverneurs que j'alerte, mandatant ici et là des messagers, ne bouge d'ailleurs le petit doigt pour me sortir de ce malentendu, inquiets sans doute à l'idée de s'être fait manipuler, terrifiés même à l'idée que le président Biya les soupçonne de comploter avec l'ennemi libyen ou tchadien. La paranoïa du pouvoir entame ainsi sa course folle, la défiance est contagieuse, j'en suis le virus galopant. Il n'est donc pas question que je puisse téléphoner à quiconque, pas même à mon ambassade, que j'aurais elle-même infiltrée. Il est juste admis que je me déchausse, que j'ôte ma ceinture, que je signe la fiche de dépôt concernant l'ensemble de mon bagage, le montant de mes francs CFA enfouis dans ma chaussette et…

Internet n'existe pas, me googliser ne veut rien dire, l'enquête commencera bientôt, comme on dit en Afrique, ce vocable temporel embrassant large. Mes protestations, mes menaces devant un public nombreux réunissant policiers et prisonniers n'y changent rien. J'avance pieds nus et sans ceinture, je vais passer dans une poignée de secondes de l'autre côté de la grille qu'on déverrouille, j'avance dans un tableau du Jugement dernier, deux pas, trois, les damnés s'écartent, me laissent entrer, je suis parmi eux, j'appartiens au groupe, la grille se referme, j'entends le verrou, l'expression des visages oscillant entre l'intérêt, le mépris, la suspicion, l'indifférence ou l'amusement, c'est selon.

Je compte. Ils sont vingt-deux dans un couloir en ciment craquelé de 30 m^2 ouvrant sur quatre boyaux sans porte tout à fait obscurs, les latrines. Je remarque assez vite les deux chefs de cellule, un colosse en short et marcel, qui a la fâcheuse habitude de se promener armé d'une barre de fer et de converser en dialecte avec ses amis les policiers. L'autre est en pantalon et chemise, il porte de grosses lunettes noires qu'il n'ôte pas même la nuit. Le premier se montre agressif et soupçonneux, le second me prend sous sa protection, c'est un agitateur politique arrêté plusieurs fois à l'université de N'Djamena et remis aux autorités camerounaises.

En ces années sida qui déciment l'Afrique noire, la première obsession est de ne pas être violé dans les ténèbres des latrines. La seconde est de ne pas se faire taillader par les lames de rasoir circulant de main en main au vu et au su de nos gardiens qui ne sont pas des anges. L'intellectuel subversif m'explique, accoudés que nous sommes à l'unique ouverture donnant sur la place incandescente, les maisons en torchis et le désert sahélien, les règles qui prévalent ici. J'ignore quels intérêts il escompte en me protégeant, toujours est-il qu'il me sauve la mise et peut-être la peau. Son autorité sur le groupe semble être purement psychologique, symbolique et intellectuelle. L'autorité de l'autre chef se fonde sur sa taille et sa masse musculaire. Cette partition du pouvoir est quasi une caricature, mais elle fonctionne apparemment bien. Ousmane m'affranchit sur chacun : des frères jumeaux marchands d'armes, des trafiquants de drogue, d'essence et d'alcool, un proxénète, quelques assassins récidivistes, c'est une communauté bigarrée dans ce qui tient lieu de prison régionale. Des familles apportent chaque jour eau et nourritures à leur détenu. Pour d'autres, et j'en fais partie, il faut héler, par cette seule ouverture où l'on est accoudé, des enfants en guenilles qui traînent autour de la prison, tendre le bras entre les barreaux, leur donner un billet CFA récupéré auprès du policier chargé du dépôt, et les voilà courant nus pieds dans la poussière brûlante, partis nous chercher essentiellement des bananes, des arachides et des bouteilles d'eau. Celui qui devient mon complice de cellule apprécie les sodas glacés orange ou jaunes, qui laissent des traînées de couleur sur les mains quand on en renverse. Sa protection mérite largement quelques sodas fluos, alors qu'il n'accepte que rarement bananes ou sachet d'arachides bouillies. Ces enfants au sourire éclatant rapportent nourriture et monnaie sans détourner un centime, le pourboire vient après, mais ils savent depuis leur plus jeune âge que la seule manne financière dans Maroua surgit de ce mur lépreux, à l'extrémité du bras tendu d'un condamné.

J'échappe provisoirement aux corvées des latrines, ces profonds gouffres noirs, des couloirs de quatre mètres, équipés d'un robinet d'eau non potable et à leur extrémité de toilettes à la turque. On s'y soulage dans une complète obscurité, un prisonnier et son jeune mignon mutique y trouvent l'opportunité de leurs ébats quotidiens, les impénétrables ténèbres convenant à ces réduits sans porte. La prison ne rafraîchit guère le soir, c'est une rôtissoire quasi constante, l'antichambre des enfers. Deux ampoules pendent au bout d'un fil, répandant chaque nuit une lumière jaune et grise sur nos visages hagards, allongés que nous sommes, flanc contre flanc, les cadavres d'une fosse commune, sous cette lueur électrique qui taraude les yeux. Je m'en protège avec un livre de Faulkner, un Folio souple et léger, *L'Intrus* ou *Lumière d'août*, je ne m'en souviens plus, ouvert en son milieu et que je pose tel un chapeau sur mon front, le nez dans l'encoignure des pages. Il glisse au sol lorsque je m'endors et bouge imperceptiblement. Quand je me tourne sur le côté, craignant de réveiller l'un de mes congénères, mon protecteur dort à ma droite, m'isolant des plus dangereux, j'observe le parcours indéchiffrable des fourmis laborieuses engendrées par les fissures du sol. Le T-shirt colle entre la peau moite et le ciment tiède. On redoute malgré tout la montée du soleil dès 6 heures qui poussera ses feux sans trêve jusqu'à la nuit soudaine, à 18 heures pile.

J'ai tout le loisir d'éprouver l'expérience d'être un Noir parmi des Blancs, quand je suis, par un soudain renversement, l'unique Blanc de la prison où jamais, d'ailleurs, je n'entendrai aucun propos raciste à mon encontre. Est-ce le calme apparent que je dégage ? Attestant pour eux de mon statut d'espion et d'aventurier fort de son réseau d'appuis et dont il faudrait se méfier ? ou au contraire qu'on pourrait rallier ? Cette absence de peur manifeste, cette décontraction dont je fais montre, alors que je suis dans une tension et une angoisse permanentes, à quoi je la dois ? Mes trois pauvres années d'entraînement de karaté ne me protègent en rien de la puissance physique du colosse, qui ne doit pas être un manchot, à voir comment chacun se gare sur son passage. Bizarrement, il évite de me croiser, signifiant que je ne suis pas sous sa juridiction. Les autres, qui se tiennent par petits groupes, ne m'approchent guère. Ce que le karaté m'a cependant appris, c'est à lire déjà les corps, le maintien des nuques et des dos, le jeu des regards, les fermetures et les ouvertures de bras, de jambes, les replis ou les déploiements de bustes, autant d'éléments qui annoncent ou traduisent la dynamique des gestes, des déplacements, le sens et l'intention des mouvements. Ceux qui vont et viennent dans cet enclos sont autant de récifs entre lesquels je dois naviguer en tâchant d'anticiper, d'éteindre ou de neutraliser les amorces d'hostilité, les élans d'agressivité recuite. Toute cette écriture des corps nous imprègne assez naturellement durant les entraînements où l'on apprend à trouver sa place parmi les autres, à se tenir à la bonne distance. J'ai l'étrange sensation de glisser ainsi entre ces individus, de sinuer dans des intervalles de vide suffisamment amples pour qu'il n'y ait jamais de heurts et même de frôlements d'épaules, de bras, de jambes, évitant d'avoir autant que possible dans mon dos autre chose qu'un mur. Je découvrirai bien plus tard combien les Japonais ont cette compétence à la fluidité, à l'effacement dans des espaces restreints de très forte densité. Se rendre furtif donc, presque invisible, autant dire japonais dans ce réduit où s'entassent vingt-deux adultes au lourd passif. Je sais d'autre part qu'il faut éviter leur regard sans pour autant avoir un regard fuyant, craintif, non, juste des yeux absolument vides, éteints, quasi vitreux, dans un visage impassible puisqu'il n'est pas question de perdre la face. Entendons que rien des affects exprimant la fragilité – inquiétude, peur, angoisse, douleur – ne doit s'inscrire sur mes traits, et particulièrement dans les yeux qui sont la réalité vivante, le texte du visage. Je vois les autres, j'y prête une extrême attention mais je ne regarde rien, ne m'attardant que sur le visage de mon protecteur, avec qui je parle souvent, accoudés que nous demeurons à cette ouverture par où, déjouant toute écoute indiscrète, nos paroles s'échappent sans restes. Accoudés que nous sommes, certes, mais le buste toujours vrillé, tourné vers l'intérieur de la prison afin de ne jamais tourner le dos à quiconque, dans un champ visuel incluant l'angle mort de celui qui devient mon complice, et réciproquement. Cherchant lors de nos conversations le regard d'Ousmane, je comprends que ses épaisses lunettes noires l'autorisent sans effort à jauger continûment les yeux de chacun, l'intention qui les éclaire, sans que lui-même ne soit à découvert, n'offrant à la vue des autres prisonniers qu'un écran noir barrant son visage.

L'unique fois où je croiserai son regard, ce sera une nuit, alors que nos congénères cherchent le sommeil. Je serai stupéfait de découvrir une peau plus claire, tendre, piquée de taches de rousseur, et finalement de contempler un visage d'enfant éternel, avec de petits yeux verts fuyants, presque effarouchés, incapable de fixer l'interlocuteur. Je réalise que cette découverte lui est pénible, quasi insupportable, je dissimule au mieux ma stupeur, il réajuste fébrilement ses lunettes qui m'apparaissent alors comme l'arme essentielle de son autorité, le ressort de son aura, son visage sans expression ni regard devenant le masque impénétrable de sa fragilité. Dépourvu d'une telle prothèse, je travaille sans relâche à vider mes yeux de toute lumière sans ne rien perdre des faits et gestes de notre petite communauté.

Les jours succédant aux nuits, le colosse s'impatiente, manifeste avec plus d'insistance son désir de me plier à son autorité. Combien de temps mon protecteur va résister à cette pression ?

Je suis embarqué un matin dans une 4L commerciale conduite par un policier en civil, je vois entre mes pieds posés sur les longerons le sol défiler au travers du plancher troué de la guimbarde. L'homme opère un détour, s'arrête devant une masure où il est accueilli par une vieille femme enveloppée d'étoffes colorées, une silhouette surgie d'un temps immémorial, la peau du visage sèche et tendue sur l'ossature saillante d'un crâne mort. Il porte jusqu'au seuil fermé d'une couverture en lambeaux les quatre bidons d'huile de palme entreposés à l'arrière de la Renault. Il se hâte, on repart, il roule dix minutes dans un entrelacs de pistes qui sillonnent les abords de la bourgade, il ralentit, s'arrête, trois chèvres faméliques broutent les rares herbes calcinées qui trouent la nappe de poussière. Je vois une maison grise, isolée, aux volets clos, qui paraît inhabitée, comme tombée du ciel à l'orée d'une terre craquelée, sans arbres, blanchie sous l'implacable soleil, une terre s'écoulant sans fin vers l'horizon qui s'évapore en tourbillons brûlants. Deux geckos orangés aux doigts ventouses sont collés sur la façade, leur gorge palpite, des cœurs inhalant la fournaise.

La porte s'ouvre, un nouveau colosse apparaît, vêtu d'habits mieux coupés, un pistolet à la ceinture, il m'invite d'un geste à le suivre, je quitte un brasier blanc, j'entre dans une grotte, la nuit m'enveloppe, je le suis à tâtons, devinant une autre silhouette massive se tenant debout à l'extrémité d'un couloir. Une fine poussière de sable recouvrant le carrelage crisse sous les semelles, mes yeux distinguent à présent le décor, des pièces vides à l'exception de placards métalliques courant le long des murs, une salle de bain équipée d'une baignoire, une chaise ici et là. Je dois m'asseoir, attendre sans broncher. Je n'ai aucun repère dans cette situation, sinon ceux des livres et du cinéma. Dictatures d'Afrique. Transfert de prisonnier dans une maison écartée, forces spéciales, interrogatoire, ça se conclut habituellement mal.

Mais l'étau se resserre, l'hostilité gagne dans la prison. En être sorti pour un interrogatoire me semble une avancée considérable. J'attends seul dans une semi-obscurité, j'entends des pas, des rumeurs sourdes de dialogues inaudibles. Vingt bonnes minutes. On m'introduit dans une vaste pièce carrelée tout aussi vide. Au centre, une seule table, derrière laquelle se tiennent assis deux hommes, l'un vêtu d'un boubou, l'autre à l'occidentale. Une chaise est placée devant, on m'invite à prendre place. Le policier athlète en arme se tient sur le seuil, je sens sa présence à cinq mètres dans mon dos. De leur propre aveu, ces policiers ont été formés à Paris. Celui en boubou est le gentil, aimable, souriant, disert, l'autre est le méchant, il aboie, il rudoie

Vous nous racontez votre vie. Depuis votre naissance. On vous écoute.

Ce ne sont plus des compétences de Japonais ni d'apprenti karatéka qui me sont demandées. Celles de l'esquive, de l'effacement, de l'impassibilité, du regard morne, de l'assurance de mes gestes, de la justesse et de la fluidité de mes placements dans le lieu, non, ce serait à présent les compétences du conteur, du romancier. Raconter sa vie, c'est choisir des dates et des lieux factuels. Mais ça ne suffit pas. Il faut donner de la chair à tout ça, construire des représentations d'évidence, mettre en scène. Ponctuer d'anecdotes et d'effets de réel. Sans exagérer. Que ça ne devienne pas des feuillages ampoulés, trop décoratifs, qui trahiraient l'intention sophiste. Je m'y attelle de bonne grâce, j'affronte le grand oral d'un concours de l'administration. Après tout, je déplie ce que je sais faire, je tâche d'offrir à voir un monde dans lequel mes interlocuteurs puissent se projeter, s'identifier même. Ils sont loin d'être idiots, il faut ciseler le récit qu'ils entrecoupent soudain de questions-pièges, parfois cassantes, agressives, intrusives, il ne faut pas leur jouer de la flûte ni du violon. Une joute oratoire en somme, une épreuve rhétorique dans le champ de la narration frappé du ton de la vérité. L'enjeu n'étant pas de ficeler un bon texte mais d'obtenir ma libération… Je songe abruptement au créateur de la Série noire, Marcel Duhamel, à son livre *Raconte pas ta vie*. Je ne peux retenir un sourire. Ça agace

Pourquoi vous souriez ?

Pour rien.

Je ne vous crois pas.

Je pensais à un livre.

Quel livre ?

Le… Désert des Tartares.

C'est quoi ?

Un roman italien.

Pourquoi celui-là ?

À cause du désert.

Du désert ?

Oui, qui nous entoure.

C'est maigre pour en sourire. C'est tout ?

Ils sont dans un fort. Ils attendent l'ennemi.

C'est vous l'ennemi ?

Non, il vient du désert.

Justement. Vous sous-entendez quoi ?

En fait, il ne vient pas. Il ne viendra pas.

Il veille ? Tapi ?

Non, il ne vient pas. Et je ne suis pas un ennemi.

Ça, c'est nous qui décidons... Vous empruntez souvent la ligne 1 ?

La ligne 1 ?

De métro.

Oui, vu mon adresse. Pourquoi vous me... ?

Décrivez-nous la station Bastille.

L'interrogatoire dure cinq heures, sans pause. Ils semblent satisfaits

Nous allons vérifier.

Mais... Vous savez déjà.

Pas tout. Nous établirons un rapport. Seul le juge peut signer votre relaxe. Sinon, il y aura un complément d'enquête.

Je retourne en... ?

Jusqu'à nouvel ordre.

Je patiente à nouveau, cette fois dans le hall, une trentaine de minutes. Je suis vaguement courbatu, mais je respire mieux. J'entends un bruit de moteur. On m'accompagne à la porte. La 4L pétarade, je reconnais au volant mon livreur d'huile de palme. Je peux déjeuner en ville sous sa surveillance. Nous roulons jusqu'à la prison, je passe au dépôt récupérer de l'argent, derrière la grille les condamnés me fixent sans retenue, j'adresse un sourire à Ousmane, je sors, leur regard planté dans mon dos, un picotement entre les omoplates.

Nous continuons à pied, mon policier a lui aussi la crosse du pistolet qui dépasse de la poche revolver, on croise les enfants qui m'apportent chaque jour bananes et bouteilles d'eau, on se sourit, on se serre la main, on échange des nouvelles, j'entame le geste de leur tendre un billet, je perçois l'extrême réticence du policier, finalement je m'abstiens. La place paraît moins grande, plus accueillante, on en sort par une ruelle de sable, il me mène chez une tantine, une gargote minuscule, trois tables en plastique blanc sont dehors, l'une abritée sous un parasol Orangina aux couleurs délavées où sont attablés deux jeunes hommes désœuvrés, mon policier leur parle une autre langue très gutturale, ils déguerpissent avec leur bière, nous nous asseyons. On fixe l'ardoise, il prend un verre d'eau, refuse poliment de passer commande, je comprends qu'il n'a pas d'argent, je l'invite à partager mon repas, commande un

« poulet DG », directeur général, un gros poulet donc... braisé, avec des bananes plantain frites et deux bières. Le temps d'allumer le feu, de préparer la volaille, de la cuire, j'ai tout le loisir de prendre une douche dans la cour où j'aperçois la tantine édentée ouvrir le poulet sur un billot, le vider, l'écartelant, le martelant avec un maillet jusqu'à ce qu'il devienne plan, comme passé sous une roue de camion. Elle allume un feu dans un bidon, coince l'animal entre deux grilles de frigo telle une galette.

Je me glisse dans un réduit de parpaings et de tôles grossièrement assemblés, un jerrican d'eau est juché sur l'angle du muret, muni d'un tuyau et d'une pomme d'arrosage suspendus par un fil de fer. J'ôte mes vêtements croûteux qui collent à la peau, une odeur de sueur rance, j'ouvre le robinet, me place sous le filet d'eau, me savonne, me rince, une sensation de délice, quasi de volupté. Je me sèche dans des effluves cette fois de viande cuisant sur les braises. C'est un relâchement, une respiration profonde, une vacance. Ce serait un déjeuner en terrasse, prévu de longue date, en compagnie d'une connaissance, un homme armé mais courtois et attentionné. Je devine qu'il a autant faim que moi, que ce repas au restaurant est suffisamment exceptionnel pour devenir une fête, nous dégustons le poulet tendre et croustillant, les plantains arrosées de sauce Maggi, le bol de pili-pili où l'on trempe la viande. Il m'évoque sa famille, ses quatre enfants, son désir d'être muté à la capitale

Avec la frontière, c'est une zone agitée, non ? La preuve, moi.

Il s'esclaffe, il rit

Les incidents frontaliers, c'est surtout l'affaire de l'armée.

J'ai vu, elle est partout. Mais aussi la gendarmerie… Enfin, tout le monde.

Présentement, c'est tendu.

Vous devez avoir des trafics en tout genre, j'imagine, si près du Tchad ?

Ils ont l'assentiment administratif. On ferme les yeux.

Vous voulez dire que… ?

J'ai rien dit, présentement !

On s'esclaffe ensemble. On trinque. Je pressens l'ennui d'une existence empêchée, immobile, dans une zone sahélienne où le soleil lui-même reste épinglé au ciel, à la même place, une bouche de feu, un brasier éternel. Tenant le pilon d'une cuisse entre le pouce et l'index, il pointe l'azur grisâtre

Ici, on est tous dans la casserole du diable, en cuisson lente.

On finit tendre à point ?

Non, torréfié ! La fève de cacao.

Il regarde sa montre

Faut que je vous ramène.

À l'hôtel ?

Il hausse les épaules. Désolé…

Je règle la note. On félicite la tantine sans âge, au cuir fripé qui pend à même les os, on vante sa cuisine, elle sourit franchement, nous découvre sa bouche en gencives, ses derniers chicots rouillés à force de mâchouiller la kola. On marche, débonnaires, repus, on n'est pas pressés, on débouche sur la place, on traverse, les enfants jouent au ballon avec du papier journal en boule dans un sac plastique

Vous voilà rendu.

C'est le mot, je me rends, ma cellule m'attend. À demain ?

J'espère pour vous.

À demain !

Il monte dans sa 4L. Je grimpe les marches, du plomb aux semelles. Je m'approche du comptoir, j'enlève chaussures, chaussettes et ceinture, signe la feuille de dépôt, on m'ouvre la grille. Deux pas, trois. J'entre. Le bruit du verrou. Un soir encore. Une nuit. Mes congénères m'observent, ils guettent la faille, un geste d'abattement, une inclinaison lasse de la nuque, une onde de défaite sur mon visage, des lycaons qui rôdent. J'arbore un visage serein, de celui qui sait l'avenir florissant, je m'accoude à l'ouverture, Ousmane m'a rejoint. Je lui raconte en chuchotements. Il semble rassuré

Il est temps que tu partes. Je pourrai plus longtemps te…

J'ai bien compris.

La soirée et la nuit sont interminables. À l'aube, on entend des coups mats sur de la viande et des hurlements dans la pièce à côté. La matinée s'allonge, un goutte-à-goutte qui va se tarir jusqu'au croupissement du temps. J'ai les yeux rivés sur les entrées et les sorties. Le colosse s'est plusieurs fois entretenu en murmures agacés avec Ousmane, j'en suis l'objet, les regards ne trompent pas. Le calme apparent, le détachement surjoué vont me quitter si... Il n'est pas loin de midi. J'espérais revoir mon compagnon de la veille mais c'est un autre policier en civil qui survient, râblé, le cheveu grisonnant, plus âgé, avec un dossier sous le bras. Il en extrait probablement un ordre de sortie puisque l'un des gardiens m'appelle, m'ouvre la grille. Je dois récupérer l'ensemble de mes affaires. Ceinture, chaussures, argent, papiers, bagage. Je signe la feuille de dépôt, salue les prisonniers à la cantonade, m'approche de la grille, serre chaleureusement la main d'Ousmane, lui glissant dans la paume une somme d'argent conséquente en billets CFA. Personne n'est dupe de la manœuvre

N'oublie pas le courrier.

Aucun risque.

Ousmane m'a confié une lettre pour son père, il me suffit de trouver une enveloppe, j'ai promis de la porter moi-même à Douala, les envois arrivent rarement à destination. Je dois également plaider sa cause auprès du commissaire de Yaoundé, un Bamiléké qui dîne souvent chez mon ami anesthésiste.

Peut-être suis-je d'ailleurs à me réjouir trop vite. Le juge n'a pas encore signé ma relaxe.

Le nouveau policier est également un homme courtois, qui conduit la même Renault trouée. Nous patientons deux bonnes heures dans la poussière, à l'extérieur de Maroua, au sommet d'une proéminence, sans l'ombre d'un épineux, à cent mètres d'un long préfabriqué gardé par quatre militaires. Sous le soleil de midi, assis par terre, adossés à la carlingue, la voiture offre à peine un liseré d'ombre à nos têtes suantes.

Survient enfin, cahotant sur la piste, un lourd 4x4 Toyota flambant neuf C'est lui, attendez-moi là. Il s'approche du véhicule, mais demeure à une certaine distance, celle du respect qu'il doit afficher envers l'important personnage. La portière s'ouvre, le juge sort lentement, d'abord le pied, chaussé d'une botte en cuir fauve, puis le haut de la tige en peau de léopard qui monte jusqu'au genou. C'est un athlète d'un bon mètre quatre-vingt-dix qui s'extrait finalement de l'habitacle, un visage impassible, des lunettes aux verres mercure qui reflètent le paysage, tenant dans sa main droite une cravache avec laquelle il effleure sa botte. Il ne répond rien au salut empressé du policier, il tend l'autre main, agacé, le mépris aux lèvres, saisissant le dossier, pivotant d'un quart de tour, se dirigeant vers le baraquement où il disparaît sans un mot. L'homme me rejoint, ne parvenant pas à dissimuler une gêne et une espèce d'appréhension. Il se rassoit, s'adossant à la roue arrière Il va vous appeler.

Je me lève, m'approche d'une termitière, hypnotisé par cette friture d'insectes capables d'élever un tumulus de plusieurs mètres. C'est un grouillement si dense qu'il paraît un seul organisme dont le tissu cellulaire travaillerait étrangement à découvert, sans qu'il en résulte une quelconque dispersion. Mais le harassant soleil me rappelle à la niche, à l'abri de la voiture où le liseré d'ombre s'élargit

Comment font-ils ?

Pardon ?

Comment ils font, là ?

De qui vous... ?

Eux... Toute la journée, à piétiner dans le brasier. Avec l'uniforme, le fusil mitrailleur, les rangers ?

Ah ! Ils fondent...

Comme des glaçons dans une poêle à frire ?

Quelque chose comme ça.

C'est impossible de... Debout, sans l'ombre d'un...

Pourtant... Sont deux équipes. La relève ne va pas tarder.

Pourquoi toute cette... ?

C'est le juge de province. Très puissant. Rien ne se décide sans lui.

Un jeune homme malingre, en chemisette blanche, me fait signe d'approcher.

C'est à vous. Bonne chance.

J'en ai besoin ?

Il hausse les épaules. Je m'avance sous le regard des militaires. J'entre, je passe par le secrétariat, pénètre dans un vaste bureau à l'air conditionné, décoré d'un mobilier d'antiquaire, Art nouveau, en acajou, datant sans doute de la période coloniale. Des peaux d'antilope, de zèbre couvrent le parquet doré, au mur sont accrochées des têtes, lion, buffle, des fusils de chasse, des lances. Des défenses d'éléphant se croisent sur une bibliothèque basse derrière lui, couverte d'objets précieux, des statuettes dogon et bamiléké. Il ne lève pas la tête du document qu'il parcourt, il a une nuque puissante, des épaules de catcheur, il ne répond pas plus à mon bonjour Passeport ? Je lui tends ma photocopie, ne sais que foutre, debout devant son bureau, décidant de m'asseoir dans un fauteuil de bois noir incrusté d'ivoire et de nacre

C'est pas nécessaire. Pouvez rester debout.

Je le vois signer un document, la plume de son Montblanc griffe nerveusement le papier, il adjoint un coup de tampon, me rend ma photocopie et la lettre qui officialise ma libération, me toise quelques secondes derrière ses lunettes miroir, il a de grosses chevalières à chaque main, me désigne la porte, je peux disposer. Je remercie, je salue, je sors, immédiatement jeté dans la touffeur du préfabriqué. Le jeune secrétaire, osseux, la peau luisante, sue, stoïque, s'épongeant le front. Il se lève, empressé, contourne sa table bancale, m'ouvre la porte, me souhaite une excellente journée. La lumière m'aveugle, je rejoins mon policier d'un pas traînant

Ça n'a pas été long.

Non, vite expédié.

J'ai ordre de vous accompagner à l'aéroport.

Pardon ?

L'aéroport.

Mais... je rentre à pied. Je veux dire par la route. Je veux continuer mon...

Votre voyage, oui, j'imagine... C'est pas possible, en fait. Vous rentrez à Yaoundé par le premier vol.

M'enfin, c'est pas ac... !

Désolé. Ce sont les ordres.

Je n'insiste pas. La température me rend hagard, nous grimpons dans la 4L, on file. On arrive, on se gare devant un bâtiment de la taille d'un grand container au bord d'une piste bitumée. Je n'ai pas de billet, mon policier force les contrôles, m'accompagne sur le tarmac, jusqu'à la passerelle

Encore désolé pour ces...

Bah, une semaine logé aux frais de la princesse, ça ne se refuse pas.

Nous rions, on se serre la main. Je grimpe les marches, un dernier regard, je suis dans l'avion.

*

De retour à Paris, profondément troublé par l'extrême dénuement mais aussi l'extrême vitalité de l'Afrique, je renoue avec mes activités essentielles, écrire et m'entraîner dans le sous-sol de l'église américaine. De l'aventure carcérale, je ne dis mot, sinon à mes proches. J'évite bien sûr d'en parler au maître en dépit du lien que je tisse spontanément entre ce séjour en prison et ce que m'apporte le karaté, je sais trop que son regard me traversant demeurera résolument vide, qu'il attendra plus ou moins patiemment que cesse ma rumeur syllabique, ravi de voir un autre élève surgir dans le dojo pour m'interrompre définitivement, lançant d'une voix forte Salut mon pote ! Comment tu vas ? m'ayant déjà oublié, moi qui ne serai jamais réalisateur ni producteur de cinéma… Je me tais donc, je viens simplement trois fois par semaine continuer d'innerver dans mes tissus profonds le nouveau réseau moteur. Et quand il me faut, quelques mois plus tard, quitter Paris pour Rome où je réside une année à la Villa Médicis, je continue seul à travailler mes enchaînements de gestes, à déclamer mes phrases, à filer mes soliloques, les kihons et les katas. À l'abri des regards, dans une clairière écartée des vastes jardins, ou dans mon logement, après avoir poussé les meubles le long des murs. Je pourrais m'engourdir dans les délices de Capoue, la beauté de l'un des plus beaux palais romains, mon atelier surplombant la piazza del Popolo et jouxtant le jardin Pincio. J'écris certes, chaque jour, souvent jusqu'au milieu de la nuit, je lève les yeux parfois sur l'aube pourpre inondant la Ville éternelle, froncée de ridules bleutées. Mais ça ne suffit pas, il me faut faire les gestes, déplier leur syntaxe, j'ignore à quelle injonction je réponds, la question ne m'effleure pas, c'est ainsi, il faut poursuivre, je tiens ma main courante.

Rentré sur Paris, je retrouve le sous-sol de l'église américaine et le maître au regard clair dont je suis l'enseignement huit années durant, jusqu'à mon départ pour le Japon en février 1995, au seuil de la quarantaine, dans un état de fièvre indicible, comme si j'allais atteindre enfin cette ligne d'horizon dessinée par mon père trente ans plus tôt.

*

Quand je débarque à Osaka, que j'emprunte le train express pour Kyōto, que je grimpe dans un taxi, vertement sermonné pour avoir saisi la poignée de la portière qui s'ouvre et se ferme seule, actionnée depuis l'habitacle, que j'exhibe l'adresse de ma résidence sous les yeux du chauffeur mutique vêtu d'un impeccable costume et ganté de blanc, tout me semble identique aux villes d'Europe et tout me semble différent à la fois. Les maisons, les immeubles, les transports sont propres et rutilants, tout est neuf dans ce pays, comme si l'on avait changé l'ensemble du décor, au détail près, la veille de mon arrivée. Si je songe à l'Afrique noire découverte quelques années plus tôt, j'éprouve une espèce de vertige. L'ensemble du matériel urbain est de haute technologie et constitué de matériaux tous composites. Les portes de garage, les murs, les fenêtres seraient uniment fabriqués dans un plastique scintillant, je circulerais dans un jeu de construction juste sorti de son emballage. En outre, le volume des véhicules, l'ensemble des masses construites, les façades, les ouvertures, les rues ont rétréci. La hauteur des réverbères et des câbles aériens de haute tension a considérablement diminué, je crois pouvoir les toucher en levant les bras, rien n'est à l'échelle 1 sur 1 de celle acquise dans l'habitude de mon regard d'Européen. Tout ce qui m'environne est 35 % plus petit, comme tout est 60 % plus grand quand je voyage en Amérique du Nord, jusque dans les paysages naturels... Ce changement d'échelle fascine. J'ai l'expérience de l'agrandissement, non celle d'une sorte de miniaturisation générale, contraignant le corps de chacun à plus d'attention aux autres dans ses mouvements, afin de préserver une désarmante fluidité des foules dans les lieux publics.

Quand je séjournerai à Tōkyō, l'une des villes au monde à la plus forte densité, j'en éprouverai une aisance, un confort inattendu dans mes déplacements aux heures de pointe où des milliers de gens, pourtant pressés, se croisent simultanément dans une coordination parfaite. Serait-ce, entre autres, la pratique scolaire, dès la petite enfance, des arts martiaux, qui confère aux corps une telle plasticité, une telle capacité à s'articuler les uns aux autres sans heurts ? Dans le jardin zen de Ryōan-Ji où je passerai de longs moments paisibles, je serai également stupéfait de m'y sentir seul parmi une cinquantaine de personnes éparpillées sur les abords d'une superficie plus que modeste, toutes possédant un art accompli de l'effacement, du silence, de l'imperceptible présence.

Plus je résiderai dans ce pays, plus les différences se creuseront, plus je perdrai pied, envahi d'une jubilation aiguë de ne rien comprendre, l'intelligence sans cesse mise au défi d'élaborer des interprétations, des cohérences toutes plus contradictoires, plus paradoxales les unes que les autres, ma rationalité défaite mais les sens toujours en éveil, une excitation de chaque instant.

Mon séjour dure six mois, le temps m'est compté, j'arpente Kyōto avec ravissement, mais je cherche en vain, comprenant assez vite que c'est un karaté Wadō-ryū qui se pratique ici, spécifiquement japonais, quelque peu différent de celui d'Okinawa. Je décide finalement d'implorer l'assistance du secrétariat de ma résidence, en la personne de Manako qui sait toute chose sur la vie kyotoïte diurne et nocturne. Elle semble fort déconcertée par ma demande, mais toute disposée à m'aider.

Après trois semaines de recherches, on m'indique l'adresse d'un modeste dojo de l'école Shotokan, perdu dans la lointaine banlieue. J'y suis accueilli par un maître attentif, d'âge moyen, de petite taille, toujours souriant, disponible, sans doute curieux de voir comment ce gaijin pouvait se débrouiller, cette jeune ceinture noire éduquée en France. Un soir sur deux, je me rends dans ce dojo, les autres soirs et le week-end je m'entraîne sur les hauteurs de Kujoyama, dans une villa contemporaine où je réside, adossée à la colline boisée, des lignes géométriques, un béton vibré verni, de grandes ouvertures vitrées, une bâtisse telle que Tadao Andō aurait pu la concevoir, appartenant au ministère français des Affaires étrangères. Je profite d'une vaste salle de réception parquetée, juste occupée dans un angle par un piano. Le plafond est à six mètres, l'un des murs, tout en verre, offre une vue à 180° sur Kyōto et le paysage alentour. C'est là, en surplomb de la ville, que je travaille, seul, dans le silence, juste le bruit de mes pieds glissant sur le parquet clair et celui de l'étoffe épaisse du karatégi, avec au fond de l'horizon, cette ligne ondulante d'un bleu presque violine des contreforts montagneux, comme si la beauté qui s'impose ici devenait encore une injonction à parfaire mes gestes. Je suis studieux, je consolide les nouveaux acquis, je respecte les consignes du maître.

Pour rejoindre son dojo, je gare mon scooter à la station centrale de Jingū-Marutamachi, puis j'emprunte le métro, toujours interloqué par l'intensité de l'éclairage néon semblable à celle d'un bloc opératoire, par l'état éternellement neuf des wagons et des sièges en velours aux couleurs chatoyantes, par le sol carrelé d'une telle propreté que je pourrais manger par terre. Après une demi-heure passée dans ce métro irréel, illuminé comme une fête foraine et qui fait immanquablement penser à l'univers enchanté de Miyazaki, je me retrouve dans un dédale de rues désertes, au 1er étage d'un modeste immeuble de la banlieue nord-est.

Le senseï est en tenue, il entraîne une quinzaine de jeunes élèves âgés de seize à vingt ans. Respectueux comme le plus souvent au Japon des lois de l'hospitalité, cet homme me consacre de longs moments, m'instruit, me corrige, articulant seulement trois mots dans un anglais japonisant : [rilaxeu], [fasto] et [spido]. La langue japonaise étant vocalique, chaque syllabe est composée d'une consonne et d'une voyelle, ce qui rend l'articulation aisée. Mais quand surgissent des consonnes explosives, imprononçables pour eux, les Japonais ajoutent les voyelles « manquantes » entre ou derrière lesdites consonnes afin de pouvoir les articuler. Ainsi le ST de *fast* ou le D de *speed*, inaccessibles à la prononciation, sont pourvus d'un O afin d'entendre le ST avec *fasto*, et le D avec *speedo*.

Un jour, sur le trottoir, alors que je cherchais une boutique réputée en ustensiles de cuisine, un autochtone, qui souhaitait tisser furtivement un lien complice et enthousiaste avec ce Français identifié comme tel, m'adressa les paroles suivantes : *Haï ! Ja no polo belo mo nodo ?* avec des accents toniques ici et là, rendant plus incompréhensibles encore ces vocables mystérieux. Le passant répéta plusieurs fois la combinaison sonore, de plus en plus anxieux et tendu, bientôt gagné d'une profonde déception pour ne pas dire un accablement dépressif dont il ne sortirait pas devant le visage idiot et le regard de poisson que je devais afficher, moi le gaijin tout à fait interdit. Quand enfin, réunissant toutes mes forces mentales, de concentration et d'interprétation, je pus m'écrier Ah ! Jean-Paul Belmondo ! Le soulagement fut extrême, les sourires s'épanouirent, immenses et interminables, les courbettes se multiplièrent, innombrables devant ce miracle et pour le lien enfin établi, où chacun pourrait donc poursuivre son existence, ce matin-là, estampillée du sceau de la joie et de l'assurance que les humains pouvaient se croiser, se parler et peut-être même vivre ensemble.

Avec ces trois mots : [rilaxeu], [fasto] et [spido], on évite ce douloureux état de stupéfaction idiote et paralysante que me produit chaque fois l'articulation japonaise des noms propres. Ainsi, soit le maître me juge trop crispé, les épaules probablement trop hautes, mes mouvements trop raides : *rilaxeu* ! Soit il me trouve trop lent : *spido* ! Ou enfin, que je ne donne pas l'impulsion à l'instant T : *fasto* ! Tel un accent tonique que je poserais sur la mauvaise syllabe d'un mot. Chaque fois, le maître reproduit la mauvaise posture, le mauvais rythme pour lui opposer le geste juste, la vitesse requise, le tempo exemplaire. Je mesure combien le lien pédagogique peut s'établir pleinement à partir du seul langage corporel, ces trois pauvres mots proférés fréquemment étant un simple appui rhétorique. Dans le pays où l'imitation est une vertu, au sens étymologique, cristallisant force physique et morale, courage, persévérance et humilité.

Au regard des défauts récurrents que ce maître me reproche, je découvre une autre dimension essentielle de cet art, le rythme. En somme, la musique. Alors qu'à Paris je développais avec mon ancien maître une pratique linéaire, étale, métaphoriquement monocorde de chaque geste, je comprends avec ce maître et ses élèves au travail comment de l'extrême lenteur à l'extrême vitesse, la dynamique de cet art se fonde sur des principes rythmiques et respiratoires. Surgissent soudain dans la phrase gestuelle de véritables explosions tout à fait désarmantes, notamment au cours de combats entre élèves, des combats de dix à quinze secondes, guère plus, produisant un effet de paralysie ou d'hypnose, me renvoyant sans cesse à mon état de gravité, de lenteur et d'inertie. Ainsi le karaté est une affaire de rythme et corrélativement d'énergie, tant ces instants décisifs d'explosion ne peuvent être générés par la force musculaire, mais bien par une énergie des nerfs sollicitée à l'instant juste. C'est une nouvelle carte neuromotrice qu'il s'agit de dessiner, une nouvelle partition, la musculature en serait la résultante et non plus le socle. C'est une pensée du corps, ou plutôt un corps pensant tout autre qu'il faut développer, quelque chose d'une intuition sensible et neurologique, très loin de la recherche d'un corps occidental, noueux et musculeux.

Un soir où je travaille plus tard dans cet exigu dojo sans vestiaire, gagné sur des espaces sans doute destinés à des bureaux, je vois le maître ôter son karatégi pour enfiler ses habits de ville, chemise blanche, costume gris, cravate bordeaux, invariablement, puisqu'il occupe un poste dans une banque située à Osaka. Je découvre alors que cet homme, qui dans son karatégi, son maintien et sa gestuelle paraît d'une anatomie charpentée et d'une forte musculature, a un corps maigre, un buste malingre, des bras osseux, des jambes grêles. Ce n'est donc que la puissance de ses gestes d'une technique extrêmement accomplie, son énergie, sa vitesse, son rythme qui métamorphosent ainsi son gabarit et remplissent pleinement son vêtement pourtant si ample. Cet évènement furtif joue comme une révélation, dessinant pour moi une tout autre compréhension du karaté. Devenu quasi maigre moi-même grâce à la nourriture japonaise, et retrouvant ainsi le poids de mes seize ans, je suis plus à même d'éprouver ces nouvelles sensations, la maigreur favorisant la vitesse et l'explosion, l'assèchement musculaire le recours non plus à la force mais aux nerfs.

Or il m'apparaît à présent que la place qu'occupent le rythme et l'énergie dans la pratique de cet art a partie liée, consubstantiellement, avec la respiration, très différente de la nôtre, qui n'est plus de tête et de gorge, mais aussi de poitrine et de ventre, ce qu'apprennent avant toute chose nos chanteurs d'opéra. Cette mystérieuse force venue du ventre, que mon père m'évoquait, enfant, ce centre de gravité primordial, le hara, source de puissance et d'équilibre, de souplesse et de vitesse, est aussi le socle du souffle dans toute son amplitude. Le muscle respiratoire, le diaphragme, n'est-il pas d'ailleurs cette ligne médiane articulant le ventre et la poitrine ?

N'est-ce pas notre répugnance occidentale et bourgeoise, depuis le XIXe siècle, pour la vie anatomique, organique plus exactement, en deçà de la gorge, qui nous somme à ce point de ne respirer qu'en « hauteur », une respiration « pointue » comme on le dirait de l'accent implicitement de référence, une respiration haute, de surplomb, nous qui sanctifions à ce point nos strictes activités de tête, siège de la pensée, méprisant jusqu'au dégoût poitrine et surtout viscères... Ce dont se moquaient déjà abondamment Rabelais et Montaigne, évoquant les vents d'en haut et ceux d'en bas, ou comment l'esprit merveilleux de Gargantua s'illustra dans l'invention du torche-cul.

La respiration requise dans le dojo emporte ainsi l'ensemble du torse, le souffle y circulant de bas en haut, en vagues amples. Cette mystérieuse force du ventre serait aussi celle du souffle.

Sans doute avons-nous des circonstances atténuantes, liées à la structure phonétique de nos langues indo-européennes qui mobilisent essentiellement la gorge et la bouche dans l'articulation des sons. Ce qui est soudain manifeste en résidant au Japon, c'est combien leur langue et la profération des sons, notamment brefs et rugueux, sollicitent aussi un travail du ventre, expiratoire, pourrait-on dire, dans la façon dont il permet de pousser les syllabes rauques vers l'avant, ce qui nous apparaît à nous, Occidentaux, comme des éructations. Ainsi le ventre, sans cesse convoqué dans la parole et l'émission sonore, participe-t-il naturellement à la respiration nipponne, et combien avec évidence aux nécessités techniques des arts martiaux.

L'enseignement de ce maître six mois durant est décisif. Me contraignant à reconsidérer profondément l'ensemble de ma pratique inaugurée neuf ans plus tôt. Quitter le Japon est un déchirement. Robert n'a jamais pu s'y rendre, à une époque où le voyage était trop coûteux pour sa bourse d'ouvrier. Quand j'y séjourne, il n'en a plus le courage ni le désir. Il est trop tard, le judo est derrière lui, sa hanche droite le fait souffrir, il est opéré d'une coxarthrose, il faut s'éviter de trop remuer des souvenirs certes heureux et qui le constituent, mais le judo comme le Japon sont à leur place dans un temps qui n'est plus son présent. Toute sa vie d'adulte, avant et après son double deuil, s'est tellement intriquée rue des Volontaires, la remémoration légère y suffit, les fantômes l'accompagnent. Je porte donc seul l'enchantement de ce long séjour nippon. Dont je souhaite garder des traces tangibles autres que des images. Notamment une ceinture noire brodée au Japon de fil rouge, les kanjis (calligrammes) sur l'aplat droit, les romanjis (écriture phonétique) sur l'aplat gauche de la ceinture, une fois le nœud fait. Le maître me propose de s'en charger, il connaît un excellent tailleur tout près de son bureau, à Osaka, qui brode nombre de celles du dojo, dont la sienne. Le senseï prend la mesure redoublée de ma taille à laquelle il ajoute le tombé des deux extrémités de la ceinture, jusqu'aux cuisses. Et me rapporte l'objet trois semaines plus tard. Les kanjis sur l'aplat droit de la ceinture dessinent Fédération japonaise de karaté, les romanjis sur l'aplat gauche reproduisant la sonorité de mon prénom et de mon nom. Vingt-cinq ans plus tard, cette ceinture aux bords plus qu'élimés qui laissent voir le coton blanc sous la surface de tissu noir continue de ceindre chaque jour mon karatégi, elle est autour de ma taille, devenue quasi superstitieusement fétiche et talisman. Longue vie à maître Imamura, à son sourire, sa générosité, sa technique et son savoir.

*

Le retour en France se révèle brutal. Je traverse les remous d'une réalité qui s'est empressée de m'oublier. J'ai quitté le fleuve, je reviens sur la rive, mais les eaux ont coulé jusqu'à l'extrémité des vallées, je m'attarde à l'endroit d'un passé, le présent n'est plus ici, ce fleuve n'est plus le mien. Le courant est puissant, j'entre maladroitement dans des eaux neuves et froides. Je me hâte vers le dojo, retourne auprès de mon ancien maître. Les élèves, devenus les amis avec lesquels je travaillais avant mon départ pour le Japon, ne manquent pas de me souffler combien mon karaté a progressé, comme si j'avais franchi un seuil, gravi une marche dans cette quête infinie du Graal. Le senseï, qui fait, semble-t-il, le même constat, mais par-devers lui, en prend ombrage. Il ne supporte pas, me dit-on, les progrès des élèves accomplis ailleurs que dans son dojo, hors de son enseignement. Les relations se tendent, je me tais, je supporte son ressentiment, son amertume recuite, mais depuis mon retour du Japon j'ai perdu le poste de professeur que j'étais censé retrouver si mon directeur des Beaux-Arts avait tenu parole, ne l'avait pas cédé à quelqu'un qui lui semblait un levier dans son plan de carrière. Je suis donc au chômage et demande au maître s'il est possible de payer mon année d'inscription en plusieurs fois. Il refuse tout net, il tient enfin son motif, invoque une date limite de versement au 30 novembre pour l'année 95-96. Je suis ainsi viré du dojo, quasi manu militari.

Ce long détour heureux par le Japon a donc un coût, celui d'une double éviction. Je ne peux m'empêcher de songer à l'immanence d'une comptabilité d'épicier qui veillerait dans l'ombre à nous faire payer au prix fort les jours heureux que nous attrapons ici et là. Ce ne serait pas imputable à Dieu, même si l'on est tenté parfois de confondre justice divine et comptabilité. Non, ce serait un mouvement de l'existence, quelque chose comme le flux et le reflux des océans, qui dans la vie civile prend la forme d'un octroi soudain converti en une dette dont l'huissier exige sur-le-champ le paiement à notre porte. Plus de dojo, plus de travail, onze ans après mon deuil, voici que je vacille à nouveau.

Mes compagnons à l'entraînement, des anciens pour la plupart, qui partiront bientôt vers d'autres dojos, suite à cet incident qui n'était pas le premier, m'avaient parfois évoqué un dojo mythique, historique, le SIK, rue Daguerre. Je suis dos au mur, je m'éprouve de nouveau comme un homme égaré, une espèce de fils errant, rongé par le doute, pressentant que je pourrais sombrer si j'abandonne ma quête sur le chemin du budo. Il me faut trouver un nouveau senseï.

Si l'on m'avait demandé pourquoi. Pourquoi un nouveau maître, un nouveau modèle ? Était-ce le Robert confisqué de mon enfance que je cherchais à suivre en cette figure à trouver ? Était-ce une sagesse à atteindre ? Une violence en moi à soumettre ? Un cadre pour contenir ma folie ? J'aurais été bien incapable de répondre. S'imposaient simplement une évidence et une nécessité, il me fallait poursuivre dans la voie du budo.

Je me rends à l'adresse indiquée, traverse un couloir d'immeuble, arrive dans une cour intérieure, un escalier sur la droite conduit à un entresol, c'est là, j'ouvre la porte, descends encore trois marches, débouche dans un long couloir, mais de suite à gauche remarque une sorte de hall, et plus loin l'entrée probable d'un vestiaire. J'entends le mouvement cadencé des corps, les respirations, les impacts sur les karatégis, parfois un « *kiaï* »…

Je salue la jeune dame blonde derrière le comptoir, me tourne vers l'ouverture à main droite qui donne sur la salle du dojo, les élèves travaillent par deux des enchaînements réglés de plusieurs gestes d'attaque et de défense, cet exercice du kihon kumité. Une espèce de stupéfaction m'étreint, les premiers mots qui me viennent en bouche : le Japon ! Le rythme, la pulsation comme on le dirait du jazz, le caractère explosif des gestes, tout y est. Au-delà de la stupéfaction, c'est l'exaltation, sauf que la salle est deux fois plus grande qu'à Kyōto, qu'elle est remplie d'adultes, un volume plein, continu, jamais monocorde, haletant, une musique. Or cet espace souterrain, aveugle, éclairé par deux dômes translucides diffusant une pâle lumière zénithale, est aussi un bloc d'énergie quasi étanche et qui intimide. Ce n'est plus un fleuve tranquille d'un débit régulier dans lequel se glisser, c'est un torrent dévalant dans lequel il faudrait se jeter, épouser aussitôt le flux, la vitesse, les vagues, les tourbillons, tâcher de n'y pas sombrer, déjà suffocant, à demeurer comme on peut à la surface des mouvements, du tempo. La qualité des élèves, leur niveau de pratique, leur condition physique impressionnent. Pénétrer ce bloc serait opérer une translation. Déjà fragilisé, en serais-je capable ? Le maître, d'une aura légendaire, est inaccessible parmi ses élèves, j'entrevois sa silhouette parmi les autres corps, j'entends sa voix qui donne le rythme, un chef d'orchestre...

Je m'approche du comptoir, la jeune dame me demande mon grade, me communique les horaires, bien sûr, je pourrai payer mon année d'inscription en plusieurs fois, sans problème, deux ou trois cours sont possibles chaque jour

Chaque jour ?

Oui. Voici la grille.

Je glisse la feuille dans ma poche, remercie, jette un dernier regard, quitte le lieu comme je sortirais d'un état d'hypnose. Si je m'arme de courage, décide enfin d'y revenir, cette fois pénétrant dans la salle, vêtu de mon vêtement blanc, me mêlant aux autres praticiens, il faudra viser bien plus que la discrétion, il faudra atteindre la transparence, l'invisibilité, oui. Je sais depuis mon séjour au Japon que la ceinture noire que je porte autour de la taille n'est aucunement un aboutissement. Le 1er Dan permet de considérer que j'entame simplement une pratique de karaté à proprement parler. C'est la reconnaissance d'un commencement. Sans plus. Les quelques minutes que je viens de vivre dans ce sous-sol en sont l'implacable rappel.

J'y reviens deux jours plus tard, le maître s'affaire avec la jeune dame blonde derrière le comptoir, beaucoup d'élèves sont déjà en tenue dans la salle. L'homme me salue d'un bref mouvement de tête Les vestiaires, c'est là. Message reçu, cinq sur cinq, inutile de tenter la palabre. Je me hâte, me déchausse, me déshabille, revêts le karatégi, ceins la ceinture, salue à l'entrée du dojo, ils sont nombreux, je ne connais personne, j'hésite, m'avance, arpente la salle, pieds nus sur le parquet patiné, je cherche en vain une place à l'abri des regards. Il y a bientôt le salut rituel au lieu et à la place d'honneur, shomen-ni-rei, puis le salut au maître, senseï-ni-rei, l'échauffement conduit par un élève, enfin le cours qui commence. Avec immédiatement une intensité et un rythme qui confirment mon impression de l'avant-veille. Je m'anime comme je peux, je cherche l'air, tel un marathonien sur la ligne d'arrivée, je serre les dents, j'essaie d'honorer les directives, je ne pensais pas qu'on puisse travailler de la sorte, avec une telle cadence, quelque chose comme une orchestration symphonique, le *Boléro* de Ravel, *La Walkyrie* de Wagner ? Une heure pleine, sans pause, sans relâche, sinon ce court instant où le senseï montre les mouvements que les élèves essaient de reproduire au rythme qu'il impose. J'en sors exsangue, carminé, asphyxié, fourbu, le karatégi trempé, mais j'ai traversé, maladroitement, certes, en retard, décalé, mais je m'éprouve, dans l'extrême limite outrepassée de mes forces, vivant.

Je ne sais si le maître a seulement posé un regard sur moi durant ce premier entraînement, en fait je le redoute, tant je me sens dépassé par ce qu'on exige des élèves qui semblent, eux, parfaitement adaptés. Je comprends cependant que si un lien doit se tisser ici entre le senseï et l'élève, il se fonde sur le travail, plus exactement sur la sincérité du travail, me préciseront les anciens, à maintes reprises. On n'est donc pas jugé sur l'excellence mais sur l'engagement du travail. Chacune et chacun faisant ce qu'il peut, à proportion de son corps, de son âge, de son histoire, de ses atouts, de ses faiblesses, mais avec toute sa volonté et de toutes ses forces, physiques et mentales. Une reconnaissance mutuelle est alors possible, le maître acceptant cette personne comme son élève à qui il peut dispenser corrections et conseils, cet élève trouvant en ce maître un modèle, certes, mais aussi les ressources à la fois techniques et affectives dont il a besoin pour s'engager dans cette discipline. Il y a quelque chose du don et du contre-don, entendu d'un don en retour, sans quoi une relation véritable ne peut se tisser, qui soit de confiance et de fidélité.

Sans doute faudrait-il user du seul mot japonais de « senseï », tant celui de « maître », dont on sait quel est le sens chez un philosophe des Lumières comme Diderot dans *Jacques le Fataliste et son maître*, dont on sait combien il est chargé pour nous d'une acception négative, formant avec l'esclave un couple maléfique, signale un rapport social et statutaire de pouvoir et de domination. Ici, le lien qui s'élabore relève d'un choix souverain, chez l'élève comme chez le senseï, de s'accepter l'un l'autre, en même temps que chacun y joue pleinement son rôle. Au sein d'une recherche commune dont la finalité est l'expression d'un art sans limites. Tel Brancusi dans l'atelier de Rodin. Tel Matisse dans celui de Moreau, etc. Un lien artistique où le maître possède une expérience, un savoir-faire et une expertise que l'élève considère comme suffisamment exemplaires pour s'y soumettre, c'est-à-dire en être à l'écoute, avec respect, afin d'en recevoir les fruits pour tenter à son tour de faire son chemin. Sachant que cette dynamique qui s'instaure entre le senseï et l'élève, otagaï, travaille en définitive à la plénitude de chacun dans sa propre solitude, au développement de son autonomie et de sa liberté à l'intérieur de cet art.

Le lien qui se tisse n'est surtout pas celui d'une aliénation mais bien celui d'une initiation et d'une transmission.

À moi qui débarque dans ce dojo, le senseï n'a donc rien à dire, et s'il jeta peut-être un furtif regard sur mon travail, je n'en sus rien. Je n'avais pas à chercher une place à l'abri des regards, à me souhaiter invisible. Je l'étais. Ce que je compris plus tard, c'est que j'avais commencé dans une invisibilité totale, et qu'à force de persévérance et de travail, j'avais progressivement pris forme dans le champ du visible pour finir deux ou trois ans plus tard par devenir un élève.

Ce lien fondateur une fois construit, le dialogue peut s'établir hors du dojo, avant ou après l'entraînement sur n'importe quel autre sujet, la pluie et le beau temps, un voyage à l'étranger, la recharge d'une batterie de motocyclette, les bienfaits de l'acupuncture, l'adresse d'un bon restaurant, une nouvelle paire de chaussures, la grève dans les transports... Mais personne n'est dupe de ce qui fait socle à ces échanges du quotidien.

Or ce qui s'avoue aussi avec lucidité et modestie de la part du senseï, c'est qu'il l'est non par essence, en toute chose et à tout propos, mais dans une durée singulière, celle de la pratique d'un art martial. L'homme est généreux, d'un humour vif et ravageur, envers lui-même souvent, il ne se prend pas au sérieux mais prend extrêmement au sérieux la pratique et l'enseignement du karaté.

Ainsi les conversations, les signes de sympathie et d'amitié peuvent aisément s'épanouir dans le hall d'entrée et autour du comptoir. Simplement, lorsque chacun pénètre à nouveau dans le dojo, vêtu du karatégi, ceinture à la taille, il sait qu'il s'avance dans le périmètre d'une discipline qui a des règles et une tradition, *dento*, amis et connaissances redeviennent élèves et maître, chacun renouant avec un art qui les dépasse tous, qu'il s'agit d'incarner et d'honorer, de développer et de transmettre, de réinterpréter et de réinventer, pour chacun et pour tous, l'un comme senseï, les autres comme otagaï, dans une distance, une concentration et une écoute retrouvées.

En ces moments d'extrême intensité que le maître ouvre chaque fois, qu'il nous offre de partager, l'adulte et l'élève que je suis s'emboîtent et se confondent. Précisément parce qu'en franchissant le seuil du dojo, l'enfance m'envahit telle une fièvre de découvrir et de vivre ce que j'ignore encore. C'est cette situation que le senseï inaugure chaque jour, elle m'apparaît comme une chance, elle sème en moi l'assurance et la joie toujours renouvelées d'un présent et d'un devenir.

LE COMBAT / LA CONVERSATION

19 septembre 1996. Voici que survient l'enfant. Le premier. Parmi des 9 et un 6. Une année exactement après ton retour du Japon. Il va bientôt paraître, c'est une énigme, une abstraction surgie du néant, tel le lapin blanc sorti du chapeau.

Tu es dans le déni, affichant une indifférence polie, dissimulant comme tu peux une espèce de répulsion devant ce corps de femme en métamorphose, chrysalide et papillon, tu te tiens à bonne distance du ventre rebondi de la très prochaine mère, acceptant de rares fois de poser la main sur ce globe de chair immense pour y constater la vie nouvelle s'agitant sous la peau tendue, réticent malgré tout devant cet envahissement de l'organique qui s'impose, implacable, dans le triomphe de la mère naissante. L'accouchement accompli, ce sera la montée de la mère en gloire dans la femme que tu peines à reconnaître. L'acte d'engendrer suscitant chez elle une autorité immanente, celle d'un savoir sans mots constitué dans la chair, en allant. Tu te sens interdit. Écrasé. Quelque chose s'est tramé dans l'épaisseur d'un silence physiologique, l'une que tu côtoyais est devenue deux, tu es à la lisière d'un nouveau dialogue immédiatement établi entre ces deux. Dont tu ne connais pas la langue. Qu'il va te falloir apprendre si tu veux entrer dans cette étrange conversation où tu ne t'éprouves pas nécessairement exclu. Sinon bien sûr, et depuis le commencement, par les dures lois de la nature. La parturition ne relève pas de ta compétence.

Mais la venue de l'enfant produit d'autres effets considérables. Il dessine autrement ta place dans le monde puisque tu vas devenir père, tu vas être une origine. Malgré toi. Parce que tu détestes l'origine, tu détestes qu'on puisse s'en prévaloir, tant cette instance biologique ne justifie rien, ne légitime rien. Ton histoire en est la preuve, seul le choix réciproque des êtres fonde la légitimité du lien. Que tu sois désigné comme père par la seule loi naturelle fait lever en toi un vent de panique.

Tu aimes et tu admires les passeurs, tu aimes Robert qui n'est justement pas ton géniteur, tu aimes Jaume, l'artiste catalan dont l'enfance sous la dictature franquiste fut une longue suite d'épreuves, de deuils, de maltraitance, un homme sans enfant, qui sera le magnifique parrain de ce premier fils. Tu évites toute question des origines, tu cherches dans la philosophie les textes qui élaborent une pensée débarrassée de cette question. Aussi tu fréquentes assidûment Nietzsche, Bergson, Merleau-Ponty, Deleuze, Anders. Ce sont tes amis, ils étayent en toi ce sentiment qui t'est si cher, du mouvement et du passage, d'un temps ouvert, aléatoire, où l'origine ne compte pas, ne constitue pas une cause finale, ne nous verrouille pas dans un futur qui en serait l'illustration.

Ainsi le senseï, celui qui le devient depuis ton retour du Japon, qui l'est encore aujourd'hui, vingt-sept ans plus tard, et qui le restera jusqu'à ta fin, ce passeur qui t'ouvre un monde infini dans sa recherche et ses sensations, et qui fait de toi un éternel élève, otagaï. Tu seras au dojo celui qui, toujours, apprend.

Ainsi l'écriture à la table de travail, qui te traverse et t'emporte vers des rivages inconnus, consolide en toi le fils émerveillé, acharné d'enfance. C'est une activité qui te désigne, te nomme et t'autorise. L'écriture engendre en toi l'auteur, tu en es la résultante, tu demeures un fils.

L'enfance serait l'intuition euphorique d'un temps ouvert, d'un futur possible dont tu ne sais rien, sinon qu'il sera merveilleux, et que tu t'y précipites sans retenue. L'enfance est sans doute l'alliage de l'espérance, cette première vertu dont parle longuement Péguy. Tu crois en l'enfance tel un fanatique, elle continue de te mouvoir, de t'animer au travers de ces deux activités, le karaté et l'écriture.

Et voici que surgit l'enfant. Qui recompose toute ta représentation du temps, et qui fait de toi un père. Tu ne seras plus sans cesse précipité dans ton avenir, une autre ligne du temps s'ouvre qui s'appuie sur la tienne, tu es l'origine à ton tour, elle te fixe dans un nouveau commencement qui n'est pas le tien, tu te vois hissé de force à la tribune du père. C'est l'effroi qui te saisit, tu penses à tort que le temps de l'élève et du fils sont pour toi révolus. Ne demeure que le temps de la transmission, et tu sais si peu de choses. Tu as quarante ans.

*

Ce déni de l'enfant dure quelques jours. Le temps d'apprendre certains gestes sans doute qui permettent d'accueillir l'intrus, le nouveau venu. Le prendre dans ses bras, veillant à maintenir d'une main cette tête trop lourde que son cou inerte ne peut porter. Provoquer d'une tape en haut de son dos, alors qu'on est torse contre torse, le rot qui suit l'absorption du biberon. Pommader ses fesses après l'avoir torché, lavé, lui mettre convenablement sa couche. Savoir le bercer, parler à quelqu'un qui ne parle pas. Il me saisit les index de ses mains miniatures, il sourit, il agite les bras tel un jeune moineau cherchant l'envol. Quand il est propre, sa peau exhale une odeur de pâtisserie. Je comprends mieux cette fable de l'ogre dévorant les enfants, je comprends l'ogre, le nourrisson fleure bon et sa peau est d'une douceur indicible. Des pétales de rose ou de pivoine.

Vient très vite ce moment où tu t'allonges sur le dos, posant le nourrisson sur toi, poitrine contre poitrine. Tu le sens respirer, les battements presque imperceptibles du cœur, le flux et le reflux de ses poumons minuscules, la bouche entrouverte, le souffle ténu et parfumé, une sorte de pulsation complexe à plusieurs temps, discrète mais hypnotique. Tu respires bientôt à son rythme, tu en as du moins la sensation, sa respiration devient la tienne, tu épouses son tempo charnel, tu bascules dans son endormissement, une plongée dans un sommeil osmotique de deux poitrines fusionnées, partageant le même oxygène, tu tombes dans son inconscience, peut-être dans ses rêves, jamais s'endormir ne fut d'une telle volupté. Sinon peut-être dans des moments d'enfance oubliée. Ton corps est ainsi devenu le socle de ses siestes dans lesquelles il t'entraîne avec une mystérieuse force d'enveloppement. La puissance de son commencement est si grande. C'est une révélation. Un dévoilement au sens grec, une réminiscence charnelle de ton sommeil d'enfant. Ainsi, le nouveau venu, tout juste fini, sans paroles et sans mots, peut te précipiter dans ta propre enfance, non celle qui ouvre habituellement ton chemin, mais celle d'avant, quasi prébiotique. Il ne fera pas seulement de toi un père. Tu n'y avais pas songé.

Tes gestes sont alors portés vers l'animalcule enfant qui n'en sait aucun. Tes gestes accompagnent, protègent, suppléent, prolongent, démultiplient, tu deviens l'exosquelette d'un corps empêtré dans un règne confus, entre l'animal et le végétal. Tu lui apprends l'assise, la sensation de l'équilibre alors que cette tête décidément trop lourde en fait un culbuto sur les 360°. Tu le fais s'asseoir, se lever, puis marcher, puis trotter, puis courir, puis sauter. Tu construis des principes moteurs dans une masse encore peu innervée, tu développes sa mobilité, tu l'orientes vers un dehors qu'il désire mais qu'il confond avec lui-même. Tes gestes lui sont adressés, dédiés, tu te réappropries le balbutiement de ses propres gestes, tu les parcours comme s'ils étaient les tiens, la leçon quotidienne d'une anatomie qui commence. Afin que tout devienne distinct, différent. Le monde, lui, les autres, son père.

Quand on est deux pour de bon, un et un, la conversation s'élabore, sérieuse, exigeante. Voici la plus sérieuse, la plus élaborée. Je suis encore allongé sur le dos, sur un tatami, j'ai les cuisses repliées sur mon ventre, les jambes à angle droit, les plantes de pied vers le plafond. Mon garçon de trois ans me tient les mains, il monte sur mon torse, puis parvient à poser ses pieds sur les miens, plantes sur plantes, les miennes en socle des siennes. Je déplie progressivement mes jambes vers le plafond, jusqu'au moment où il ne peut plus tenir mes mains, où il doit lâcher ce maintien essentiel, il s'éloigne, il s'élève, ses points d'équilibre ne sont plus que ses plantes de pied et les imperceptibles réajustements d'équilibre que je produis avec mes jambes devenues des amortisseurs. Il continue de s'élever, il est très haut au-dessus de moi, il vacille, plusieurs fois déjà il a perdu l'équilibre, il a sauté sur le tatami ou s'est effondré sur mon torse… Nous n'avons pas renoncé en dépit des nombreux ratages, mes jambes sont tout à fait dressées vers le plafond, mon dos aussi, ma nuque et mes épaules demeurent mes seuls appuis, et lui ne regarde plus son père ni le sol, il lève lentement la tête, ses bras tout aussi lentement, enfin, il touche le plafond de ses mains minuscules, trouvant là une nouvelle prise, il est debout et victorieux, il est l'arc triomphant depuis mes plantes de pied jusqu'au plafond où se tient sa tête, dominant la pièce, il est Plume collé au ciel de la chambre[6], la surface blanche et satinée, habituellement inaccessible, au ras cette fois de son regard.

Nous rions, nous avons gagné, nous sommes les nouveaux acrobates, nous multiplierons sans compter ces séances héroïques d'acrobatie de cirque. Nous sommes bien deux, l'un et l'autre, l'autre et l'un. Le jeu a commencé.

S'y ajoute bien sûr un autre motif récurrent qui va naître entre nous. Ce que l'enfant nomme la « baga » en ouvrant grand la bouche, ce qu'il réclame, posant un accent tonique sur le second A, articulant difficilement, imperceptiblement le R de bagarre. Qui introduit à d'interminables scènes de chahut, le lit transformé en ring. Avec quel ravissement partagé, et pour toi avec quelle joie des retrouvailles, comme une récognition de cette plage corse et de tes premiers combats sur le sable avec Robert, le colosse. Ta scène mythologique. Les rôles ont simplement ripé, glissé, c'est toi à présent qui es à l'endroit de Robert, c'est toi le géant, face à ton fils qui rit à gorge déployée de découvrir la force de son père, cette force qui le protège et qui devient sienne. Si tu avais d'autres souvenirs, une autre histoire, un autre père corseté dans sa distance d'adulte et qui n'aurait jamais engagé avec toi le moindre pugilat, tu ne perpétuerais pas à ton tour avec ton fils ce qui n'est pas loin de ressembler à un rituel festif dans cette confusion échevelée de gestes et de rires.

Toi qui voulais tant demeurer un fils et un élève, te voilà prisonnier de ton temps comme de ton corps d'adulte, tu es finalement devenu le corps de Robert. Un corps semblable. Et tu n'as pas le choix. Sauras-tu alors incarner avec la même intensité ce qu'il fut pour l'enfant que tu étais ? Sauras-tu être ce qu'il fut pour toi ? Être pour ce petit garçon qui te fait face la même force pérenne qui le protège, incarner la même tenue, la même élégance, le même silencieux modèle. Cette question qui te hante à bas bruit. Tu constates surtout que tu engages les mêmes motifs corporels, les mêmes scénographies qu'en ton enfance, tu t'y engages assurément avec la même joie, le même émerveillement. Tu ne t'en lasses pas, tes éclats de rire se mêlent à ceux de l'enfant, ton bonheur du chahut s'ajoute au sien. Chacun devient l'écho de l'autre. Tu crois tenir alors toute la chaîne du temps, tu te dédoubles, tu es en ces instants de joie pure absolument l'enfant et l'adulte, le fils et le père accordés. C'est l'accueil du petit garçon dans l'enfance du père. C'est la trame qui se tisse d'une ineffable complicité.

*

Il y eut cette expérience inaugurale, très physiologique, lors de ma toute première année de karaté, où l'onde de choc née sur le flanc gauche, grâce à un coup de poing parfaitement ajusté, me traversa l'abdomen pour venir fleurir dans le foie en une vibration qui me mit à genoux, le souffle coupé.

Mais il y eut surtout, lors de cette lente initiation, des années durant, où je ceignis les différentes ceintures de couleur jusqu'à la noire, l'extrême bienveillance des gradés qui me laissaient m'agiter en gesticulations offensives et crispées, mes pieds et mes poings fouettant l'air nerveusement, sans discernement et sans appui, une espèce de monologue fiévreux qui ne parvenait pas à se modeler, à s'articuler sur celui qui me faisait face. Les gradés se bornant, eux, à demeurer à la bonne distance et à parer mes attaques sans surprise et mal dessinées. Ainsi le débutant que j'étais put acquérir progressivement une intelligence de l'autre. Jusqu'à ce que mon partenaire qui était aussi mon adversaire s'autorise à l'attaque et la contre-attaque sans me décourager ni me mettre trop à mal.

Lorsque la ceinture noire fut obtenue[7], qu'il fut entendu que j'entamais pour de bon une pratique de karatéka, j'engageais des combats qui ressemblaient à des échanges offensifs et défensifs plus ou moins puissants, où survenait de plus en plus nettement ce qu'il me fallait bien nommer la *réalité*.

La réalité, c'est-à-dire l'existence de l'autre, non plus celle du nourrisson, si proche, si intime, si incernable et indéterminée à la fois. Non, l'existence de l'adulte, dans sa complexité, son intelligence, sa liberté, capable de déplier des phrases gestuelles qui soient autant de propositions inattendues, imprévisibles, tout à fait désarmantes, au point d'être désarmé et vaincu. Parfois à l'instant même où je croyais triompher. Ce pied de l'adversaire, sorti de mon champ visuel, qui venait soudain me cueillir au visage en une claque cinglante alors que je surveillais son poing menaçant et que je pensais opportunément et à la même microseconde briser sa garde pour administrer un coup décisif…

S'il est si difficile d'entrer dans la réalité du combat, de se confronter à la liberté de l'autre, ce n'est pas seulement parce qu'il déplie des enchaînements d'une technique parfaite, des propositions de surcroît originales. Car il existe toujours des réponses qui conviennent, des parades adéquates tant la plasticité gestuelle joue à l'infini. Non, l'extrême difficulté c'est de faire face à la vitesse et à l'imprévisibilité de l'autre, faire face à sa fulgurance, sachant qu'y répondre dans l'instant juste, c'est l'anticiper et donc habiter l'intuition de l'autre, l'intuition qu'il a de son devenir immédiat, toujours à la microseconde près, puisque c'est en de telles durées et vitesses que s'arbitre un combat.

C'est toujours ce qui s'offre à nous comme l'abîme et l'épreuve de notre vie, faire le geste dans l'instant juste afin qu'il soit pleinement accompli, alors que le temps est notre vérité et qu'elle nous échappe le plus souvent.

La vitesse qui préside au combat met en lumière cette quête de l'instant juste, qui nécessite de s'abandonner à la spécificité du présent, « au moment unique, dirait Bergson, [...] justement parce que sensations et mouvements occupent des lieux de l'espace et qu'il ne saurait y avoir dans le même lieu plusieurs choses à la fois[8] ». Ce présent unique qui va cristalliser l'ensemble du travail accompli, l'ensemble des acquis, mais aussi l'extrême intuition du devenir immédiat de l'autre et de soi. Un présent qui va en outre inventer l'instant juste, en dépit de la pression du passé et du futur qui l'infusent. L'instant juste, incarné dans le geste exact, souvent introuvable, où l'on irait interdire ou esquiver les soudaines attaques de l'autre, mais également rompre sa garde et pénétrer sa citadelle.

L'instant juste, si souvent introuvable parce qu'on l'invente trop tard… Comme dans un dialogue, une dispute, la bonne réplique qui survient, trop tardive, et qu'on énonce à soi-même, en silence, envahi soudain de la mélancolie du futur antérieur : il aurait fallu que je lui rép… L'instant juste est l'horizon absolu, désiré par tous les praticiens des arts du temps, que ce soit dans la littérature, la musique, le cinéma, la photographie ou les arts martiaux.

Cet enjeu fondamental, dans les arts du temps comme dans notre vie de chaque jour, se trouve d'ailleurs contenu dans la notion essentielle de kimé, qui désigne entre autres la capacité de décider, décider dans l'instant de faire le geste, laquelle décision est fondue dans le geste lui-même, dans une pure instantanéité. Ce qu'écrit Deleuze dans *Périclès et Verdi* : « Le problème n'est pas celui de la fin, mais celui du mouvement. Le mouvement, c'est l'acte même de la puissance. Faire le mouvement, c'est passer à l'acte, établir le rapport humain. Décider n'est pas vouloir faire le mouvement, mais le faire[9]. »

C'est exactement cela le combat, l'acte même, le passage à l'acte, l'instant où s'établit le rapport humain. Un rapport humain de si grande proximité que l'on sait, après vingt secondes d'échange, à qui l'on a affaire. À l'agressif, qui veut à tout prix dominer sans laisser s'exprimer l'autre, au bienveillant, qui peut même saluer l'argumentation de l'adversaire, au rusé, au prétentieux, à l'orgueilleux, au loyal, au peureux, au généreux, au joueur, au pédagogue.

Le combat physique dans les règles qui président au dojo est un tel engagement qu'il est aussitôt l'expression de chacun au plus intime, il est l'ivresse du vin qui révèle l'être et fait tomber les masques. Ce pourquoi il se travaille sur des durées très courtes afin que le combat ne dégénère pas en un duel, justement.

Car il existe, souvent, comme un effet thermodynamique constitutif de l'échange, où le ton peut monter, les gestes se tendre, les coups s'avérer plus lourds, plus dangereux. Lorsqu'on devient un ancien, expérimenté, on se doit de modéliser l'échange, de se soustraire à ce principe thermodynamique de l'échauffement et de l'emportement, non pas en neutralisant le combat, le rendant morne, ennuyeux, rétréci, mais en manifestant au cœur même de l'échange exigeant, âpre parfois, une disposition mentale calme et sereine, afin que la technique prévale dans cette joute qui devient alors un jeu, aussi loin que l'on pousse les feux. Puisque ce qui doit s'extraire de la rencontre et de l'affrontement, ce qui doit se dégager du combat, c'est l'art du combat…

*

Des gestes de l'un dépendent les gestes de l'autre. Chacun se disputant l'initiative du mouvement général, *sen*, au gré de la pertinence et de l'à-propos des arguments de chaque locuteur. Ici de l'efficacité et de la vitesse des propositions de chaque combattant. Les coups sont portés, parfois rudement, certains si puissants qu'ils concluent l'échange, laissant l'autre sans voix, sans souffle et sans force. Séché, comme on dit, le plus souvent par un atémi au foie ou au plexus. Qui nous plie. Il s'agit le plus souvent d'un coup techniquement parfait, ne causant presque jamais de blessure, juste une panne respiratoire et neuromotrice.

Je me souviens de cette jeune femme qui enseignait par ailleurs l'équitation et qui combattait en la circonstance avec un karatéka confirmé. C'est le bruit que fit la gifle qui attira notre attention, alors que nous étions tous engagés dans le travail du randori. Nous entendîmes cette gifle retentissante qui suspendit notre mouvement, et nous vîmes alors, comme au ralenti, l'effondrement de son adversaire qui se répandit en silence sur le parquet, telle une étoffe légère flottant et glissant d'un fil à linge jusqu'au sol. Elle avait exécuté un ura-mawashi, un coup de pied dont la trajectoire complexe trace un S, qu'il est difficile de soupçonner et surtout d'anticiper, pour aller gifler de la plante de son pied le cou et la jugulaire de son interlocuteur. Qui fit à proprement parler un collapsus. Il ne lui fallut qu'une poignée de secondes pour reprendre ses esprits, et trois minutes plus tard, il s'entraînait de nouveau, le sourire aux lèvres, les deux aussi interloqués, l'une d'avoir pu réussir ce coup de pied parfait, l'autre de s'être ainsi trouvé emporté dans le collapse.

Je me souviens pour ma part d'un combat avec Fabrice, 7e Dan, avec qui j'aime tellement travailler, tant l'excellence de son karaté et la générosité qui l'anime sont un enseignement permanent. J'étais d'une humeur enjouée, expressive, disons, et je multipliais les attaques de poings, avançant sur lui sans pause et sans relâche. Il esquivait, il parait, je me heurtais à sa défense, jusqu'à cet instant où s'engouffrant dans une ouverture de ma garde basse il m'allongea un court atémi au plexus qui me stoppa net, désarmé, interdit, sans forces, cherchant l'air tel un poisson sur la grève. Nous eûmes quelques secondes plus tard le rire en partage tant c'était bien comme le surgissement d'une réalité immanente à l'échange, au-delà de nous deux. Comme si ce coup décisif, c'était à la fois lui, Fabrice, qui le donnait, mais aussi l'intuition de son art qui s'exprimait au-delà même de sa conscience. Ce qu'au Moyen Âge nous aurions appelé le Jugement de Dieu.

*

Je pense à la maïeutique, telle que Socrate la décrit dans le *Théétète*. Il s'agit dans le combat de développer en l'autre des qualités qu'il possède mais qu'il ne connaît pas encore. Le combat dans ce cadre est bien animé par une volonté de puissance et non par une volonté de pouvoir. L'enjeu n'est pas l'asservissement et la soumission de l'autre jusqu'à son éventuelle destruction, mais un développement de la puissance de chacun, l'expérience de la victoire comme de la défaite ouvrant à une même pédagogie qui entraîne chacun vers plus de puissance, c'est-à-dire d'intuition, d'invention et de kimé.

Des amitiés et des solidarités indéfectibles se créent à la faveur de ces confrontations. Car si le combat fait tomber les masques, il permet de mesurer de quelles qualités et de quels défauts l'être est forgé. Le fait de se risquer au dialogue avec quiconque, de s'exposer à ses coups, et même de les recevoir, permet aussi de tisser une confiance et un respect qu'aucune autre conversation ne pourrait instaurer. Parce qu'on est allé, chacun, au plus loin de ce que sa propre force peut coûter à l'autre, mais surtout au plus loin de ce que l'on doit contenir de sa propre violence, alors qu'on est précisément à se battre sans forfanterie l'un contre l'autre. On porte ses coups sans complaisance et librement. Ce serait l'occasion idéale de trahir et de vouloir soumettre, alors qu'on tâche au contraire de ne jamais blesser physiquement ni mentalement. Je songe à ces combats avec Fabrice, Amar, Thierry, Kourouma, James, Arnaud, Claude, Aimé, Sidi, Bruno, Nacer,

Bernard, Karim, Michel, avec lesquels j'ai tant conversé. Nous vivons tous dans des univers si différents, nous ne nous serions jamais rencontrés sans ce travail du combat. Or ce sont de franches conversations qui nous animent ensemble et que nous reprenons inlassablement. Parfois, l'un nous quitte, comme Cédrik il y a quelques années, fauché par la maladie à quarante-neuf ans. Nous en sommes défaits parce que c'est un être mais aussi un style, une façon de déplier ses phrases, une rhétorique, une tenue, un courage, une noblesse qui nous quittent. Ayant ainsi échangé de longues années, parfois même des décennies durant, la complicité qui nous lie est très singulière et comme scellée. D'une étrange nature, s'étant éprouvée dans l'affrontement. Ce pourquoi l'amitié peut alors se perpétuer sans faille dans et hors du dojo.

Dans le film de Kurosawa *La Légende du grand judo*, le héros, un jeune disciple, éduqué par l'inventeur du judo, Jigorō Kanō, doit affronter un maître de jiu-jitsu dans un combat très officiel qui réunit des personnalités de la ville et de la préfecture. Tous deux doivent prouver que leur discipline respective est la plus efficace, permettant entre autres d'attribuer des crédits d'aide à telle ou telle école. Le jeune judoka bat à plate couture le maître de jiu-jitsu, assez âgé, le projetant plusieurs fois au sol sans ménagement. Épuisé, le maître abandonne, le jeune héros triomphe, envahi d'un trouble où se mêlent honte et culpabilité. Suite à cette rude épreuve, le vieux maître se trouve d'ailleurs alité. Le judoka s'en inquiète, lui rend souvent visite, toujours confus et désolé. Ces deux adversaires d'un combat deviennent finalement des amis proches, et le maître de jiu-jitsu lui confiera plus tard avoir vécu là, en termes de sensation, d'intensité, de technique, le plus beau combat qu'il ait jamais mené de toute sa longue vie, il en est infiniment heureux et reconnaissant, peu importe la défaite. Offrant cette fois une leçon de sagesse à son jeune compagnon.

*

Accepter dès lors le combat, c'est accepter de donner des coups mais aussi d'en recevoir, c'est accepter d'entrer dans l'arène, écrirait Merleau-Ponty, parce que « voir, c'est entrer dans un univers d'êtres qui *se montrent*[10] ». Voir, c'est être vu, se battre c'est aussi être battu. Ce pourquoi le combat, dans l'esprit du budo qui règne habituellement dans le dojo, ne se fonde pas sur une prétention mais sur une humilité, il faut faire son possible, déployer au mieux ses qualités face aux ressources de l'autre. Une humilité avant tout, mais aussi un courage certain pour affronter cette réalité, s'y insérer, espérer justement entrer dans la conversation, y tenir sa place.

Combien de bleus sur les avant-bras, de doigts retournés, d'hématomes comme des œufs de pigeon sur les tibias, de blessures intercostales, de fractures des orteils, de froissements de muscles, a-t-on pu constater sur son corps après plus de trente ans de conversation ?

Il n'empêche. Quand je m'engage dans un dialogue avec un partenaire non seulement plus technique mais aussi parfois beaucoup plus lourd, dix, quinze, vingt kilos, dont les coups sont si puissants que c'est tout mon squelette qui semble se fissurer, que ce partenaire, s'il n'est pas agressif, est du moins offensif, je peux en éprouver une profonde lassitude, une fatigue, et parfois même, lorsque je me sens mentalement fragile, la peur d'être écrasé ou blessé si je m'avance dans la danse. Or, je ne peux faire semblant, je ne peux tricher sous le regard des autres élèves et de moi-même. Il me faut bien accepter la confrontation. Et si l'interlocuteur s'abandonne même brièvement à une agressivité violente, à une volonté de domination qu'il n'est pas censé manifester dans l'esprit du budo, il faut plus que jamais être présent et déterminé devant l'assaut, ne pas donner raison à sa pulsion hors de propos. À son débordement hors sujet. Si je ne suis pas capable d'affronter ma peur et celui qui sera mon adversaire, je renonce à l'essentiel. C'est une espèce de honte qui m'assaille de ne pas tenir ma place, de ne pas être exemplaire alors que je dois transmettre pour le moins une attitude correspondant à la maîtrise que je suis censé incarner.

Certains se dérobent, refusant d'être touchés par les gestes de l'autre, demeurant pour cela à une trop grande distance. Mais ils ne connaîtront pas la grâce possible de l'échange, ce moment où l'intelligence et la création s'accomplissent entre deux êtres, ce moment, pourrait-on dire, où s'articulent deux libertés qui façonnent un diamant. En ce sens, un combat réussi est un moment plein, sans vide, sans délai, une durée unique où les gestes de chacun s'enchaînent et se complètent, sans accrocs, sans bégaiement, sans hésitation, l'accord musical de Keith Jarrett et de Charlie Haden dans *Jasmine*, ou encore celui de Coltrane et Rashied Ali dans *Interstellar Space*.

*

C'est tout ce que je comprends du combat, de cette conversation avec le partenaire et l'adversaire confondus, que je m'attache à transposer et à susciter avec mon nouveau venu, ce petit garçon. Faire le geste, provoquer la mêlée, engager le combat.

Lorsque je me donnais à cœur perdu dans cette bataille avec Robert, nos corps vibrant dans l'aveuglante lumière du Sud, pieds nus sur le sable doré, je n'avais pas les mots pour dire ce que j'éprouvais, suffoqué d'une joie nouvelle. Mais je découvrais, au cœur de la bagarre dans laquelle j'avais jeté toutes les forces d'un enfant de cinq ans, je découvrais combien ce colosse que je connaissais à peine était d'une bienveillance infinie, combien il était disposé à m'offrir sa force et à m'aimer. Sa façon de lutter avec moi, de me précipiter par les airs dans l'eau tiède et cristalline, d'où je ressortais toujours indemne et secoué de rire, disait tout cela. Faire le mouvement, passer à l'acte, c'était bien en l'occasion établir l'incandescence d'un rapport humain. Puisque les gestes sont un langage. N'est-ce pas toujours le cas dans l'étreinte des corps, que ce soit dans le chahut, le combat ou l'étreinte amoureuse ? C'est une ivresse, oui, où tombent les masques.

M'engager dans l'élaboration de complexes acrobaties ou dans de fréquents pugilats avec mon enfant, c'était vouloir, plus intuitivement qu'il n'y paraît, favoriser l'émergence et l'intensité de ce rapport humain-là, si singulier, que j'avais eu la chance de vivre. Robert m'en avait ouvert la voie et dévoilé le sentiment. Je voulais à mon tour ouvrir à ces moments, où bataillaient et dialoguaient l'enfance de mon petit garçon et ce qui subsistait de la mienne, adulte devenu. Nous étions trois, en fait. Mon fils, un, dans son individualité naissante tout juste esquissée, et moi, double, fils et père à la fois.

Mais c'était aussi travailler, vouloir travailler, comme Socrate, à une maïeutique, celle des corps cette fois, où le petit garçon, sans cesse extrait du quotidien de ses acquis, marcher, trotter, courir, découvrirait l'infini des possibles dont son ergonomie et sa détermination étaient capables. Quand l'enfant gagne le combat, personne n'est dupe de l'endroit où se trouve la force. Simplement il s'agit aussi de dessiner l'horizon de sa possible victoire sur son père, qui viendra nécessairement un jour. Sa victoire qui sera celle contre sa peur d'engager le geste, de faire le mouvement, sa victoire contre lui-même en somme, celle du kimé, le menant à l'adulte accompli. Si le vieil homme que je vais être souhaite à son tour devenir le passeur, tels Robert et Jaume, le relais de l'enfance à la maturité, libre et souveraine.

LA MAISON / LE DOJO

Tu quittes sous les toits ton modeste deux-pièces aux murs de guingois, au sol ondulant de vieilles tommettes, la grande fenêtre du bureau-salon-chambre donnant sur le silence des jardins intérieurs et qui laisse le soleil plein sud inonder l'endroit. Tu quittes cet hôtel particulier de l'île Saint-Louis où tu vis depuis treize ans, où tu as grimpé tant de fois le vaste escalier recouvert d'un épais tapis rouge, décoré de meubles anciens et de tableaux, qui menait à ton refuge, avec ce sentiment d'être déjà chez toi à peine franchi l'antique et lourd portail sur rue. Mais tu n'as pas de chambre pour ton enfant ni de baignoire pour qu'il joue dans son bain, tu songes à l'appartement d'Asnières où tu vivais seul avec ta mère, tu avais quatre ans, le bain était une fête dans le profond tub galvanisé, la surface de l'eau sillonnée de jouets. Tu penses qu'il te faut déménager dans le 11e arrondissement, non loin de la crèche et de l'adresse de sa mère.

Tu atterris dans un immeuble des années 70, d'une laideur accomplie. Du carrelage en façade, des lignes raides, de faux matériaux creux et composites, des encadrements de portes métalliques, des pièces qui semblent des boîtes. Ta surface d'habitat double, mais l'appartement est si mal foutu qu'un bon tiers des 70 m^2 est occupé par un vaste hall d'entrée et un long couloir inutile. Les pièces sont donc petites, la cuisine elle-même est un couloir. Tu fais quoi ?... Comment tu peux ? Mais tu es acculé, l'appartement que tu convoitais n'est plus à louer, tu arrives au bout de ton préavis, tu es dos au mur, tu dois partir, tu ne choisis pas cette adresse, tu t'y engouffres comme tu sauterais dans un train de marchandises en marche, découvrant après-coup l'état du wagon qui sera le décor de ta fuite. Tu te tais, tu te raisonnes. Ton fils a sa chambre avec son univers et ses jouets, un bain l'attend dans la grande baignoire les jours où il est là. Tu disposes d'une pièce pour ton bureau et tu vas accepter de longues années de te morfondre dans cet endroit que tu exècres finalement assez vite. Parce que tu as beau faire, quels que soient les œuvres et les tissus sur les murs, les tapis sur le sol, les petites boîtes restent des petites boîtes, comme dit la chanson : « Little boxes, little boxes... »

Tu t'enfermes dans le travail, ton bureau encombré, saturé, en radeau de la Méduse, et puis tu plonges dans le bonheur des enfances mélangées, la tienne avec celle de ton fils.

C'est aisé, il n'y a qu'à composer des acrobaties, faire la baga, prodiguer le langage, susciter ce que l'enfant ignore, à peu près tout, l'euphorie de donner au petit garçon et de conduire l'émerveillement en partage. Ça rend supportable la vie dans des boîtes à chaussures.

*

Et puis il y a le dojo qui s'impose avec le temps comme « l'autre maison ». Dans le mot « dojo », on retrouve le *do* du judo ou du karaté-do, la voie, le chemin. *Jo* signifie le lieu de la voie, le lieu d'où l'on cherche le chemin.

Transposé, le dojo serait l'atelier pour l'artisan ou l'artiste qui travaille à son art et qui forme des élèves. Ce que je nomme « l'autre maison » n'est pas ici un gymnase ou une salle louée à l'année qui imposerait à l'endroit une atmosphère impersonnelle et décalée, polyvalente et anonyme. Non. Depuis mon retour du Japon, j'ai la chance de suivre l'enseignement d'un maître qui dispose d'un dojo historique ouvert il y a quarante ans. Se rendre au dojo, c'est se sentir accueilli, non pas dans une maison particulière, mais dans l'atelier d'une pratique qui prolonge le senseï, le démultiplie, lui qui en est la mémoire tout autant que le principe vital et l'esprit.

Lorsque je traverse le couloir du premier immeuble puis la cour, que je descends sur la droite l'escalier menant à l'entresol, je m'enfonce dans les strates archéologiques d'une histoire peuplée de bienveillants fantômes. Je m'immerge dans un lieu patiné du sol aux murs par des générations de praticiens, au-delà même des photographies qui s'y trouvent affichées, comme dans un champ d'ondes. J'éprouve l'impatience juvénile et la joie d'y venir travailler, tant l'énergie qui circule en ce dojo est un foyer de braises toujours ardentes. Qui d'ailleurs nous aimante et nous capte, toutes générations confondues. Il y a, à proprement parler, un génie du lieu et le senseï en est l'incarnation.

Venir au dojo, c'est donc à la fois rendre visite, honorer le lieu, perpétuer son histoire et lui donner vie en y travaillant puisqu'il est destiné à ça, mais c'est aussi ressentir qu'on partage entre tous, sinon l'inquiétude, du moins le souci de sa préservation. Il nous est impensable d'imaginer qu'il pourrait cesser d'être, tant son passé et notre présent en fondent sa nécessité et son évidence.

Je comprends mieux ce que vivaient père et parrain quand ils racontaient le dojo de la rue des Volontaires, où Robert pouvait rester dormir quand il s'entraînait trop tard pour attraper le dernier train à la gare du Nord, ou qu'il n'avait plus le courage de s'en retourner chez lui, à Gonesse, en lointaine banlieue, après une heure et demie de transports. Leur tatami d'alors, dans cet atelier de peintre, était une toile solide tendue sur un sol recouvert d'une épaisse couche de sciure de bois. Souvent, Robert et Levannier évoquaient en riant cet encombrant pilier porteur, mal placé en bordure du tatami, qu'il fallait sans cesse rhabiller d'un rembourrage bricolé afin d'éviter les blessures, ce qui n'empêchait pas de s'y cogner parfois violemment lors d'une projection. L'exiguïté de l'endroit, la médiocre qualité du tatami et ce satané pilier déterminèrent bien plus tard le parrain à déménager vers cette salle moderne et anonyme du côté de la porte de Châtillon. Mais le dojo de la rue des Volontaires existe encore, Alice, l'épouse et veuve, y vit toujours, devenue la gardienne du temple.

Je me rends ainsi trois ou quatre fois par semaine dans l'autre maison de la rue Daguerre, elle m'aide à supporter l'appartement où je me déplais tant, mais aussi les épreuves dont l'existence ne nous préserve guère. Ainsi le lundi, le mardi, le jeudi et le vendredi, j'enfourne le karatégi, la ceinture, les protections, le change, le savon, la serviette dans le sac, puis j'enfourche la moto pour me rendre au dojo, quelle que soit la météo. Lorsqu'il neige, ce qui est fort rare, je prends le métro, le temps de transport étant alors multiplié par trois. Je réalise aujourd'hui qu'en vingt-sept ans de pratique dans ce dojo, sans même considérer les dix années passées dans les précédents dojos, j'ai parcouru 65 000 km. Si mes forces me le permettent, je totaliserai aisément les

100 000 km à moto pour venir en ce lieu trouver la voie de la main vide.

*

Certains pourraient imaginer le dojo comme un lieu de culte. On parle bien de pratiquants qui viennent régulièrement à l'église, à la synagogue, au temple..., pour y accomplir leur acte de foi au travers de prières et d'une liturgie sacrée et consacrée.

Je me souviens de ce léger détour que j'empruntais, au bras de cette femme que je nommerai, adulte, ma « mère seconde ». Cette femme que j'adorais depuis mon plus jeune âge, ma nounou, Bretonne exilée, couturière à domicile qui, m'emmenant au marché, deux fois la semaine, s'arrêtait à l'église d'Asnières pour réciter des prières et demeurer dans un silence recueilli. Les seules occasions où j'entrais, enfant, dans une église. Un lieu que je trouvais sombre, froid mais apaisant, baigné d'une odeur d'encens et traversé de reflets d'or selon le jeu de la lumière. Je ne disais mot, j'observais de côté, immobile, l'air de rien, cette femme avec qui je passais le plus clair de mon temps quand je n'étais pas à l'école, intrigué par sa pratique qu'elle m'expliquait en allant, s'efforçant de répondre à mes questions sans faire pour autant du prosélytisme. Tout juste je sus réciter sans erreur le Notre Père afin de resserrer plus encore les liens de complicité que j'avais avec elle. Qui devint pour mes parents et moi une figure aimée au centre d'une famille qui s'était inventée. Toujours est-il que dans l'église, je me taisais, marchais le plus silencieusement possible, encombré par mon corps qu'il fallait rendre comme invisible et immatériel, pressentant assez vite qu'il s'agissait d'une activité toute spirituelle dont l'enjeu demeurait le sentiment intérieur de la grâce. Le corps étant la prison de l'âme, il fallait réduire ce corps à l'insignifiance, le mettre en retrait, en souffrance, comme on le dit d'un bagage en consigne.

Dans le dojo, c'est à l'inverse l'esprit du budo, le sens du zen qui s'interposent. Quand bien même ils ne participent pas a priori de notre culture judéo-chrétienne, je comprends que le budo et le zen s'inscrivent avant tout dans une forte matérialité, celle des corps engagés dans une pratique et tendus vers la quête d'une perfection gestuelle, sensible, rythmique[11].

C'est l'inverse d'une possible béatitude spirituelle dans un temps suspendu et un corps arrêté. Si une sensation d'intense bien-être survient, elle est la résultante d'un travail inlassablement répété de mes gestes et de mes déplacements, sans une quelconque dimension spirituelle de la grâce.

L'oubli de soi ne s'accomplit pas dans la présence à Dieu, mais dans le présent du geste, le présent de l'enchaînement heureux des gestes telle, encore une fois, l'exécution d'une partition de musique.

Le dojo est à l'opposé d'un lieu de culte où se cherche la dissolution du corps physique. On y cherche au contraire à réaliser la cohésion, l'unité d'un corps rendu à lui-même. Tendre à l'un, homogène, cohérent et reconstitué, se tenir en son centre, en dépit des épreuves de la vie quotidienne qui tend, elle, à déporter hors de soi, à nous éparpiller sur de multiples fronts, social, économique, professionnel, familial, affectif, nous dispersant parfois aux quatre vents en particules douloureuses.

*

Depuis que l'enfant sait marcher, tu gardes un œil inquiet sur les fenêtres dans les étages élevés, elles ouvrent toujours sur une menace… Chez sa mère qui habite un 5e étage, un chiffre et un étage qui te poursuivent, tu as démonté l'espagnolette qui ouvrait la fenêtre de sa chambre. Dans l'appartement que tu occupes, tu installes de hautes canisses sur le balcon poussiéreux qui court le long du salon et de sa chambre, l'enfant ne peut les escalader. Ce qui te vaut l'animosité de plusieurs petits propriétaires, ils disent que tu défigures la façade carrelée de leur immeuble. Tu as beau leur expliquer le pourquoi et le comment, ils te menacent de poursuites dans des courriers comminatoires. Ce qui te vaut aussi d'être regardé de travers quand tu les croises dans l'arrière-cour, le parking, le hall d'entrée, la cage d'ascenseur.

Lorsque certains d'entre eux t'aperçoivent par un pur hasard dans une émission littéraire à la télévision, ou qu'ils découvrent ta photo dans le journal, leur méfiance et leur suspicion s'alourdissent plus encore. Tu penses à la paix qui était ton quotidien dans l'île Saint-Louis. Mais au final, tu t'en fous, ton petit garçon ne pourra franchir par étourderie ou inadvertance la rambarde du balcon, au 7e étage sur rue.

Trois ans plus tard, voici que de nouveaux enfants paraissent. Ils sont cette même année qui ouvre au troisième millénaire au nombre de trois, dont des jumeaux. Trois nourrissons, une fille et deux garçons. Les lignes du temps se multiplient. Tu ne seras plus seulement le socle d'une seconde vie. Non, tu vas devenir l'arbre aux branches duquel ta portée se suspend et batifole. Tu joueras avec eux bien sûr, tu es l'arbre, debout, bras écartés, branches écartées, qu'ils vont, l'âge venu, s'amuser à escalader, ahanant, suffoquant, atteignant tes épaules puis ta tête, autant dire la cime de la frondaison, dans un rire triomphant.

Ce qui me vaut parmi cet empilement de gens respectables d'être bientôt considéré comme l'agent d'un fléau peuplant le bel immeuble d'une colonie, mon appartement transformé en une espèce de crèche. Cette nouvelle génération rendant quasi pérenne l'odieuse installation de canisses sur le balcon du 7e étage. Ils lorgnent ce type et ses quatre mioches avec une morgue épaisse. Cette armée de nourrissons nouveaux ne les attendrit aucunement. Je sens leur stupeur et leur incompréhension collant à mes basques, leur regard rivé sur mes allées et venues. Ils ont très vite remarqué qu'aucune mère n'évoluait au milieu de cette portée. Une mère qui, justement, aurait pu un tant soit peu les émouvoir. Leur exaspération est alors à son comble.

*

Mais comment leur expliquer que je suis incapable de vivre avec une mère ? Qu'il s'agit entre les enfants et la mère d'une relation exclusive dont je suis le témoin, que j'essaie d'accompagner, de fleurir, de servir, de chanter, mais qui se révèle une relation qui m'interdit. Lorsque je m'occupe de l'une ou de l'un de nos nouveau-nés, c'est parce que j'y suis provisoirement autorisé, c'est une délégation, mais je suis toujours sous surveillance, soupçonné a priori d'incompétence. Privé que je suis d'un savoir immanent dont la nature pourvoit seul le corps féminin. Je n'ai vécu aucune métamorphose neuf mois durant, je n'ai pas la puissance scissipare, d'un me retrouver deux, je n'ai pas accouché, mis au monde, je n'allaite personne, je suis disqualifié d'emblée. Recalé ontologique. Missionné ici et là, ponctuellement, par des mères inquiètes et ombrageuses qui s'irriteraient de mes initiatives. Ce n'est pas une vérité constante, non, c'est seulement ainsi que je m'éprouve en leur maternelle présence, en leur souveraine autorité. Mes gestes sous leur regard peuvent en devenir hésitants, parfois maladroits. Je me sens au mieux décoratif, vase chinois ornant l'angle de la pièce, je suis réifié. Interdit, oui. Alors qu'un incommensurable désir me porte vers ces nouveaux venus dont je veux m'occuper, que je veux baigner, habiller, nourrir, avec lesquels je veux jouer et causer et me promener. Comme mon père a pu le désirer envers l'enfant que j'étais.

L'expérience qui est gravée en moi, ravivée par la venue de ces nouveau-nés, c'est la défaite de Robert qui se tait et qui plie sous la volonté d'Andrée. Non pas quand il s'agit de questions d'adultes les concernant tous deux, mais lorsque l'enfant est au centre de leurs agissements. Andrée interdit, au besoin elle critique, elle persifle, elle calomnie, elle désavoue, elle discrédite, tous les moyens sont bons... Robert renonce, et pour l'enfant que je suis, c'est plus qu'un renoncement douloureux, c'est un découragement, un effondrement, une humiliation. Il m'oublie, il choisit de vivre en paix avec son amoureuse, point final. Je comprends qu'Andrée m'a créé, elle a souffert, combien de fois a-t-elle raconté ses souffrances d'enfantement... Mon corps d'enfant lui appartient, pour toujours. C'est la loi. Je relève de sa seule et entière juridiction.

Quand je me retrouve à la place de Robert, j'éprouve la même intransigeance de cette loi première. Et je ne parviens pas à m'y plier. Quelque chose en moi de mon enfance soumise subrepticement mute, rumine, grince. Dans ce qui m'apparaît comme la sphère triomphante de la maternité, je suis en souffrance, je ne tiens pas ma place de figurant, je m'absente à moi-même, je me désubstantialise dans l'ennui et la soumission au diktat maternel, je m'abandonne au renoncement, celui de Robert, comme si j'obéissais de nouveau à ma propre mère. Or je n'ai pas attendu si longtemps pour me voir confronté à une telle supercherie. J'aime ma mère, oui, à une certaine distance, l'amour absolu, mais de loin. J'aime souvent les mères, elles peuvent m'émouvoir, Mère Courage, dirait Brecht, oui, bien sûr, et quel courage ! Mais pas pour me retrouver, adulte devenu, dans une maudite répétition, sous cette même juridiction maternelle et sa férule, qui m'anéantissent. Alors que nous sommes, père et mère, agglutinés autour de nos enfants...

Des images d'Épinal pourtant me traversent. De parents et d'enfants réunis autour d'un bonheur qu'ils veillent, tel un feu de cheminée dispensant ses lumières dorées sur leurs visages épanouis. Je m'y projette, avec quel désir forcené. Multipliant promenades à pied, en voiture, à bicyclette, en canoë, déjeuners sur l'herbe, en alpage, en sous-bois, ébats océaniques, lacustres et piscineux...

Mais ça ne s'emboîte pas. Je ne trouve plus la femme dans la mère à l'ouvrage, j'accède difficilement à l'enfant, à ce lien frontal et entier que je cherche avec lui. Lorsque j'entreprends avec mes nouveaux venus voltiges, acrobaties, escalades, chahuts et bagarres, c'est comme si je les précipitais hors de notre galaxie, je sors du cadre, le corps de la mère se crispe, sa peur crie, sa raison morigène, sa sagesse se désespère. Elle se dévaste. Et si l'enfant trébuche, sa peur soudaine et fugitive vient se blottir dans celle de sa mère, deux peurs fusionnées qui s'aimantent, se confortent, signant mon désaveu, mon échec et ma répudiation. Comme si je devais inlassablement m'illustrer en père exemplaire aux yeux de la loi maternelle qui reconduit indéfiniment son arbitrage et son jugement. L'exaltation qui me porte à composer des saynètes de fusion familiale s'effondre.

Mais ce n'est pas tout. Combien de fois j'entame en chantant la journée familiale, celle ouvrant à nos balades mirifiques, à nos projets bucoliques échevelés… Ayant préparé agapes et ortolans, arcs, flèches, cibles, ballon, raquettes, boomerangs, bouées, avions, voitures et figurines, je me précipite, mais le jour avançant, je suis bientôt confiné dans un entre-deux, dans la sensation d'une relation moyenne, médiane, je demeure dans le cadre convenu et convenable d'une moitié d'homme et d'une moitié de père. J'essaie d'être avec la femme mais il faut être avec les enfants, qui veulent, eux, à juste titre, explorer le paysage, jouer, ce qui me réjouit, mais enfin, je délaisse la femme, qui se métamorphose, pour me soumettre au regard anxieux de la mère. Je suis partagé, je vis déchiré. J'erre sur la scène d'un petit théâtre, seul, nous nous y croisons dans une retrouvaille où le rôle de chacun ne permet la rencontre de personne.

C'est le dénominateur commun de la démocratie familiale qui rabougrit toute intensité sous le joug de l'abîme du quotidien, je dérive vers un ennui douloureux pour, le soir venu, sombrer dans une tristesse métaphysique. J'ai perdu la femme, et n'ai approché l'enfant, les enfants, qu'au travers d'une vitre. Je nous rêve incrustés dans ces images d'Épinal, et j'en sors défait, abîmé, envahi d'un suffocant sentiment de vacuité. Un temps sans consistance, une durée hémorragique. Je suis un cancre, renvoyé au coin et à la solitude de mon existence enfuie, de mon inexistence.

*

Soit. Tu ne prendras jamais place dans ces paysages champêtres, dans ces vastitudes marines de ferveur familiale. Certains de tes amis semblent y parvenir, tu en es heureux, ils t'émerveillent, c'est donc possible, tu en éprouves parfois de la mélancolie pour toi-même, cette paternité que tu dois déplier seul, avec tes quatre, à mi-temps, certes, mais soustrait malgré tout à l'impitoyable loi maternelle et à l'OFD, l'Ordre Familial Démocratique. Ainsi tu te sens prêt, tu vivras, comme on dit, en parent isolé, avec toute ta portée, mais tu seras enfin entier, c'est-à-dire double, enfant et père, avec ces commencements d'humains qui te bouleversent et t'exaltent à la fois.

Tu es prêt, tu es sur la ligne de départ, les vies autres sont là. Alors tu t'élances, tu cours, tu t'agites, tu torches, tu baignes, tu pommades, tu sais comparer les différents modèles de couches, apprécier leurs motifs, choisir les mieux conçues, tu comprends que si tu en avais été l'inventeur et le fabricant, tu serais aujourd'hui richissime, tant c'est un budget, pour trois culs à la fois. L'aîné, de quatre ans plus âgé, se débrouillant seul. Si tu avais seulement songé à faire constater par huissier la vitesse à laquelle tu peux changer des couches pleines en couches propres sur des fessiers rutilants, tu serais avec quelle fierté dans le *Guinness des records*. Tu habilles, tu berces, tu refuses le baby-sitting sauf rarissimes exceptions, tu n'acceptes aucune obligation quand ils sont à la maison, tu stérilises, tu biberonnes, mais tu redoutes l'encéphalopathie spongiforme bovine, tu t'imagines qu'elle pourrait se transmettre par le lait de vache… Tu voudrais une salers sur ton balcon, que tu nourrirais d'herbe d'alpage et dont tu tirerais un lait pur, sa bonne tête à cornes dépassant des canisses pour contempler la rue Léon-Frot… Tu approvisionnes, enfin tu cuisines de vraies nourritures, des bio, beaucoup, ils apprécient, tu construis leur goût et leur palais, tu discutes avec la tablée réunie, tu les apprends, tu leur apprends, tu fais les devoirs, tu y perds tes nerfs, à grand tort, tu joues, tu playmobiles des décors considérables avec Indiens et cowboys, Vikings et chevaliers, tu chahutes, tu acrobates, tu consultes toutes professions médicales, tu posologises, tu soignes, tu voyages, tu vacances aux quatre coins de la Terre, Afrique noire, Indonésie, New York et Grand Ouest américain, tu skies de fond, tu skates, tu escalades les montagnes, tu plonges, tu nages, tu pars à la pêche, tu lis à voix haute poésies et Quête du Graal, tu es rincé, tu t'endors en déclamant des vers qui finissent alors en bafouillis inaudibles ou en vers tout à fait libres et incohérents. Ils s'habituent, ils en rient en silence de te voir t'assoupir à la fin de l'alexandrin, reprendre soudain ta lecture pour sombrer deux vers plus loin... Tu projettes des films, tu refais l'histoire du cinéma, tu musiques, tu muséises, tu cadres, tu grondes, tu cajoles. Tu crains l'accident, la baisse de vigilance, tu voudrais être Argus aux cent yeux, tu admires comment l'aîné, dès l'âge de six ans, veille spontanément sur la fratrie, prend à sa charge certaines tâches qui nécessiteraient a minima de te dédoubler. Or, tu n'as pas ce pouvoir, ce qui te semble souvent l'effet d'une injustice criante.

Dans ta course effrénée, la géographie scolaire demeurera l'obstacle infranchissable. Il s'agit de déposer tes jumeaux à 8 heures dans une école du 17e arrondissement, puis ton dernier à 8 h 30 dans une école du 20e, les mères habitant respectivement ces deux quartiers. Et tu n'as pas d'hélicoptère... Le tramway est en construction, le boulevard extérieur est éventré, de ce fait le périphérique est saturé dès 7 heures du matin. Tu les sors du lit à 6 h 20, croissants chauds dans une serviette, boissons au miel sur la banquette arrière. Il est 6 h 45. Commence alors depuis la porte de Bagnolet ta course de pilote urbain. Tu zigzagues dans le flux mécanique, tu traques le moindre interstice, la moindre rue transversale oubliée, tu empruntes des sens interdits en marche arrière pour sauver les apparences, tu abuses de ta botte secrète en t'engouffrant dans le couloir d'autobus désert entre la porte de la Villette et celle de la Chapelle, tu t'arraches aux files de bagnoles immobiles, tu gagnes au bas mot dix-huit minutes, la trouille au ventre de te trouver nez à nez avec la Maréchaussée, tu déboules à deux cents mètres de l'école primaire Joseph-de-Maistre, tu as prévenu les enfants de l'imminence de l'atterrissage, ils ont enlevé leur ceinture de sécurité, enfilé leur bonnet, il est 7 h 58, tu jettes la voiture en biais, un peu n'importe où, tu jaillis de l'habitacle, et voilà ton jumeau, une fois sur quatre, qui vomit son petit déjeuner sans que tu aies eu, une affaire de trois secondes à peine, le loisir d'ouvrir sa portière afin que croissants et biberon finissent liquides, bilieux, broyés, prédigérés, dans le caniveau. Non, trop tard, la porte intérieure en est maculée… elle ruisselle de vomi. Tu n'engueules pas ton enfant nauséeux, tu n'as pas le droit, c'est juste tes nerfs qui sont en surchauffe. Tu nettoies sa bouche, son vêtement comme tu peux, tu les prends enfin par la main, ton garçon et ta fille, et vous courez à perdre haleine, à l'allure de leurs jambes minuscules, les cent derniers mètres de côte jusqu'à l'entrée de l'école où le gardien, Monsieur Berdouk, vous guette, morigénant de sa grosse voix aimante, lui qui connaît tous les enfants par leur prénom, deux cent soixante, un père universel. Tu redescends la rue, déjà bien entamé, tu regagnes la voiture où t'attend ton dernier, il te répète que l'odeur dans l'habitacle n'est pas supportable. Tu achètes une bouteille d'eau à l'épicerie de l'angle, tu nettoies autant que tu peux la portière, la banquette, le tapis de sol, les remugles sont tenaces. Tu repars pour ton deuxième rallye, sur les chapeaux de roue, vitres ouvertes, tu reprends zigzags et faufilements, mais ce n'est qu'un miracle quand tu es à l'heure devant l'autre école, de Cité Champagne. C'est la gardienne qui t'ouvre la porte depuis sa loge, un bip strident, tu grinces des dents, tu marches sur la pointe des pieds, penaud, tu accompagnes ton garçon jusqu'à la salle de classe au 1er étage, te confonds en excuses auprès de son institutrice, tu redescends l'escalier, te diriges vers la sortie, tu voudrais être invisible, ouf, presque dehors, tu pousses la porte vitrée, non ! La directrice t'a repéré, elle surgit de son bureau, c'est une furie, elle est en cheveux, elle se rue sur toi, elle t'invective, elle ne comprend pas ton retard chronique, te soupçonne de chronopathie virulente Ça n'est pourtant pas compli… Tout le monde se tape les encombrements ! Comment ils font, les autres parents ? Hein ? Comment ils… ? Tu as les nerfs en feu, l'odeur de vomi dans les muqueuses, cette jeune femme fait son travail, tu n'as rien à opposer, tu te mords la langue, tu ne l'insultes pas, surtout tu te tais, tu ne dis mot, tu n'accuses pas réception, tu ne sais pas où te foutre, tu ne vas pas lui raconter ta vie, tu essaies juste de te faufiler encore, cette fois entre les molécules d'oxygène d'une atmosphère surchargée, en silhouette furtive. Tu pousses la porte sans émettre un son, tu rejoins ta voiture mal garée sur un bateau, mais ton mutisme la rend plus folle encore, elle te poursuit, elle te rattrape, elle est sur tes talons, elle t'interpelle encore, elle t'assaille, elle est penchée sur ta portière alors que tu es au volant, que le moteur tourne, elle va s'agripper au rétroviseur, défoncer tes portières à coups de latte, son exaspération à ton sujet tourne à l'inflammation cardiovasculaire, tu enclenches la marche arrière, tu recules sur la chaussée, un conducteur pressé te klaxonne, te voue aux gémonies, tu passes la marche avant, les yeux de la jolie directrice te fusillent, il est bientôt 9 heures, trois heures que tu t'agites en vain pour un résultat qui frôle l'apocalypse intime, c'est ta journée qui commence, tu es essoré, mais tu n'as pas le choix, tu serres les dents, tu continues, tu es dans le jeu, tu es dans la course, allonge ta foulée, allonge…

*

Tu aimerais revendiquer le partage des tâches, mais ce serait un monologue schizophrène. Tu crois être féminin-masculin, mère et père, gâteau et gâteux, non pas que tu penses te substituer à l'insubstituable, aux mères qui font sans aucun doute leur possible et du mieux qu'il soit, non, mais toutes ces tâches, toutes ces activités que tu mènes sans relâche et sans limites développent en toi ce nouveau double, tu te sens fils père et fille mère. Sur tous les fronts, tu es un suractif, survitaminé, échappé d'un dessin animé de Tex Avery. Mais aussi un funambule près du déséquilibre, sur le fil du burn-out. Pourtant ce monde de croissances te convient, tu t'y sens à ta place, tu es heureux, entier, activiste père et enfant, à donf. Tu n'es social qu'une semaine sur deux. Une amie te glisse, sarcastique Au fond, tes enfants, c'est ta petite entreprise…

Pas exclusivement, d'ailleurs. C'est un archipel d'hommes qui viennent à ta rescousse. Tu serais, sinon, seul avec tes quatre comme Sisyphe s'échinant seul avec quatre rochers. Cet archipel constitué de Robert (né en 1923), Jaume (né en 1933),

Jacques (né en 1935), un trio d'anciens, de différentes générations, qui savent relayer, démultiplier, désenclaver, et surtout diluer l'instance paternelle que tu n'incarnes plus seul. Disposés qu'ils sont, aimants, debout, solides et fiables, à plonger de tout leur élan, de toute leur attention, de toute leur expérience dans l'enfance des quatre pour les conduire vers le monde, multipliant pour eux les chemins et les lignes de fuite.

Jaume, le parrain du plus âgé, qui nous accompagne rituellement, deux semaines par an, dans sa Catalogne natale, autour de Gérone, dans le Vercors ou plus souvent en Bretagne. Les enfants l'appellent « Jaume Ferrari » parce qu'il est le seul à chevaucher un vélo électrique, semant tout son monde ahanant dans les côtes de l'île de Groix.

Jacques, le parrain du plus jeune, qui nous accueille chaque année chez lui près du lac du Bourget, au pied du massif des Bauges, et qui nous accompagne dans le commencement de nos marches, cueillant les myrtilles du dîner tandis que nous cheminons vers les crêtes.

Robert, le plus âgé, leur grand-père, qui vient à la maison tout au long de l'année.

Ces hommes tiennent avec moi mes enfants par la main, nous traversons les paysages avec obstination, nous cuisinons sans relâche, nous nous attablons autour des nourritures exquises et refaisons le monde. C'est une espèce de bande, un curieux équipage, deux hommes, parfois trois, élégamment vêtus, chapeau et lunettes de soleil, avec quatre enfants, et plutôt fiers d'arpenter villes et villages, de s'attarder aux terrasses des cafés avec cette portée d'enfance qui sera la relève. Un étrange équipage, oui, à l'extrémité des âges, qui aimante les regards, suscite sur les visages trouble, surprise et sympathie. Parce que ces anciens, qui ont traversé tant de tempêtes et n'ont plus rien à prouver, trouvent en ces enfants l'énergie du jeu, du rire, de la pantomime, parce que les enfants trouvent en ces hommes l'épaisseur d'une vie constituée, d'une intériorité vaste, d'une expérience assurée, d'une sagesse qui les rassurent et les modélisent. Décidément, une espèce de bande absorbée par le sérieux des existences à construire, et emportée dans la farce de l'enfance rieuse. Quatre hommes, quatre enfants, *notre* petite entreprise.

Simplement, la maison, le logis, le refuge sont comme une sourde et lancinante douleur. Tu en es préoccupé chaque jour, tu es le hamster dans sa roue, tes boîtes du 11e arrondissement sont trop exiguës, « Little boxes, little boxes » et sa mélodie enfantine te vrillent la cervelle… Leurs jouets se mélangent, la chambre du grand se transforme en dortoir, les trois miniatures occupent son lit d'adulte, il dort sur le canapé du salon et toi sur le tapis, renouant avec ton habitude de l'île Saint-Louis, où tu dormais la nuit sur ton tapis afghan, en te rêvant nomade. Il te faudra déménager mais ce sera cette fois salutaire, tu t'arracheras de cet infâme immeuble des années 70 qui sue la désapprobation et la médisance de ses petits propriétaires. Le jour de ton déménagement, tu trouveras un tract rédigé à la main, au feutre indélébile, en gros caractères, glissé sous l'essuie-glace de ta voiture, avec ces deux mots : « Bon vent ! »

Ce qui présage du mieux. Du vent dans les voiles. C'est l'histoire de la tribu qui s'accroît, du peuplement, il faut trouver une autre prairie, une autre rive où établir le campement, c'est un travail de bâtisseur qui t'attend maintenant, tu devras viser l'immense.

*

Tu débusques l'usine, vide, brute. Tu dessines les plans, tu fais les appels d'offres pour les cinq corps de métier, tu choisis ton équipe, tu es sur le chantier six heures par jour. Quand les quatre sont avec toi, ils partagent les grillades avec les ouvriers, cuisinées avec du thym sur un vieux baril dans lequel brûlent des bois de coffrage, des chutes de structure. Maçons, charpentiers, couvreur, électricien, plombier, enfants mangent et discutent, assis sur des monceaux de gravats, des brouettes, des seaux retournés, ils échangent sur l'existence, une côtelette dans une main, l'os entre le pouce et l'index, une tranche de pain dans l'autre, c'est l'été, ils ont le sourire, ils semblent tout à fait disposés au dialogue intergénérationnel. Quand l'équipe retourne travailler, les quatre font des cabanes avec les bouts de bastaings et les planches qui traînent ici et là, dans la poussière de ciment et de plâtre, le grand chaos est leur terrain d'aventures, ils surveillent du coin de l'œil leur demeure qui se construit. Tu ne souhaites pas qu'ils s'imaginent qu'une maison se bâtit en un claquement de doigts, tu veux qu'ils pèsent le poids des matériaux, qu'ils mesurent la difficulté de leurs agencements, qu'ils conçoivent comment se façonne l'espace de leur habitat.

Les contraintes de structure sont nombreuses avec les toits d'usine en dents de scie. Tu consultes, tu soumets, tu multiplies les dessins, tu griffonnes, tu ratures, tu recommences. Jaume Xifra, le peintre catalan, Daniel Pontoreau, le sculpteur, qui connaissent la réalité des travaux manuels, semblent dubitatifs C'est un gros chantier… Le seul commentaire qu'ils articulent, tu présumes que l'ampleur des travaux les rend mutiques. Mais tu n'as pas le choix, tu continues de dessiner, le chantier est ouvert. Il va durer sept mois. Ce sera une ruche avec parfois dix ouvriers au travail. Tu seras sur la barricade, sans pause, veillant à l'acheminement des matériaux et à l'emboîtement des corps de métier selon la chronologie du chantier, tu songes à la direction d'un plateau de cinéma où chacun est à sa tâche. Aucun retard, aucun dépassement des devis. Simplement tu te mets aux enduits et peintures, n'ayant plus d'argent pour la tranche finale. Murs et plafonds en trois couches, des centaines de mètres carrés… Quand tu travailles seul sur l'échelle, à sept mètres de hauteur, sous la faîtière, tu penses à la chute, cette trajectoire qui ne cesse de t'obséder. L'échafaudage est à quatre mètres, une structure métallique transversale interdit de le déployer au-delà. Tu explores la maudite trajectoire de la chute, tu t'entraînes, tu pivotes, vite, sautant du sommet de l'échelle sur l'échafaudage trois mètres plus bas, si par hasard tu devais soudain perdre l'équilibre. La chute possible et son rattrapage sont à présent inscrits sur ta carte neuronale. Fort heureusement, car un après-midi, trop fatigué, le corps en extension, cambré, mal renversé sous la faîtière, tu perds tout à fait l'équilibre, tu bascules en arrière, dans le vide qui hante tes cauchemars, mais tu ne tombes pas, tu sautes sans hésiter sur les bastaings de l'échafaudage, tu sais le chemin. Explorer le pire est souvent s'en préserver. La peur t'a piqué au ventre, mais tu es entier. Tu reprends ton souffle, tu peux repartir vers la faîtière. Le chantier touche à sa fin. Tu es lessivé, une tendinite à chaque coude. Tu es ton ombre, à peine, mais ce n'est plus une usine, c'est une demeure vaste, lumineuse, pour accueillir la tribu.

*

L'enjeu architectural était clair. Qu'ils aient « une chambre à soi », une salle de jeu, que tu aies ton bureau et ta chambre, que chacun en bref soit chez elle, chez lui, et qu'on puisse être ensemble, et qu'aucune pièce ne soit aveugle. La lumière du jour partout.

Mais ce qui t'est apparu essentiel et ce dont tu rêves depuis une dizaine d'années, c'est qu'au cœur de cette construction, il y ait un dojo. Un grand espace vide comme une énigme, attractif comme un appel d'air. Un parquet, vacant et désirable pour y déplier son corps, ses gestes, ses enchaînements de gestes, le lieu d'où l'on cherche le chemin sur la voie de la main vide. Tu pourras y travailler les jours où tu seras empêché de rejoindre ton senseï, le dojo du SIK et la compagnie des élèves.

Tu l'ignores encore, mais c'est dans ton dojo que vous achèverez, Sébastien et toi, votre préparation à l'examen du 4e et du 5e Dan. Seb, comme on le nomme au SIK, est plus jeune d'une douzaine d'années, il est une figure de l'apôtre qui consacre sa vie à la pratique et à l'enseignement du karaté pour les jeunes enfants et les adolescents. Dont plus tard deux de tes fils, menant le plus jeune à l'obtention de la ceinture noire. C'est dans ton dojo que plusieurs mois durant, chaque lundi soir, vous conduirez ensemble, avec quelle constance, cette préparation des examens. Vous revêtirez le karatégi, vous ceindrez la ceinture, vous vous saluerez et vous travaillerez à élaborer des bunkaïs[12], à corriger un pied mal positionné, un rythme désaccordé, un manque d'explosivité, une perte d'équilibre dans une rotation…

Mais tu l'ignores encore. Et si tu bâtis un dojo au cœur de la maison, c'est avant tout pour y enseigner à tes enfants, chaque mercredi, kihons et katas, afin qu'ils puissent entre eux dérouler aussi des combats, selon les règles et les formes qui prévalent dans l'esprit du budo. Tu ne sais pourquoi cette obsession t'anime.

Plus exactement, tu ne te poses pas la question. Il y a un tel désir de rattrapage de l'enfance dans l'aménagement d'un dojo au centre de la maison… Soustrait à présent à une quelconque présence maternelle, tu vas pouvoir sans crainte et sans contrainte travailler le karaté avec tes quatre. Tu le fais avec sérieux, application. Ils portent le karatégi, la ceinture de couleur, vous respectez le cérémonial du salut, les règles de tout dojo, tu essaies de ne plus incarner le fils père ni la fille mère, mais une sorte de senseï, même si le mot t'est interdit, même si tu demeureras toujours un élève. Otagaï !

Si l'on te demandait pourquoi tu as tenu ce rendez-vous hebdomadaire une dizaine d'années durant, avec l'aîné et ses jeunes frères et sœur, tu pourrais développer des arguments sur les vertus des arts martiaux. La concentration, l'exigence de la perfection, du geste exact, de l'instant juste, et surtout la décision de faire le geste qui se confond avec le geste lui-même, le kimé. Qu'ils sachent entrer dans un mouvement, que le corps et l'esprit ne fassent qu'un dans cet engagement, qu'ils connaissent la joie que procure cette superposition exacte de sa présence à son présent. Au fond, ce que tu pratiques avec eux ne serait qu'un travail d'éducation, comme d'apprendre à lire et à écrire. Tout comme le parrain qui voulait apprendre à chuter. Tu es convaincu que c'est une expérience essentielle qui peut les constituer. Si tu es capable de leur transmettre ces vertus, ce serait un insupportable gâchis de t'en abstenir. Tu défendrais encore aujourd'hui ces arguments avec la même ferveur.

En revanche, si l'on te demandait pourquoi l'interdiction de pratiquer le judo avec Robert t'a causé un tel manque, un tel regret, une telle mélancolie, tu serais bien incapable de répondre. Était-ce une souffrance à bas bruit comme celles qui accompagnent nos enfances, mais dont les enfants se distraient, s'absentent parce que la vie est plus forte et qu'elle les pousse vers l'avenir sans prêter grande attention à ce qui les creuse, les ravine, pour qu'adulte des vides ou des affaissements s'avouent dans les fondations ? S'il est vrai que ce pan confisqué de l'enfance, cette possibilité qui aimantait tout mon désir de grandir, d'apprendre et de jouer à la fois, fut une douleur qui ne me quitta jamais tout au long de ma traversée vers l'âge adulte, elle ne fut ni manifeste ni criante. Elle participait d'un étant donné, celui de l'enfant qui par définition ne parle pas.

C'est la découverte et la pratique des arts martiaux suscitées par Robert qui ont donné toute son ampleur, toute son amplitude, toute son importance à ce qui avait été manqué. C'est un dévoilement de ce qu'il aurait été possible de vivre, avec de surcroît cette intensité propre à l'enfance découvreuse, une réminiscence de ce qui aurait été possible, oui, les deux, le colosse et le petit garçon dansant sur un tatami.

Il m'apparaissait tout à fait impossible d'en priver mes enfants, cela aurait été reconduire une espèce de maléfice, de malédiction. C'était une proposition d'éducation et d'expérience à la fois, ils en feraient, adultes, ce que bon leur semblerait.

Il fallait donc construire un dojo. Cet espace ne serait pas une éventualité, une évocation, une possibilité à reconduire indéfiniment, ce serait une réalité, maintenant. Celle d'un travail gestuel au cœur de la maison. Un espace que les quatre s'approprient d'ailleurs pour y jouer ou se prélasser, mais qui devient dojo une fois revêtu le karatégi et pratiqué le salut au lieu et aux élèves.

Le dojo est d'autant plus un lieu nécessaire à la maison qu'elle n'est plus cet espace privé, en retrait, ce refuge qu'elle pouvait être « jadis et naguère ». La radio, la télévision, internet et les smartphones l'ont transformée en un hall de gare, d'aéroport, la planète tout entière s'y installe, s'y vautre et y prospère. Ce n'est plus au-dehors que le monde se manifeste, à l'échelle de chacun, il ne serait qu'une piètre réalité. Non, il faut rentrer chez soi, baignant dans la lumière d'un soleil numérique pour en saisir toute la sidérale vérité.

Lequel soleil ne se borne pas à déverser son inépuisable flot d'images, son incessant babil, sa production inentamée de peur et d'angoisse à domicile. Il nous écoute, nos smartphones maintenant à l'affût des mots-clés qu'on prononce entre soi, afin de nous interpeller « personnellement », à dessein de nous refourguer les produits dont il faudrait qu'on se gave, et peut-être un jour prochain les mots d'ordre d'un pouvoir plus totalitaire et globalisant.

Le dojo est « la possibilité d'une île » qui restitue à la maison sa vraie destination. Parce qu'il est un lieu et un temps à l'abri de la fureur du monde, il accueille notre engagement, il le sollicite, nos gestes s'y déplient pour eux-mêmes, ils sont l'œuvre de qui les accomplit, sans autre but que d'atteindre à leur perfection, sans autre plaisir que de les faire, dessinant une géographie de l'être qui devient sienne.

KATAS / LES TEXTES SACRÉS

Ils sont en pyjama, assis en cercle sur le tapis de leur salle de jeu, ils ont dîné, tu leur lis, imperturbablement, comme chaque soir quand ils sont là, *La Queste del Saint Graal*. Tu avances inexorablement dans l'édition complète, page après page. Il y a beaucoup de mystères, de chevauchées, d'exploits de chevalerie, de combats, de magie, de miracles, d'amour courtois, de personnages puissants, autant féminins que masculins. Ils écoutent sagement ta lecture, du moins ils t'entendent. Ils sont patients. Ils savent que ce rituel d'avant le sommeil compte. Notamment pour toi… Cette quête du Graal demeure cependant un texte ancien, d'une réflexion et d'un univers profondément chrétiens. Puisque le Graal contient le sang du Christ échappé de son flanc droit qu'une lance a transpercé. Que Joseph d'Arimathie s'est chargé de recueillir. Parmi les chevaliers, ce sont Bohort, Perceval et Galaad qui dans cette quête semée d'épreuves accèderont à la liturgie du vase. Ils sont les élus de la légende arthurienne, bientôt accueillis dans la Jérusalem céleste.

Pourquoi donc avoir choisi ce texte parmi ceux qu'on juge fondateurs ? Parce qu'il est un récit d'aventures rempli de prouesses surhumaines et baigné d'un imaginaire surnaturel qui aurait pu plaire aux enfants ? Pourquoi ne pas avoir choisi l'Ancien et le Nouveau Testament ? Parce qu'ils auraient une fonction d'édification religieuse plus appuyée, plus prosélyte ? Cette lecture a duré presque deux ans, tu penses t'être fourvoyé, que les enfants t'ont poliment écouté mais qu'ils ne sont pas entrés dans le texte. Trop touffu, trop complexe, trop référencé, trop semé de réflexions théologiques. Ce n'est pas seulement une histoire, quasiment l'archéologie du roman, c'est aussi une filiation, une érudition, une symbolique sophistiquée qui convoquent un travail d'exégèse et d'interprétation trop lourd pour que les seules aventures narrées suffisent à capter leur attention enfantine.

Tu rencontres une difficulté semblable quand tu veux leur apprendre les katas, qui sont à leur manière des récits de combats fondateurs. Car ils portent aussi en eux une histoire, une filiation, une érudition, une symbolique dont la complexité peut rebuter. D'autant qu'ici, il ne s'agit pas d'écouter passivement, mais d'apprendre à les exécuter. Lorsque tes quatre sont dans le dojo de la maison, les plus jeunes, âgés de quatre ans, l'aîné, l'ancien... âgé de huit ans, tous vêtus de leur karatégi blanc, leur ceinture jaune à la taille, essayant de déplier le premier et le deuxième Heian, tu réalises que l'exécution des gestes, l'ordre précis et le rythme de leur enchaînement demeurent abscons. Tu les confrontes à un savoir académique qui leur semble arbitraire et fastidieux, dont ils ne voient pas la finalité parce qu'ils sont dans l'impatience juvénile d'apprendre des gestes qui trouveraient leur immédiate application dans les combats. Il faut leur faire comprendre que cette étude des katas, la stricte observance de leur syntaxe, est aussi importante que le travail du combat, qu'ils constituent même la langue et la grammaire du combat. Me renvoyant à ce que cette étude fut pour moi, un savoir académique que j'éprouvais complexe et inaccessible.

*

Les katas sont au nombre de vingt-six dans l'école Shotokan. Ce sont des chorégraphies réglées à l'avance, d'une grande précision quant au rythme, à la vitesse très variable des gestes, à la posture du corps, la position des pieds, l'ouverture ou la fermeture des mains, etc. Ils sont en quelque sorte vingt-six récits de combat. Ils ont des titres. Les cinq premiers, les plus fondamentaux, les Heians, se nomment tous paix et tranquillité. Pour les autres, Hangetsu signifie demi-lune. Gankaku, cigogne sur un rocher, Jitté, main de la pitié, Meikyo, polir le miroir, Unsu, mains en nuage, Bassaï daï, pénétrer la forteresse, etc. Les apprendre puis les connaître réclame de nombreuses années de travail. Ne dit-on pas que pour montrer correctement Tekki shodan, cavalier de fer, il faut l'avoir exécuté au moins dix mille fois ?

Ils furent longtemps pour moi une langue étrangère. Ni le jeune premier maître de l'avenue Parmentier ni le deuxième du dojo niché sous l'église américaine du quai d'Orsay ne les enseignaient. On travaillait donc les kihons, les kihons kumités, les randoris, les katas semblant désigner un monde à part, ce qu'ils sont en quelque sorte. Lorsque je surprenais un praticien à l'écart dans le dojo, dépliant seul plusieurs enchaînements de gestes dans de nombreuses directions sans la moindre hésitation, effectuant plusieurs fois la même chorégraphie, je pensais observer un érudit ayant fait de longues études supérieures…

Je dois cependant en apprendre précisément trois, Bassaï daï, Kanku daï et Tekki shodan, pour passer l'examen du 1er Dan. Je m'y attelle sans conviction, avec le sentiment d'apprendre par cœur des poèmes que je devrai mécaniquement réciter à voix haute devant le jury. J'en propose un de mon choix, tirant l'autre au sort. Ma malchance avérée dans les jeux de hasard se trouve confirmée puisque j'ai quasiment fait l'impasse sur l'apprentissage de Tekki shodan, et c'est ce maudit kata dont je déchiffre le nom, dépité, sur le carton tiré de la pioche. C'est une chorégraphie très singulière et déroutante qui se déroule sur une seule ligne, dans une même posture, en kiba-dachi, autrement dit la posture du cavalier, comme si l'on se déplaçait dos au mur face à des adversaires qui se déploieraient dans un angle n'excédant pas 180°. J'hésite dès le quatrième mouvement, m'emmêlant lamentablement dans mes bras et mes jambes. Le jury me fait grâce de recommencer le kata, imputant mes bégaiements au stress de l'examen, mais il faut se rendre à l'évidence, je suis à juste titre recalé.

Convaincu dès lors qu'il me faut connaître sérieusement mes katas si je me décide à passer les examens de chaque Dan... Mais je n'en saisis toujours pas le fondement ni la nécessité puisqu'ils ne sont pas enseignés par le senseï de l'église américaine. Lequel nous invite le samedi matin à nous retrouver dans le gymnase de la piscine des Halles où un praticien de bon niveau pourrait nous les enseigner. Beaucoup d'élèves du dojo s'y rendent, profitant d'une plage de temps informelle où par petits groupes spontanément constitués, chacun s'entraîne comme il l'entend à travailler kihons, randoris ou katas. L'un des gradés, jeune érudit, invite ceux qui le souhaitent à suivre les katas qu'il enchaîne selon son goût du jour, des katas du 1er au 4e Dan. Je m'évertue laborieusement, avec six ou sept autres élèves, à suivre ces chorégraphies savantes que je peine à mémoriser, oubliant le plus souvent, erreur fatale ! le nom desdits katas, la première chose à connaître si je veux les identifier afin de les répéter et de les apprendre.

Mais répéter trois ou quatre fois les mêmes katas au gré des samedis et des états d'âme de cet élève enseignant ne me permet pas de les apprendre, juste d'en mesurer la difficulté, si loin de pouvoir les dérouler, plus encore de les interpréter dans leur épaisseur. Car cet érudit déplie toujours de nouveaux katas ; chacun est un labyrinthe, confirmant certes son niveau d'études mais surtout combien toutes ces chorégraphies, dont j'ignore alors le nombre, dessinent pour moi un mur d'érudition gestuelle sans doute infranchissable, comme de vouloir apprendre la Bible par cœur, en grec et en latin, Ancien et Nouveau Testament...

Les rares fois cependant où je peux déplier l'ensemble d'un ou deux katas sans trop d'erreurs ni d'hésitation, j'ai l'agréable surprise de déployer une énergie et de la conduire jusqu'à l'accomplissement d'une action qui aurait la cohérence d'une histoire, avec un début, un développement et une fin. J'entre alors dans une forme vivante comme je me glisserais dans un nouveau corps.

Emporté ainsi dans un mouvement soutenu, structuré, rythmé, pour une durée comprise entre une et trois minutes, je découvre comme la sensation miniature d'une marche en montagne, de la lecture d'un roman, de l'exécution d'une partition de musique. Tant le kata possède une forte dimension narrative.

Ces sensations me sont cependant fugaces, puisqu'à peine appris sans être répétés, ces katas sont en effet comme des labyrinthes dessinés sur le sable et vite effacés. Je dois sans cesse les parcourir pour que ce corps dans lequel je me glisse devienne le mien. Perdant le fil des enchaînements, je perds la vitesse requise, le mouvement explosif, je me désarticule, je suis Cendrillon tombée d'un carrosse devenu citrouille aux douze coups de minuit.

*

Ces samedis matin au gymnase de la piscine des Halles sont malgré tout des moments de pure exaltation, parce que la salle pourtant anonyme est haute, vaste et lumineuse, elle semble l'image d'un temps infiniment ouvert où tout reste à découvrir.

Et puis, c'est à la faveur de ces samedis que Robert accepte parfois de se rendre à Paris, afin d'assister à mon entraînement. Je n'ai alors que quelques années de pratique mais je fais de mon mieux, j'essaie de le convaincre, en vain, de l'efficience de la discipline. Le senseï de l'église américaine, qui se veut physionomiste, vient saluer Robert, le judoka, l'ancien, assis sur un gradin, il lui répète chaque fois, comme interloqué, combien le père et le fils se ressemblent comme deux gouttes d'eau. On joue l'étonnement en retour, le senseï insiste, développe des arguments sur la structure osseuse du visage, la façon de poser le regard, ce qui est plus convaincant, mais on en sourit malgré tout sous cape, les deux, nous qui nous sommes mutuellement adoptés après une lente et prudente approche, entre les cinq et les sept ans de mon enfance.

Une ombre, cependant, naît dans les yeux du père. Venir assister à mon entraînement le déporte trop souvent dans une sorte de mélancolie, celle de ces années où soufflait un vent d'épopée à l'étage de la rue des Volontaires. Peut-être aussi se dit-il avoir échoué, n'avoir su me transmettre son bien le plus précieux, sa passion du judo, me découvrant si engagé dans cette discipline du karaté… Un accord tacite s'établit alors. Si l'on se retrouve tous deux assez souvent à Paris, c'est pour aller au restaurant, au cinéma voir des films japonais ou italiens, ou encore pour se promener le long de la Seine, ménageant des moments d'extrême complicité qui ne soient plus traversés par cette mélancolie du dojo.

Ma mère, en revanche, qui a su préserver son enfant de ce maudit judo, vient assister tous les samedis matin à mon entraînement, comme si le choix que j'avais opéré d'un autre art martial signait sa victoire de mère. Instaurant assez vite un rituel tant elle sait s'immiscer avec une implacable intuition dans ces intervalles vacants de mon existence pour les faire siens, pour les faire nôtres, la mère au bras du fils, une osmose, un lien d'enveloppement mutuel, tout à fait étrange. Andrée s'assoit sur un gradin, à l'écart. Elle observe, commente ensuite les progrès qu'elle juge accomplis par son fils, de son point de vue à elle qu'elle pense autorisé puisqu'il est celui d'une mère passionnément aimante. Et puis, enfin, elle-même a pratiqué le judo plusieurs années, elle sait voir ! Ma mère savait surtout qu'au sortir dudit entraînement, vers 13 heures, nous finirions tous deux, immanquablement, par un déjeuner en tête à tête dans un restaurant asiatique du quartier ou dans le deux-pièces de l'île Saint-Louis que j'habitais à l'époque, depuis que je m'étais enfui sans retour de ce 5e étage de la rue Legendre.

*

Je sais que ces chorégraphies sont intangibles, qu'elles sont scellées dans la tradition, qu'elles font office de textes sacrés, bibliques, regroupant l'ensemble de tous les gestes possibles en les insérant dans une syntaxe particulière, une narration qui raconte, pour chacun des katas, un combat contre un, deux, trois, jusqu'à huit adversaires pour Kanku daï, regarder le ciel. Me les approprier consiste donc à les répéter inlassablement. La dépense physique, l'épreuve respiratoire sont aussi intenses que durant un combat. Je dois travailler l'intonation, la ponctuation, le débit, la modulation des vitesses, si je veux les vivre, les comprendre, les conter et les transmettre. Ce n'est plus une tradition écrite ou orale que je vais essayer d'acquérir, mais une tradition corporelle de « récits de gestes ».

Tout comme celle des textes sacrés, l'étude des katas réclame un fol entêtement, une infinie persévérance et une exigence permanente d'être au plus près du canon des gestes. Je comprends aussi que selon la morphologie et la personnalité, certains katas sont plus évidents ou plus signifiants que d'autres, que les choix et les préférences peuvent également varier selon l'âge et la maturité. Enfin, tout comme l'écoute ou l'exécution de telle ou telle musique correspond mieux à ma disposition mentale du moment, tel ou tel kata offrira plus de résonance à mon état présent. Pouvoir cependant tous les dérouler, les convoquer, les incarner, en montrer des extraits, les citer à propos, à n'importe quel moment et dans n'importe quelle circonstance relève d'une grande érudition corporelle. Censée atteinte au 5e Dan, puisque tous ces récits s'apprennent et se distribuent selon leurs difficultés, leurs montages, disons narratifs, techniques et respiratoires, entre le 1er et le 5e Dan.

Ces katas, ces récits du combat, sont plus ou moins longs. Ils réfèrent les uns aux autres, ils s'éclairent les uns les autres, et constituent un corpus infiniment complexe et dynamique. Comme tout récit, ils livrent un sens immédiat, littéral, mais possèdent également une grande richesse métaphorique et allégorique dont les titres, tels des haïkus, sont en somme les indices poétiques.

Un soir, au dojo, un élève d'une cinquantaine d'années, de très haut niveau, me confie devoir cesser un temps sa pratique. Ses tendons d'Achille se sont anormalement amincis et sont près de se rompre. Il va donc s'entraîner comme chaque jour mais mentalement… travaillant ses katas en esprit, se les récitant en silence comme il le ferait de poésies ou de textes littéraires dont il connaîtrait chaque mot, chaque ponctuation. Une autre façon, me dit-il, de pratiquer. À mon tour, la nuit, je profite de mes insomnies non pour compter des moutons mais pour déplier mes gestes, relire mes récits des combats, je travaille, emporté dans mes enchaînements, le sommeil m'emportant à son tour.

*

Quand je pars au Japon, lors de mon tout premier séjour, je n'exécute guère que les katas fondamentaux, les cinq Heians, paix et tranquillité, et les trois katas nécessaires à l'obtention du 1er Dan. Je pratique dans le petit dojo de Kyōto où un ami du senseï, un 6e Dan, vient parfois s'entraîner.

Mais lorsqu'il exécute ces chorégraphies, il dégage une présence et un charisme qui véritablement m'hypnotisent, comme si ce 6e Dan était cerné d'adversaires qu'il affrontait réellement, me démontrant combien connaître un kata n'est en rien l'incarner.

Mon maître japonais souhaite que j'en apprenne un sous sa direction durant ces six mois d'enseignement. Ce fut Sochin, force tranquille, qu'il me fait répéter sans faillir, accompagnant le travail des mêmes trois mots fatidiques : *spido*, *fasto*, *relaxeu*, afin d'en régler l'interprétation. Simplement, j'apprends le chemin, je parcours le labyrinthe, je déroule l'enchaînement sans erreur, mais j'ai bien conscience de ne faire le plus souvent qu'exécuter le kata, de n'être presque jamais ce kata lui-même, comme le senseï peut l'être qui devient autre absolument, une métamorphose de tout son être quand il entre dans ces chorégraphies. Me renvoyant au mystère de l'incarnation, où il ne s'agit pas tant de connaître une forme, un langage, que d'en être traversé, d'en être possédé.

Toujours est-il que le kata Sochin demeure, avec ma ceinture noire brodée, l'autre présent rapporté du Japon.

De retour en France, congédié sans délai du dojo de l'église américaine, inscrit sans plus de délai dans le dojo du SIK, rue Daguerre, je remarque, à mon grand étonnement, que des cours trois fois par semaine sont dédiés à l'unique pratique des katas.

Les mauvaises habitudes prises durant mes dix premières années d'entraînement me détournent longtemps de ces cours. Travailler uniquement les kihons, les kihons kumités et les randoris est sans aucun doute la solution de facilité, parce que mon corps est le plus souvent articulé à l'autre, et les résultats semblent plus concrets, immédiats, gratifiants parfois.

L'apprentissage et la pratique des katas ouvrent en revanche sur un chemin de ronces, c'est un travail âpre, de moine solitaire, où l'on fait juste face à soi-même, son pire ennemi, face à sa paresse, sa résignation, sa lassitude, sa désinvolture, sa distraction, son renoncement, ces forces endogènes qui dans la vie nous ligotent, car on doit gravir sans cesse les mêmes montagnes, franchir sans cesse les mêmes abîmes…

Le travail des katas est un miroir tendu où se mesure pour moi-même, en toute conscience, jusqu'où va ma détermination à tendre vers ce qui pourrait s'approcher, à ma mesure, d'une perfection.

L'obtention laborieuse du 2e Dan est à cet égard une révélation puisque j'offre, en ce qui concerne l'épreuve des katas, une prestation pitoyable, avec des postures négligées, un corps raide, des gestes étriqués, des mouvements courts, rabougris, une chorégraphie dépourvue de rythme, linéaire et hachée à la fois, telle la récitation stupide d'un poème auquel je n'aurais rien compris, d'une voix blanche et qui trébuche sur certains mots. J'en éprouve une espèce de honte, je ne peux continuer de tricher ainsi avec moi-même, il faut m'attacher sérieusement à l'étude des katas, ce que je ferai encore très modestement pour le passage de mon 3e Dan, avant de m'y consacrer pleinement pour ma préparation du 4e et du 5e, qui correspondent à neuf années de pratique supplémentaire.

À force d'entêtement, il existe un moment où le regard n'est plus rivé sur chaque pierre du chemin, à tenter, épuisé, de mettre un pied devant l'autre, il existe un temps où se dévoile la beauté du paysage, où l'émerveillement gagne. Les katas ne sont plus alors des pensums gestuels, ils deviennent des chemins à soi dont la variété permet d'y engager son état mental et affectif de l'instant, faisant émerger une singulière sensation d'être et d'exister en son centre.

En effet, la chorégraphie du kata me conduit pas à pas dans une narration où je peux m'abandonner à une intensité maximale des gestes et des déplacements. Ainsi mon corps déplie l'histoire à la première personne, je deviens l'histoire, je deviens la forme narrative du kata dans l'oubli de soi, le maximum d'être dans l'oubli du sujet.

*

Comment savoir murmurer tout cela à l'oreille des enfants, non pas pour qu'ils en soient convaincus, ce qui ne voudrait rien dire, mais pour qu'ils aient le désir de déplier à leur tour ces récits du combat ? Qu'ils sachent pourquoi ils enchaînent tel et tel geste, et qu'ils puissent en éprouver la nécessité et la sensation. L'approche interprétative (bunkaï) que je ne pouvais mener durant la lecture de la Quête du Graal, tant elle m'aurait embarqué vers une glose savante qui aurait brisé la tension déjà fort lâche du récit, se révèle à présent un apport dynamique, mes quatre apprenant d'autant mieux les récits fondateurs qu'ils en comprennent l'usage.

Établir un canon n'est en effet jamais une fin en soi[13]. Si l'Ancien et le Nouveau Testament ouvrent à l'histoire infinie de leur glose et de leur casuistique, mieux, en appellent à cette histoire, ne serait-ce qu'à l'occasion d'une confession ou de la moindre homélie lors d'une messe de village, les katas en appellent à l'histoire des bunkaïs, à leur interprétation telles que les développent les senseïs.

L'apprentissage des katas, c'est la satisfaction d'accéder à une érudition d'autant plus intense qu'elle est physique et gestuelle. S'en contenter serait absurde, comme de savoir réciter un texte dans une langue étrangère qu'on ne connaît pas. Comme de savoir danser pour demeurer immobile et seul au bord de la piste.

*

Dans le dojo où je m'entraîne depuis plus d'un quart de siècle, chaque vendredi soir, après la répétition des katas, le senseï nous propose d'en interpréter deux ou trois phrases, à la manière d'un théologien entamant une lecture de tel ou tel verset… Il invite l'un de ses élèves, de préférence le plus expérimenté, le plus exemplaire, le plus en phase avec lui-même, il invite Fabrice à lui faire face et à enchaîner une suite de déplacements qui soient autant de mouvements d'attaque et de défense à l'intérieur desquels le maître insère et déplie exactement la phrase dudit kata à l'étude, afin d'en révéler le sens dans la réalité d'un combat.

Cette phrase jusque-là apprise par cœur, et que j'ai, comme tous les élèves, vécue seul dans mon corps et mon imaginaire, s'éclaire alors d'une interprétation, d'une actualisation, parce qu'elle s'incarne soudain entre deux personnes, le maître et l'élève, comme elle pourrait d'ailleurs s'incarner entre le maître et deux ou trois élèves simultanément s'il décidait d'en déployer la scène dans toute son ampleur.

Le travail des bunkaïs, de l'herméneutique, est un moment très particulier dans la pratique du karaté. J'en éprouve une profonde jubilation de l'intelligence parce que je suis le témoin d'un dévoilement du kata, de plusieurs de ses sens cachés, insoupçonnés, que le senseï me révèle soudain dans l'exécution de ses gestes. Un sentiment partagé puisque des sourires s'esquissent, c'est véritablement le gai savoir qui nous saisit. S'y ajoute un élan de gratitude envers celui qui sait, qui donne et qui partage.

Répéter cette interprétation est pourtant fréquemment un moment trouble. Alors que je savais exécuter seul la phrase du kata sans en connaître le sens, il me faut à présent la nouer, l'enchevêtrer aux gestes de l'autre, la déplier dans l'intervalle inframince de ses gestes. J'hésite, je m'embrouille, la phrase étudiée se perd, se délite, comme si elle s'oubliait en présence du partenaire, mon propre corps rendu soudain amnésique, stupéfait de ne pouvoir simplement répéter, articulé aux gestes de l'autre, l'interprétation du kata, redire son sens caché que le maître a pourtant fait jaillir dans l'évidence de ses propres gestes. Comme si je connaissais à présent l'usage des outils sans être capable de m'en servir pour façonner le bois, comme si je savais les mots sans pouvoir en user dans la réalité de la conversation, les gestes dans la réalité du combat. Comme d'entendre l'esprit d'un texte déplié dans une parole savante et lumineuse, alors qu'une fois revenu à la lettre du texte, l'étudiant que je suis s'enlise à nouveau dans son mystère.

Au regard des katas, le senseï fait donc véritablement figure d'herméneute et de grand théologien. De façon toujours extensive, car il peut, d'une séance de bunkaï à l'autre, reprendre les mêmes extraits d'un kata pour développer d'autres interprétations très différentes et tout aussi éclairantes.

Savoir les katas serait finalement être capable de les incarner et de les actualiser en toutes circonstances au point de pouvoir répondre à n'importe quel ensemble d'attaques et de défenses du partenaire.

Lorsque Fabrice, passant son examen du 7e Dan, exécuta tout d'abord Sochin, le récit de la force tranquille, pour en proposer ensuite les bunkaïs, il demanda à son partenaire d'effectuer n'importe quelle attaque dans n'importe quel ordre, Sochin n'en fut pas moins exécuté et accompli dans son exact développement. Ce n'était plus alors le récit d'un combat, c'était le combat de Fabrice. Ce n'était plus une histoire au passé, c'était une action au présent. À ce stade d'intériorisation sensible du kata, le récit du combat pouvait entièrement s'actualiser. Le kata n'était plus alors l'anamnèse d'un combat ancien qui aurait déjà eu lieu, il *était* le combat, il le devenait, maintenant.

Parvenus à une grande maturité de notre pratique, nous devons tous nous adonner à ce travail d'herméneute des katas. C'est du moins ce qu'on exige de nous à partir du 6e Dan. Nous demandant en outre d'inventer à l'occasion de cet examen une sorte de kata, disons un récit personnel, une narration singulière *et* d'en fournir simultanément le bunkaï. Une façon d'exiger de nous qu'on accède à la réflexivité critique de notre propre récit. Attendus que nous sommes de développer, tant que faire se peut, une histoire, un point de vue et même un *style* à l'intérieur de cette discipline.

Si l'instauration du canon aménage ainsi une telle place à son interprétation, c'est qu'il signale deux choses. D'une part, dans son infinie richesse de sens, l'art martial reconduit sans cesse sa part de mystère, en dépit de la longue histoire de sa glose et de ses interprétations successives. D'autre part, puisqu'il offre d'accueillir en son sein de nouvelles interprétations de son canon, il manifeste qu'il n'est pas un art figé dans la répétition poussiéreuse de ce qui serait l'orthodoxie de sa tradition.

Chaque grand senseï, pris dans son époque et sa géographie, participe à l'histoire de cet art. Plus son style est singulier, plus il fait œuvre, et plus cet art exprime sa vitalité et son actualité. Comme tous les arts, martiaux ou pas, le karaté est une totalité inachevée.

LES ÂGES

Andrée quitte Robert. Elle divorce. Elle arbore de nouveau son nom de jeune fille qu'elle crie sur les toits, qu'elle exhibe sur son carnet de chèques, un acte de rébellion et de liberté souveraine. Elle trouve de surcroît que le nom de son propre père est un nom prestigieux trop longtemps négligé et qui sonne, celui du procureur de Paris et surintendant de Louis XIV, emprisonné finalement à vie dans le donjon de Pignerol. Mais peu importe. Ce nom qui fut le mien jusqu'à mes six ans, celui inscrit sur tous les carnets et les cahiers en mes débuts scolaires, le nom que l'on avait abandonné, ma mère et moi, pour adopter celui de Robert. Un nom ancien, qui revient étrangement en bouche vingt-cinq ans plus tard.

Je m'étonne de la coïncidence puisque c'est exactement l'année où mon nom et mon prénom se verrouillent l'un avec l'autre, imprimés sur la couverture d'un livre, mon premier roman publié. Et Andrée qui s'en débarrasse, qui reprend son nom de jeune fille... Elle quitte Robert et elle quitte *notre* nom, celui qu'on s'était construit ensemble, les trois. Elle nous quitte, seule et triomphante à se nommer ainsi. Avec son front qui se fronce et ses yeux noirs qui lancent des éclairs. Ouvrant pour elle à vingt années de déménagements successifs.

Tout d'abord non loin de Courbevoie et de ses quartiers d'enfance, à Colombes, un bel appartement donnant sur des jardins. Dont elle s'enfuit, quatre ans plus tard, soudain, parce qu'elle repère depuis sa baie vitrée, cent mètres vers l'ouest à vol d'oiseau, oui, elle remarque une maigre cheminée, un tuyau en inox avec un chapeau, sur le toit d'un atelier, qui, affirme-t-elle, l'intoxique de vapeurs délétères. Elle seule, avec son flair de lionne, en décèle les invisibles émanations.

Alors, sous l'emprise d'une boussole folle, elle dérive du nord-ouest au sud-est de la banlieue parisienne, accostant à Créteil, une rive pour elle inexplorée. Elle se perd dans une cité de barres d'immeubles, elle se loge dans un studio trop exigu. Elle n'a pas visité le quartier, ni l'immeuble, encore moins l'appartement, elle a juste écouté sa voix intérieure, signant le bail sans consulter personne, une annonce tirée au hasard sur un journal gratuit distribué dans les boîtes aux lettres. On ne peut l'arrêter ni la détourner, on se tait, on la déménage. La surface étant trop petite, on ne sait où poser le mobilier ni les cartons qui s'entassent en une barricade d'assiégée sur son balcon filant, obstruant les larges baies vitrées. Je lui parle de la pluie qui peut balayer la façade et le balcon, ravageant sa barricade. Elle répond tout sourire qu'il suffit simplement d'abaisser l'auvent qui protège du soleil. Et si le studio baigne dans une semi-obscurité permanente, si la seule vue qu'elle ait de ses fenêtres, c'est une barricade de cartons abritée d'un tissu rayé, elle s'en fout comme de l'an 40. Et puisque le balcon ne peut tout absorber, d'autres cartons ici et là s'entasseront sur la moquette, ce sera une géographie de monticules géométriques, de canyons et de défilés par où elle se faufilera pour circuler aux quatre coins de ce qui n'est plus qu'un garde-meubles Comment peux-tu abandonner un si bel appartement pour ce… Elle me répète qu'elle s'en tape Je m'en tape, trésor ! Elle n'en démord pas de son choix judicieux, elle ne respirera plus de gaz toxiques. Elle est une enfant de la guerre, le gaz l'obsède, combien de fois n'a-t-elle pas menacé de se suicider par le gaz ? Elle serre les dents, elle tient trois ans dans ce grand foutoir, avant de s'en retourner, avec sa vie en cartons et son nom de jeune fille, dans la maison de Robert.

Où rien n'a bougé, où demeurent intacts les espaces vides de son absence. C'est un déboîtement puis un remboîtement de cubes, à l'identique. Il s'agit juste de tout remettre à sa place. Mais elle ne s'y résout que partiellement, elle résiste, laissant la vaisselle, des objets divers et la plus grande partie de sa garde-robe en des piles de cartons qui encombrent à présent le couloir d'entrée et le salon, là où Robert entamait avec l'enfant que j'étais ces souples déplacements de judoka, la main en étoile sur son abdomen, évoquant la force du ventre.

Avec le temps, les cartons s'affaissent, s'effondrent les uns dans les autres, une masse molle qui s'enracine dans leur regard, dans l'esquive et la faufilure de leur corps traversant couloir et salon. Elle offre à Robert le spectacle de sa transhumance permanente. Partie puis revenue, ses rochers de mémoire avachis qui entravent pourraient bien être l'annonce d'un prochain départ. Stoïque, Robert se tait, sa vie s'empêtre en silence dans les cartons d'Andrée. Qui prend son élan, qui rumine, qui dénigre à nouveau, qui ne dit plus la maison ou le pavillon, mais qui dit « la baraque », qui médit, qui vitupère. Robert s'érode, l'effritement d'une falaise sous le battement des vagues. Elle déménage cinq ans plus tard.

S'installant cette fois tout près de chez lui. Elle choisit un trois-pièces sous les toits d'un banal pavillon des années 70. On y accède par un escalier extérieur fixé au pignon de la maison, les marches métalliques sont des lames dangereuses, elles vibrent et résonnent sous les semelles à chaque pas. L'endroit, dont les Velux donnent pour partie sur des jardins, pourrait être agréable, mais elle n'y emménage pas, sa vie n'est plus d'actualité, elle se fane et s'oublie en des cartons empilés parmi lesquels elle zigzague, organisant son existence rétrécie.

D'une imperturbable fidélité, Robert lui rend visite presque chaque jour, lui apporte des courses, change les ampoules usagées, débouche l'évier ou la baignoire. Il administre le culte dont elle est la divinité. Il la conduit, il est son chauffeur dévoué, ils persistent tous deux, rituellement, à venir ensemble chez moi. On partage une promenade avec les enfants, on joue au ballon dans le bois de Vincennes, on navigue en barque sur le lac Daumesnil, on dîne, on déjeune parfois avec mes quatre dans le jardin de la maison de Robert, on chemine dans le parc du château d'Écouen, sur les rochers des gorges de Franchard. Mais irréversiblement, son visage se ferme, elle se mure dans une surdité grandissante, les enfants rient de ses réponses inappropriées, de ses interventions impromptues. Elle refuse de se faire appareiller, puis elle refuse de mettre l'engin à l'oreille, nous reproche de mal articuler les syllabes, de l'isoler, de l'exclure au beau milieu de nos paroles galopantes et confuses qui deviennent son silence égaré.

C'est un jour de Noël qu'ils viennent de fêter avec nous dans mon appartement de petites boîtes. Ils s'en retournent chez eux tôt dans la soirée. Ils refusent un taxi, ils veulent emprunter métro et train de banlieue. À quatre-vingts ans, ils descendent, alertes, l'escalier de la gare aux nez de marche tirés d'une lame d'acier, Andrée se tient entre la rampe et Robert, mais de manière inexplicable elle s'emmêle les pieds, son corps vrille, elle s'agrippe non pas à la rampe mais à Robert qui dévisse, elle, plaquée de tout le poids de son corps en suspens, accrochée de toutes ses forces au torse et aux bras de son ex-mari. Ils roulent ensemble sur les marches, carambolent, s'écrasent en bas du passage souterrain qui distribue les quais de la gare de Villiers-le-Bel – Gonesse, elle a le poignet foulé, il a le visage en sang, l'arcade sourcilière ouverte, le nez déchiré, une chute à deux dans une ultime étreinte, la dernière, qui les tient enlacés, deux blessés hagards qui se relèvent, titubant dans la pénombre glauque des rares néons cliquetants et des courants d'air glacés. Le guichetier refuse de leur porter secours, il croit identifier un couple de vieux clochards ivres qui traversent, vagues, un soir de Noël, le hall désert ouvrant sur la place

Tu comprends, elle s'agrippait à moi, mais surtout, elle m'enserrait les bras, impossible de rattraper la main courante pour m'y accrocher, j'étais ligoté, elle m'a entraîné dans sa…

La dernière fois qu'il lui sauve tout à fait la mise, son visage jeté sur le sol s'ouvrant tel un fruit trop mûr. La dernière fois qu'elle fait du corps de Robert, qu'elle vient d'entraîner de manière réflexe, mais d'un réflexe que bâtit leur histoire, vers la chute et le péril, l'ultime fois donc qu'étreignant Robert, elle fait de son corps l'appui certain de sa survie. Telle une image arrêtée récolant en un seul plan visuel la sourde violence qui compose leur vie d'adulte tout entière.

*

Elle campe ainsi à sa nouvelle adresse, sous les toits de ce pavillon, équipée d'une table de camping, d'une chaise et d'un tabouret. J'extirpe de ses cartons des robes de couturiers et d'élégants tailleurs que je suspends dans son armoire sous son regard qui désapprouve. J'ai beau la supplier, la houspiller pour qu'elle s'habille, elle persiste en toute occasion à s'attifer des mêmes vêtements sans forme, de joggings gris qui dégoulinent, de parkas qui l'engoncent, de robes sacs en Tergal imprimé, on dirait des blouses.

Elle est vive, alerte, fine et belle, elle a quatre-vingts ans, je perds mes nerfs, je la traite de clocharde, Robert me reproche ma brutalité inutile. Il a raison. Sa garde-robe demeure impeccablement suspendue dans l'armoire, ses innombrables paires d'escarpins alignées le long d'une plinthe.

Elle répète à l'envi ce qu'elle disait déjà quand elle vivait à nouveau dans la maison de Robert, elle n'a aucune bonne raison d'emménager ici parce qu'il va venir, le prince charmant, qui se prénomme successivement Serge, Jean-Pierre, Jacques, Michel… Il va l'emporter vers un ailleurs radieux et amoureux, il l'installera tel un diamant dans son écrin, elle vivra dans une villa, au milieu d'un parc. À Saint-Cloud. Pour elle, une communiste fidèle à ses convictions jusqu'en ses ultimes bulletins de vote, le désir acharné de Saint-Cloud demeure une énigme définitive. Elle l'attend, jamais lassée, acceptant plus rarement d'accompagner Robert quand il vient nous voir, redoutant que son prince ne survienne en son absence et qu'il reparte pour toujours. Il est comme la Mort, il ne passe qu'une fois. Alors je prends la moto, je m'échappe de Montreuil, je lui rends visite dans son pavillon d'Arnouville, je grimpe l'escalier qui vibre en faux accords de contrebasse, je toque à la porte, j'ouvre, je la surprends parmi ses cartons, elle est assise sur son tabouret, parfois tout habillée, l'imperméable boutonné jusqu'au col, sa valise prête. Elle se lève, soudaine, vive, une jeune fille d'un conte de Noël qui s'élance vers son fiancé

Ah, mon trésor, je suis contente que tu sois là, il vient me chercher dans une heure !

Qui, maman ?

Jacques, voyons !

Qui, maman ?

Michel, voyons !

Qui, maman ?

Serge, voyons ! On quitte. On part. Il vient avec le camion.

Ah ?

On va s'installer.

Je sais, maman. À Saint-Cloud.

Elle se pelotonne dans mes bras, nos poitrines fusionnées, son corps d'oiseau qui s'allège, qui fond, qui se déminéralise. Elle se calme, elle s'apaise. On s'assoit autour de la table de camping devant un verre d'eau. On discute très normalement du quotidien, de ses amies, de l'actualité politique qu'elle décrypte toujours avec la même lucidité. Je ne manque pas de regretter à voix haute ces samedis où elle venait assister à mon entraînement avant que d'aller déjeuner en tête à tête. Il aurait fallu réinventer tout cela. Qu'elle vienne à présent le soir, rue Daguerre, s'asseoir sur un banc du couloir pour observer notre travail de forcenés. Je lui aurais présenté mon senseï, Serge Chouraqui – Andrée Fouquet, ma mère, ils auraient échangé quelques gentillesses à propos, et puis nous aurions conduit nos pas, elle et moi, vers un restaurant du quartier. Mais elle ne répond plus à ce genre de sollicitation qui l'exfiltrerait de son labyrinthe. Elle est trop loin partie dans ses rêves de jeune amoureuse où je ne peux la rejoindre.

Simplement, mon regard balaye la cuisine, je m'étonne au beau milieu d'une conversation des plus ordinaire et instruite à la fois

Ben ? Tes plaques de cuisson ?

Quoi, mes plaques ?

Tes plaques, pour cuire !

Ah, je les ai données… À ma petite Jacqueline.

Ça va pour elle, la petite Jacqueline. Déjà qu'elle a récupéré gratos la table en chêne et les chaises de ta salle à manger.

Elle a souffert, tu sais. Avec sa petite…

M'enfin ! Les plaques de cuisson. Comment tu cuisines ? Elle s'est posé la question, la Jacqueline ?

Oh, je cuis plus.

Comment ça, tu cuis plus ?

Les pâtes, je les mets à tremper dans un bol.

Et ?

Ça ramollit. Je les mange nature. C'est très bien.

Sûr !

J'ouvre les placards. Plus d'huile, plus de sel, plus rien. Juste les barres vitaminées, les pâtes d'amande et les biscuits bio au miel que Robert lui apporte

Dis donc, ça fait deux heures, il vient te chercher quand, le Michel ?

Avec la circulation, c'est infernal. Déjà avant-hier, il n'a pas pu arriver. Si ça se trouve, il viendra que demain.

*

Un jour, je prends la voiture, je l'embarque chez Ikea, lui achète un tapis, une table et des chaises, solides, un grand portant pour suspendre les beaux habits encore en carton. Elle semble heureuse à mon bras dans le mégastore, on s'active, on choisit, on arpente les interminables travées, on visionne les étalages de mobilier, les mises en scène d'intérieurs, on charge l'auto, on rentre, je déballe, je monte, j'agence, je visse, j'ajuste, j'installe, le matin quand elle se lève, elle posera ses pieds menus sur un tapis moelleux, j'extrais les manteaux, les robes, les tailleurs qui n'ont pas vu le jour depuis dix ans, l'armoire n'a pas suffi pour les contenir tous, et puis maintenant ils sont sous ses yeux, ils pourraient susciter la tentation de se vêtir, de parer sa silhouette de jeune femme éternelle. Le logement s'anime, se réchauffe, des étoffes, des tissus qui déchirent l'endroit uniformément beigeasse, monochrome vermicelle, une déflagration de couleurs, des rouges, des violines, des jaunes ardents. Elle est dans ma danse, elle suit, elle tient le rythme, la pulsation, elle est dans mon jeu, ma relance, elle me remercie dix fois

Je te prends tout ton temps, trésor, je...

Penses-tu !

Mais je me fourvoie, je me piège dans ma propre agitation, je n'ai rien compris, je suis Sisyphe, le simplet bienheureux. Ce qu'elle a aimé, c'est notre virée chez Ikea, c'est sa main glissée sous mon bras, notre déjeuner végétarien au self, c'est notre couple qui s'installe, notre ménage qui se monte. Quand je reviendrai deux semaines plus tard, le tapis sera roulé dans un coin, le portant sera en morceaux épars sur le linoléum marbré, les habits retournés aux cartons, ne restent debout que la table et les chaises. Voilà.

Elle ne sort plus de chez elle, de son corps, de sa pensée, de sa rumination. Assise sur le bord de son lit, guettant ses voix célestes qui l'entretiennent de l'avenir azuré, ses yeux vides fixant le papier peint, emportée parfois dans des monologues fiévreux qu'elle se chuchote à l'oreille. Souvent je la surprends, ainsi posée, prostrée, la sculpture du temps arrêté. Je me tiens sur le seuil de sa chambre, je murmure, je patiente, qu'elle me découvre doucement, je crains de bousculer son cœur d'oisillon. Elle se réveille, elle lève la tête, elle se déplie, elle s'avance vers l'étreinte suffocante de la mère et du fils. Mon impuissance est mon vertige. Je n'ai que mes bras à lui offrir, ce champ d'ondes emboîtées que nos corps s'échangent inlassablement depuis que, fœtus, ma chevelure urticante enflammait l'intérieur de son ventre. Elle se blottit dans notre mutuel rayonnement animal et sympathique. Je mesure sur quel fil j'ai dansé ma vie au-dessus de l'abîme de ma mère.

*

Non, elle ne sort plus, sinon la nuit, vêtue de sa robe de chambre en tissu Courtelle, elle arpente la rue, tenant ferme en main sa torche électrique. Elle brandit son faisceau de lumière, elle troue les ténèbres, elle taille dans le ciel noir, elle lui montre le chemin, elle sait qu'il fait des tours et détours, le prince égaré dans son labyrinthe, au volant de son camion de déménagement. Pourquoi ne trouve-t-il jamais l'adresse d'Andrée ? Ce sont les pompiers chaque fois qui lui prennent le bras, qui la raccompagnent jusque chez elle.

Alors, n'en pouvant plus d'attendre, elle balance depuis ses grands Velux ouverts sur le ciel, elle balance ses cartons d'objets, de vaisselle, de vêtements. Plus volontiers la nuit, elle les envoie dans le vide intersidéral, qu'ils s'y trouvent engloutis, dispersés au cœur du maelström de météores qui sillonnent les abords terrestres. Qu'ils participent en poussières d'étoiles à l'effritement du système solaire et qu'on n'en parle plus.

Ce sont les voisins du dessous qui me téléphonent, qui m'en reparlent de ces foutus cartons, parce qu'ils explosent dans la cour presque deux étages plus bas, parfois en journée, éparpillant en débris informes son beau linge et la vaisselle de ses parents. Ils m'expliquent qu'ils sont exposés avec leurs jeunes enfants à en prendre une sur la tête, de ces météorites cartonnées, sans compter que, toutes les nuits, ils l'entendent fourailler, parce qu'elle charrie, elle déplace, elle empile, elle désempile des choses lourdes, il y a des bruits d'objets qu'on traîne, qu'on pousse, qu'on brise, sans parler de ces coups dans les murs… Elle doit chaque nuit, dans l'énigme de ses ténèbres, composer et recomposer inlassablement ses piles de cartons, elle est la manutentionnaire à vie, bouclée dans la soute obscure de son cargo, elle y épuise ses nerfs, elle exténue ses visions, elle s'abîme, hagarde, dans le paysage restauré de ses nouveaux empilements. Et puisque aucun amant ne vient décidément les chercher, elle choisit un carton, deux, trois, qu'elle redistribue par le Velux dans le chaos entropique de l'espace

Si vous ne la déménagez pas, on porte plainte.

Oui, je comprends.

Je comprends qu'on ne peut vivre indéfiniment sous un déluge de cartons. Combien de fois ne suis-je monté au donjon de l'assiégée. Lui proposant de partir de cet endroit. Pensant tel un benêt qu'il suffisait de trouver un cadre plus charmant, un centre-ville plus animé où elle puisse, dès le seuil franchi, se mêler à la foule grouillante devant les vitrines, devant les étals des primeurs, que tous ces gens, que tout ce bruissement coloré sur les trottoirs la rappellent à l'existence du monde. Toujours à trois pas de chez Robert, l'ange gardien, là où elle ne veut plus vivre malgré tous les aménagements qu'il est disposé à entreprendre afin qu'elle se sente libre, autonome, souveraine. Une maison coupée en deux… Non ! Certainement pas ! Alors je téléphone à des agents immobiliers, je prends des rendez-vous, elle visite avec moi, elle inspecte les pièces, elle jauge la vue par les fenêtres, elle commente, elle fait semblant, elle argumente, c'est chaque fois échec et mat

M'enfin, mon petit garçon, tu réalises ? Comment veux-tu que je… ?

Au regard d'une villa au milieu d'un parc, à Saint-Cloud, je n'ai aucune chance de la convaincre.

Ne reste plus, devant cette insoumise dressée sur sa barricade, que la maison de retraite où il me faudra l'installer. De force. Un centre de long séjour, attenant au centre hospitalier de Gonesse, où sont proposés des studios indépendants, leur baie vitrée ouvrant sur un parc… Avec une sorte de restaurant de collectivité, un self-service, dit-on, et une assistance médicale jour et nuit. Je rencontre le médecin-chef, directeur de l'établissement, je lui explique la situation, je reviens dans quelques jours, ma mère à mon bras.

*

Elle accepte finalement d'aller consulter ce « directeur très humain », elle ironise, elle se moque de mes mots. Si cela fait plaisir à son petit garçon, elle l'envisage comme une sortie, une distraction. Elle a mis des grenades à sa ceinture, le fusil en bandoulière, un gros calibre dans son sac à main, et nous voilà bras dessus bras dessous, déambulant par les allées du parc dans une lumière cristalline, quasi printanière.

Le médecin-chef est en blouse blanche, débonnaire, rond, petites lunettes, crâne dégarni, charmant

Bonjour, monsieur, je suis venue pour plaire à mon fils, mais je n'ai absolument rien à vous dire... il paraît que vous désiriez me rencontrer.

Le médecin sourit, se mord les joues, au bord de la franche rigolade

Pour parler de votre santé, chère madame...

Oh, mais je vais bien, je suis en pleine forme, regardez !

Elle ôte ses escarpins, la voici pieds nus, dans son jogging gris souris, elle se prend les chevilles, se met en position yoga, du lotus, sur la chaise où elle est assise, puis elle se lève, reprend sa cheville gauche, monte sa jambe, quasi un angle droit, telle une danseuse de ballet, une éclatante démonstration, à l'orée de ses quatre-vingt-deux ans. Le directeur est impressionné. Il a sa fiche sous les yeux

Bravo, madame, mes félicitations ! Il risque une question Mais quel âge avez-vous donc ? Comme pour valoriser la gymnastique spectaculaire de la dame.

Elle pourrait encaisser les bénéfices, clamer haut et fort son grand âge. Mais non, elle en avoue soixante et onze... Coquetterie devant l'homme ?

Et en quelle année sommes-nous ?

Vous vous fichez de moi, c'est quoi cette question ?... demandez-moi aussi comment je m'appelle... à quel jeu on...

Je suis interloqué par la parfaite maîtrise du langage qu'elle retrouve en cette situation dont elle soupçonne les pièges. En guerrière combattante, elle reprend son aplomb, sa fougue de tribun, sa repartie foudroyante et mortelle, alors qu'elle est habituellement abîmée chez elle devant son mur de papier peint en d'incessants chuchotements

Écoutez, non, chère madame, ce n'est pas un…

Ça y ressemble et ça n'a rien d'amusant…

Non, ce… c'est juste un protocole, une question parmi d'autres, sans vouloir…

J'ai simplement l'impression d'être idiote en vous… Bon, soit… On est en… 1997…

Zut, cette fois, elle s'est gravement trompée, ce n'est plus de la coquetterie, et le médecin qui réplique

Madame, nous sommes en 2008 et…

Qu'est-ce que vous voulez que ça me fasse ! 1997-2008, hein ? Je m'en tape ! Ça change quoi à ma vie ? À ma solitude ? Pouvez m'expliquer ?

Sur le terrain où elle entraîne le directeur, il n'a rien à répondre, et je reste stupéfait de la rouerie rhétorique de ma mère. Je ne l'ai jamais entendue donner de leçon sur la vanité du temps humain, le caractère dérisoire de sa comptabilité. Elle laisse aller son intuition pour neutraliser l'adversaire

Et vous souhaitez me soigner pour que je vous donne la bonne réponse sur le bon chiffre de la bonne année ?… on comprend que la Sécu soit en déficit. Je n'ai pas avalé un médicament depuis trente ans, cher monsieur, je me soigne seule ! Vous nous empoisonnez avec vos produits chimiques.

Elle s'estime ravie de l'avoir rencontré, mais il faut qu'elle rentre chez elle, du travail par-dessus la tête, elle est débordée. Elle se dresse, sourire aux lèvres, serrement de mains, elle m'attend dans le hall alors que je m'attarde avec le médecin

C'est une femme vive, pétillante, drôle ! s'enthousiasme-t-il, aucun problème pour la prendre chez nous. Simplement, il ne peut l'accepter sans un dossier médical. Il lui faut un bilan complet. O-bli-gatoire...

Andrée n'a pas l'intention de subir le moindre examen. Elle exige simplement de s'en retourner chez elle pour, à la faveur de la nuit, faire disparaître les cadavres en carton par les fenêtres du toit.

Vite, vite, la police est sur sa piste... Une affaire de semaines, de jours... Je dois déménager les cartons les plus légers, les plus accessibles, ceux qui se lancent facilement par les vasistas, et les entreposer chez Robert. Décidément, une histoire de furet qui court et court, passé par-ci, qui repassera par-là, les cartons ne cessent de mailler étrangement les maisons de leurs allers et retours. Ceux qui restent, entreposés chez elle, sont trop lourds, trop volumineux, mais elle trouve l'esquive, la faille, elle les taillade, les déchire, les éventre à coups de couteau, en extrait livres, disques, vaisselle, robot mixeur, grille-pain, vêtements, puis reprend ses lancers héroïques dans l'abîme stellaire. Vite, vite. Les démarches, les documents idoines…

Une semaine plus tard, nous voici aux urgences, elle porte un pantalon de velours grenat, un blouson de cuir, j'ai trouvé sans peine des vêtements décents, elle est correctement habillée, je remplis des papiers, elle blague avec le médecin psychiatre de permanence, bel homme, méditerranéen, la soixantaine, chevelure grise ondoyante, qu'elle séduit sans faillir, elle abuse de sa verve ironique à mon endroit, elle me juge égaré, fantasque, puisque je veux absolument lui faire subir des examens alors que là, docteur, telle que vous me voyez, je vous exécute une roue, un flip-flap, un salto arrière si ça vous chante… Jeune, j'étais gymnaste ! Au point que le médecin s'approche, me saisit au coude, me prend à l'écart C'est quoi cette blague, elle pète la forme cette petite femme-là, à son âge, faut pas l'emmerder comme ça… Je le supplie de téléphoner à son confrère, le directeur du centre long séjour, à trois cents mètres de là, qu'il lui explique le topo. Il s'absente, il revient, il a compris, c'est juste un détour administratif afin de la contraindre à faire un bilan. Il se ravise, signe les papiers de prise en charge de la petite mère en démonstration atomique, il faut attendre 15 heures Oui, allez déjeuner !

J'entraîne Andrée à un kilomètre du centre hospitalier, dans un nouveau restaurant de poisson où nous nous régalons de saumon frais et fumé, arrosé d'un petit vin blanc. On parle de choses et d'autres, de la vie en général, de souvenirs anciens, de sa virée, jeunette, jusqu'à la Côte d'Azur au guidon de son scooter Lambretta, avec sa sœur Ginou sur la selle arrière, c'est en 1951, les hommes aux terrasses qui les regardent, ces beautés parisiennes en foulard, lunettes de soleil, déesses dorées descendues de Paris par la nationale 7... Je suis penché au-dessus de la table, à l'oreille défaillante de ma mère afin que les mots échangés soient ceux d'une conversation cohérente. C'est une espèce de vacance, une douceur retrouvée dans un moment où le lien s'établit sans heurt, sans cassure, sans délire, sans invraisemblance, une mère et son fils, à table, appréciant ensemble des nourritures. Dehors, c'est une journée tiède, ensoleillée d'avril. Dans une semaine, deux tout au plus, on l'installe dans son studio, en rez-de-jardin, elle y verra le printemps envahir le paysage...

On s'en retourne, bras dessus bras dessous, jusqu'à la voiture pour rejoindre l'hôpital. On nous dirige vers le bâtiment de psychiatrie où nous sommes attendus, reçus par le directeur du service, lui aussi informé de ce nécessaire détour par son territoire pour qu'enfin Andrée se prête à des examens. Ma mère n'écoute pas la conversation entrecoupée parfois de bruits violents de chaises traînées, renversées, de portes claquées, de cris où perce la démence... Il y a dans les couloirs d'insidieux relents de merde et de vomi noyés sous des effluves de détergents au pin des Landes. Andrée repère le piège médical qui se referme sur sa personne, elle ne quitte plus mon bras, elle s'y accroche, s'y suspend, sa main en tenaille sur l'avant-bras de son garde du corps lorsqu'on ouvre une porte pour lui montrer sa chambre. Pourquoi ils l'introduisent ici, pourquoi lui montrent-ils cette pièce vide ? Elle me tire dans le couloir, elle invective le directeur, les deux infirmiers en embuscade, elle les voit parfaitement manœuvrer, devine l'encerclement, il faut lui foutre la paix, la laisser repartir vers son chez-elle où elle est si tranquille, ne pas la toucher, virer leurs pattes de cafards, qu'est-ce qu'il fout, le fils, hein ? il laisse faire, qu'est-ce qu'il fout ? Oh ! T'attends quoi, mon petit garçon ? Allez, allez, on s'en va, cette mauvaise scène, cette mascarade, vous n'avez rien d'autre à faire que de traquer les gens ? Dis-leur, toi, dis-leur qu'on s'en va, bon sang ! Tu dis rien, tu les laisses toucher ta mère, tu me trahis, toi ? Tu m'abandonnes ? Tu te débarrasses de ta maman ? Mon Dieu, tu sais que si je reste ici, je vais crever, hein, tu le sais ? Ses yeux noirs d'une dureté minérale me clouent au mur du couloir Te débarrasser de ta mère, le sang de mon sang, la chair de... Tu sais que je ne me laisserai pas... que je...

Le directeur me demande de partir, vite, de les laisser faire leur travail, il s'adresse à elle, d'un ton ferme C'est inutile de faire une scène, madame, je vous en prie, entrez dans cette chambre.

La laisser repartir, ne me laisse pas, tu les laisses faire, laissez-nous faire, ne pas les laisser faire, je la laisse, du verbe laisser sur tous les tons et à toutes les personnes, et toi qui recules de trois pas, et ta mère si puissante, vive, qui te regarde sortir du cercle, qui soudain, sans résistance, semble s'affaisser en elle, un immense renoncement, une douleur éperdue, un effondrement intérieur de tout son corps, elle rapetisse sous tes yeux, plus petite, plus voûtée, la poitrine vide d'air, son visage défait, morne, ses traits dévastés, ses yeux sans lumière qui ne regardent plus rien, elle abandonne, à bout de forces, sans un mot, elle retourne en elle, se mure dans son abandon, et toi cette fois qui ne recules plus mais qui tournes le dos, qui t'éloignes vers l'ascenseur, piétinant dans ton propre effondrement, trébuchant dans tes propres ruines, transpirant de honte et de dégoût, devenu le salaud maléfique qui signe l'enfermement de sa mère, quand bien même ce n'est que pour quarante-huit heures, en psychiatrie, après, dans le studio moderne qui l'attend, après ce sera aussi un lieu où elle ne voudra pas être, elle qui, depuis si longtemps, ne désire vivre que là où elle n'est pas, que là où elle sera.

*

Elle a raison à propos de sa résistance. Ce qu'elle a décidé, c'est de refuser ce que les autres décident pour elle, par principe, elle veut être libre, souveraine, pourvue des ailes du plus grand migrateur, irriguée d'une croyance extatique en un futur merveilleux, prête à s'envoler à l'autre bout de la Terre au bras de ses Jacques, de son fils éventuellement. Et à l'endroit de sa résolution, elle a raison. Elle ne cédera pas.

Dès le lendemain de son internement en psychiatrie, elle a chuté de son lit, sans doute trop engourdie de calmants, une chute encore, depuis un lit sans grille latérale afin qu'elle n'ait pas le sentiment d'être en cage, c'est toi qui te racontes ça pour te... Sa tête a heurté le sol, elle s'est assommée par terre, on lui fait aussitôt un scanner, puis un examen minutieux du squelette, c'est même dans cet état d'urgence dû à sa perte de connaissance qu'elle évacue illico presto le service psychiatrique pour celui de médecine générale, mais tout est parfaitement normal, ils disent, aucun indice d'aucun trauma crânien, elle se réveille telle une princesse au bois dormant, intacte, raillant, agressive, sarcastique, l'agitation du personnel à son chevet. Se prêtant avec peu de grâce aux contraintes des examens.

C'est le dimanche soir, ou plutôt dans la nuit, une semaine après sa chute, cause presque certaine d'un suintement sanguin imperceptible et furtif dans le cerveau, qui finit par devenir un réservoir de sang repoussant ses rives avec toujours plus de pression physique, jusqu'à déclencher un coma profond où elle s'engouffre, où elle plonge, oui, ma mère s'enfuit, Andrée s'enfuit, six jours de coma, cette fois, elle tire sa révérence, elle signe sa propre mort.

Elle disait souvent quand elle menaçait de se « foutre en l'air », elle disait : Salut la compagnie ! Ainsi, vous n'aurez pas eu le temps de m'installer dans votre studio repeint à neuf, avec sa baie vitrée, sa pelouse, ses parterres fleuris, ses grands arbres… Salut, Robert, salut le fils parjure, salut la mauvaise compagnie !

Ce n'est plus notre nom qu'elle quitte, c'est notre existence, nous précipitant dans un paysage d'ossature sèche. La vie dans son tourbillon en était exténuante, c'était, dirait Artaud, chaque jour un athlétisme de l'âme. Mais la vie à ses côtés était comme un matériau qu'elle malaxait furieusement, qu'elle recomposait, qu'elle réinventait sans cesse, multipliant les registres, les trajectoires, les versions, les récits, les cohérences. Du même évènement elle savait en faire une tragédie ou un bonheur. Il fallait être un coureur de fond pour la suivre, elle nous embarquait, à bout de souffle, dans des quêtes mystiques et vers des horizons invraisemblables qui auraient ouvert sur la vallée perdue, fertile et verdoyante, où coule une rivière, où l'humanité se sauve. Sa folie, jamais, n'était à court d'imagination, c'était une vie si intense, traversée de descentes aux enfers et de ciels d'azur aux soleils multipliés. Andrée était une artiste du quotidien, délétère et salvatrice.

On reste. Ce qui reste. Robert et moi. On se tient ensemble dans une aimante complicité, mais enfin nous errons à présent dans un pays sans chair, sans humus, sans débordement, sans torrent, sans océan. Sans l'injonction du féminin. Sans vérité. Os blanchis et squelettes d'arbres grisâtres sur une terre craquelée. Nous sommes le masculin dépourvu.

*

Je deviens superstitieux dans ma préparation des examens. J'ai obtenu mon 3e Dan l'année de la disparition d'Andrée. La préparation du 4e Dan, quatre ans plus tard, me tire par la manche, du côté de l'absence qu'elle a su, au couteau, découper en moi. Qui varie, se déplace, se creuse selon les moments, la lame continuant sa découpe fluctuante.

Ce passage du 4e Dan m'ayant semblé de surcroît difficile, exigeant beaucoup de sérieux et d'attention, je n'en dis mot à mes enfants ni à mon père. Ce n'est qu'une fois sorti du gymnase, mon diplôme en poche, que je téléphone à ceux que je suppose concernés par ce résultat.

Si je me suis finalement attelé au passage officiel et fort ritualisé de ces examens nationaux, laissant d'abord filer une huitaine d'années avant de me présenter à la ceinture noire, c'est motivé par ce souvenir d'enfance, quand je ne manquais pas de confier, sur un ton qui en disait long, que mon père était un judoka ceinture noire dont je précisais chaque fois le nombre de Dan obtenus. Le judo dans les années 60 était encore une pratique suffisamment marginale pour que ces confidences produisent leur effet sur mes camarades de classe, m'éprouvant moi-même dépositaire d'un héritage qu'il faudrait un jour incarner d'une manière ou d'une autre. Je me suis donc raconté que mes enfants pourraient à leur tour, dans les cours de récréation, éprouver une fierté semblable auprès de leurs camarades quand ils évoqueraient les grades de leur père, dans la discipline cette fois du karaté. N'ayant jamais tenté, auprès des quatre, de vérifier l'hypothèse de cette improbable répétition dont je souhaitais malgré tout ménager la possibilité.

Toujours est-il que mes enfants accueillent l'obtention de ce 4e Dan avec un enthousiasme peut-être surjoué, histoire de faire plaisir à leur père. Quant à Robert, d'une sobriété dont il ne s'est jamais départi à l'endroit des arts martiaux en ce qui concerne les compliments, il doit accueillir la nouvelle par une phrase laconique et tendre à la fois, du genre : C'est bien, p'tit gars. Une nouvelle sans doute abstraite, tant il s'est toujours refusé à comprendre les spécificités du karaté.

À l'orée de ses quatre-vingt-huit ans, Robert souffre en outre d'une arthrose de la hanche, celle qui n'a pas été opérée. Le scanner atteste d'une disparition totale du cartilage, c'est os contre os que se fait l'articulation du fémur et de la hanche, et quand il marche, la douleur se fait parfois si violente qu'elle le fauche, le précipitant au sol. Mais il redoute à son âge cette opération de la seconde hanche. L'obtention de mon 4e Dan, alors que mon judoka de père enchaîne les mauvaises chutes, est donc une nouvelle toute relative, creusant l'écart entre nos corps que l'âge sépare toujours plus cruellement.

J'ai d'ailleurs remarqué, l'expérience venant, combien les compliments se font rares pour ne pas dire inexistants dans la pratique des arts martiaux. Que ce soit Robert qui me concédait sobrement une bonne attitude, taï-sabaki, lorsque j'entamais ma pratique du judo, ou cette phrase sibylline : C'est bien, p'tit gars, pour commenter l'obtention de mes dans, qui devait signifier un « tant mieux si t'es content », rien de plus. Que ce soit le senseï qui corrige parfois vertement mes gestes et mes postures depuis vingt-sept ans, notamment mon port de tête, mais des lèvres duquel, je crois, n'a jamais filtré pour quiconque le moindre compliment, comme si les acquis, définitivement, comptaient fort peu au regard du chemin à parcourir… C'est un étant donné dont nous savons rire ou pleurer, c'est selon.

*

Un après-midi, le téléphone sonne, je décroche, Robert a une voix suffoquée, presque balbutiante, il est dans sa maison, par terre, incapable de se relever.

Trente minutes à peine me sont nécessaires à moto pour arriver chez lui, je redoute simplement que la porte soit verrouillée avec la clé dans la serrure, non, je peux ouvrir, mon père n'est pas dans le couloir ni dans la cuisine, je le trouve échoué sur le dos, telle une tortue retournée, à même le parquet de la salle à manger. Là depuis plusieurs heures, incapable de... Il a fini par ramper, attraper le téléphone et... C'est la première fois, et ce sera la seule, que je vois mon père à terre. Je m'agenouille derrière lui, je le saisis aux aisselles, le tire vers moi, relève son buste, qu'il se retrouve assis, je le tourne, que ses pieds prennent appui contre le mur, enfin le soulève tandis qu'il pousse sur ses jambes... Je sens la maigreur de son buste, les muscles fondus, l'ossature forte et dense mais décharnée, je tiens dans mes bras un corps qui n'est plus que charpente, me souviens de l'enfant que j'étais devant cette muraille, face à ces mains de géant déployées sur l'abdomen, face à ces jambes qui dansaient, à cette voix, très en surplomb, qui disait : appui, vitesse, force du ventre... Voilà, le père est debout, souriant, soulagé Merci, p'tit gars.

Le week-end suivant, il est à Montreuil, chez moi comme chaque quinzaine, s'imprégnant de l'effervescence causée par ses quatre petits-enfants, ne manquant pas durant les repas d'échanger avec eux sur la politique, le racisme, le travail, la guerre, l'existence, sans jamais radoter ni se mettre en avant telle une référence. Ne manquant pas également d'y jouer le vieux clown déglingué, dont le corps, la hanche, les dents, les yeux, le goût se délitent, les faisant rire aux éclats comme si la vieillesse était une immense farce, ses petits-enfants hilares oubliant qu'il en est la victime, son numéro comique devenu désarmant d'élégance. Robert en sort épuisé mais plein d'énergie, ragaillardi, me confie-t-il à l'envi, le dimanche soir, quand je le ramène en voiture, chez lui, à Gonesse.

C'est le samedi après-midi, en l'occurrence, que j'ai souhaité lui apprendre, dans mon petit dojo, comment, tortue retournée, il existe un chemin certain pour se relever.

Allongé sur le dos, Robert doit d'abord basculer sur le côté, puis ses jambes repliées, cuisses contre son ventre, se tourner encore de 45°, pour se retrouver, assez naturellement à genoux, en appui sur ses coudes. Ensuite, s'aidant d'une chaise ou d'un meuble qu'il peut approcher à quatre pattes, se mettre debout devient un jeu d'enfant. Robert acquiesce, le chemin vers la verticale est évident, comment le vieux judoka n'y a pas songé, combien de fois sur le tatami s'est-il relevé de la sorte, fallait-il que ce renversement sur le dos ait à ce point embrumé son esprit ? On répète l'exercice plusieurs fois, mon père s'allonge sur le parquet puis recommence les mêmes gestes, refait le parcours, rejoue l'effort, et malgré ses quatre-vingt-huit ans, l'accoutumance gagne, Robert est satisfait, je jubile, comme si l'on avait tous deux endigué le vieillissement, on en avait trouvé l'esquive. Une astuce technique simple, concrète, le tour est joué.

Mais à force de douleurs à la hanche et de chutes répétées, l'une d'elles sur le bitume du trottoir, devant chez lui, le coude et le côté du visage salement entamés par les gravillons, Robert accepte finalement cette opération de la hanche qu'il a tant repoussée. Je m'affaire, je m'agite, avec l'aide décisive de mon médecin qui est aussi devenu le sien, et qui est clinicien à l'hôpital Mondor. On n'attendra pas six mois comme à l'ordinaire, on est début avril 2012, le mois de ses quatre-vingt-neuf ans, mon père sera opéré en urgence le 10 mai, par un excellent chirurgien. On enchaîne les batteries d'examens préopératoires, les résultats sont parfaits, aucune donnée ne s'affiche qui pourrait annuler le projet, je suis tranquillisé, je peux emmener les enfants en vacances, Pâques, sous un soleil provençal, au pied des vignes, dans la vallée de la Drôme, non loin de Crest, où Jaume nous rejoint.

Lorsqu'on s'en retourne sur Paris, nous sommes à deux semaines de cette date où Robert, opéré, retrouvera l'équilibre, les appuis et le goût de la marche, une verticalité souple et solide.

On roule sur l'autoroute sous un ciel d'azur, on a dépassé Valence, le paysage alentour est une terre orangée parsemée de feuillages tendres, des verts crus, un tableau de Cézanne. L'aîné, âgé de quinze ans, est assis devant, ses deux frères et sa sœur, quatre ans plus jeunes, à l'arrière. C'est le *Concerto d'Aranjuez* que déplie Miles Davis dans l'habitacle de la voiture, d'une solennité et d'une fragilité bouleversantes, nous flottons dans une lumière de printemps, c'est bien un transport, et puis le téléphone soudain qui n'arrête plus de sonner, un numéro inconnu qui dérange. Finalement c'est l'aîné qui décroche, écoute, balbutie deux ou trois oui, blêmit, se tourne vers moi C'est papi, il est à l'hôpital…

Robert est tombé. Cette fois dans les toilettes, un endroit exigu, avec un lavabo. Il est parti à la renverse alors qu'il se lavait les mains, coincé entre le mur et la cuvette de faïence, le cou à moitié vrillé, demeuré là plusieurs heures, prisonnier, l'avant-bras gauche en contact avec le tuyau trop chaud du radiateur.

Quelle intuition a traversé les voisins ? Les volets restés clos ? Robert qui ne répondait pas à leur appel ? Les pompiers sont arrivés au plus vite, défonçant une fenêtre, fouillant les deux étages de la maison. Ils l'ont trouvé, l'ont extirpé de l'enclave, l'ont désincarcéré de ces quarante centimètres entre le mur et le W-C, qui s'étaient refermés sur lui, sa tête, son torse et ses bras, telle une mâchoire, une camisole, sans lui laisser la moindre esquive possible, la moindre astuce à inventer, tel un cauchemar lorsque, enfant, la tête partie aux pieds, coincée dans le tréfonds des draps et des couvertures bordés trop serré, on ne peut plus se dégager de l'emprise des tissus, qu'on suffoque, endormi, cherchant l'impossible issue dans la peur qui monte de périr étouffé.

Ce que Robert a vécu, cinq ou six heures durant, il le raconte depuis son lit d'hôpital, je suis avec mes quatre, on fait cercle dans cette chambre où il est seul, tranquille, apaisé. Mais cette chute improbable dans un espace si étroit où il semblait impossible de tomber enclenche une longue suite d'imprévisibles pathologies en cascade qu'il affrontera deux mois durant, avant d'abandonner, avant de *céder*.

On avait prévu ensemble, avec une sorte de jubilation chevillée de certitude, qu'au sortir de son opération de la hanche mon père aurait tout le loisir, durant sa convalescence et sa rééducation, de découvrir un livre où Andrée et Robert se trouvaient réunis, un livre qui raconterait l'un des versants de leur vie tout entière, dans l'ombre oppressante d'une Andrée irrésistible et incandescente. Combien de fois, durant l'écriture de *Mother*, l'unique texte autobiographique que j'aie jamais publié, combien de fois, trébuchant sur mes oublis, ai-je téléphoné à Robert dont l'implacable mémoire, au seuil de ses quatre-vingt-neuf ans, lui permettait de retrouver des noms et des dates, aiguisant chez lui sa curiosité et son impatience à lire ? Mais quand j'eus le livre en main, achevé d'imprimer, c'était l'exacte semaine de la mort de Robert. C'est lors de ses funérailles, en présence des amis et de mes enfants, que je crus nécessaire d'ouvrir le livre pour en lire des extraits où mon père apparaissait dans sa discrète et délicate splendeur. Avec aussi la trompette de Miles dépliant une nouvelle fois son *Concerto d'Aranjuez*, cette musique que mon père avait fini par aimer et par réclamer quand il séjournait à Montreuil, cette musique que je pensais seule capable d'incarner finalement l'élégance et la dignité de Robert, et puis la mélancolie sans fond de son absence scellée.

Ainsi le fil rouge de ma vie, la chute, poursuit son dévidement, emporte Andrée, emporte Robert lui-même qui savait si bien chuter. Ne reste que ma personne défaite qui découvre dans une sorte de stupeur grandissante un désert dans son dos, sans plus aucun appui contre lequel s'adosser, puisqu'à la suite de mon père, c'est à présent mon meilleur ami, dans une famille qui n'est faite que d'adoptions, c'est à présent mon « père second » donc, Jaume Xifra, l'artiste catalan de quatre-vingts ans, le parrain du fils aîné, qui disparaît lui aussi.

L'archipel des hommes sombre sous la montée des eaux, « notre petite entreprise » autour des enfants se disloque. Demeure Jacques, le Savoyard, vaillant, debout, mais loin dans son massif des Bauges, on ne peut guère improviser un dîner... Plus de vie derrière soi qui me précède, toute la vie est devant, il s'agit de traverser encore le fleuve noir, d'aborder encore l'autre rive, de poursuivre le chemin. Étrangement, cinq ans plus tard, en juin 2017, après l'obtention de mon 5e Dan, j'aurai le mouvement involontaire, à la sortie du gymnase, de téléphoner à Robert, qu'il me réponde sobrement : C'est bien, p'tit gars. Je me ravise, j'appelle mes enfants et ma nouvelle compagne, celles et ceux qui me tirent, toutes et tous, vers le futur.

Même si mon futur s'amenuise à présent considérablement, même si l'avenir devient aujourd'hui une échéance face à laquelle il est moins que jamais question de perdre son temps, même si je sais de mieux en mieux qu'au bout du compte, il faudra bien accepter de perdre absolument, même si j'ai dépassé l'âge où mon père ne venait plus s'entraîner dans le dojo du parrain, à Châtillon, parce que travailler essentiellement le judo au sol ne le passionnait guère, oui, malgré tout, j'aurais tort de me plaindre. Moi qui, justement, peux encore chaque jour, en aimable et fidèle compagnie, travailler dans ma seconde maison, le dojo de la rue Daguerre, y engager toute mon expérience et toutes mes forces, sans compter, dans une quête sans fin du geste exact dans l'instant juste, après trente-huit ans de pratique, en dépit de blessures, de douleurs articulaires, de hernies discales, de sciatiques et de tendinites têtues qui ne sont assurément qu'anecdotiques, juste le rappel que je suis vivant bien plus qu'un homme vieillissant. Depuis quelques années, songeant qu'Andrée, la mère louve, avait sans doute raison, que jamais le judo ne m'aurait autorisé, à force de chutes, aussi savantes et habiles soient-elles, secouant sans cesse la charpente d'un corps heurtant le sol de tout son poids augmenté, jamais le judo, sans doute, battant mon dos comme du grain à moudre, ne m'aurait autorisé à poursuivre avec une telle intensité, un tel élan, une telle énergie, ce que me permet la discipline du karaté, plus économe dans l'usage du squelette, le chemin demeurant ouvert, toujours plus exaltant, sur la voie de la main vide. Offrant ainsi de brouiller les âges, d'effacer, dans la sensation et la technique, cette étrange notion fort arbitraire de la limite d'âge.

L'OUBLI DE SOI

« Il est plus facile que l'on ne croit de se haïr. La grâce est de s'oublier. »

Bernanos

Faire œuvre ? La question pourrait se poser en des termes moins grandiloquents. Lorsqu'un matin, peu avant l'aube, sans doute échappé d'un cauchemar, je me réveille en sursaut, déjà dressé dans le lit tel un mort surgi du tombeau, avec cette phrase interrogative aux lèvres qui me vrille le cerveau : Qu'as-tu fait de ta vie ?

En ce qui concerne les arts martiaux, ce qui ne cesse de m'impressionner, c'est cette capacité dont fait montre chaque jour le senseï, non seulement d'exceller dans son art, son palmarès en atteste, mais aussi de savoir le partager et le transmettre au travers de cours qui semblent à la fois totalement intuitifs et totalement construits, des cours qui ne se répètent jamais, offrant pour les élèves d'appréhender l'infini des possibles que recèle un art martial.

Mais également d'avoir su créer un lieu pérenne, avec les difficultés sociales et économiques que cela suppose, d'avoir su créer un lieu suffisamment attachant, captivant, unique, pour que des adultes en grand nombre puissent décider librement d'y venir pratiquer tout au long de leur vie avec une fidélité en miroir de celle du senseï.

Ainsi, la passion de cet homme pour le karaté et la maîtrise de son art auront été suffisamment puissantes pour inventer ce lieu singulier, autour d'une pratique artistique et martiale, au point de créer un monde solidaire et soudé, du don et du contre-don, sur une durée qui sera bientôt celle d'un demi-siècle.

Quel que soit le niveau que je peux espérer atteindre, j'ai bien le sentiment ici de participer avec tous les autres élèves d'une aventure qui est en même temps l'entreprise d'une vie, celle du senseï qui, sans aucune emphase, véritablement fait œuvre. Une « œuvre ouverte » qui contribue chaque jour à la construction de nos existences.

Ce qui demeure étrange. Lorsque je me retourne sur mes trente-sept années de pratique, quasi quotidienne ces dix dernières années, comment puis-je expliquer une telle constance ? Moi qui demeurerai toujours un élève, capable certes de conseiller et de transmettre ce que je pratique et maîtrise, mais qui ne ferai jamais œuvre dans le karaté ?

Veiller à la qualité des aliments, à leur quantité pour ne pas prendre du poids qui ralentirait mes mouvements. Boire modérément alors que vins et alcools sont boissons divines, mais qui enraidissent les muscles des cuisses, les rendent douloureux durant l'entraînement. Mettre le karatégi à laver chaque soir. Préparer mon sac chaque jour. Traîner cet encombrant bagage où que j'aille si j'ai des rendez-vous avant de me rendre au dojo, si je rejoins des amis lorsque j'en sors. Sanctuariser ces heures quotidiennes en n'acceptant jamais un rendez-vous dans ces plages horaires. Traverser Paris chaque début de soirée, se faufiler à moto dans une circulation de plus en plus cauchemardesque dans cette capitale en perpétuel chantier. Se garer dans une rue adjacente, se hâter vers le 44. Franchir le couloir du premier immeuble, l'arrière-cour, dévaler l'escalier menant à cet entresol avec la même joie, intacte, inentamée, d'y retrouver la gardienne du temple qui m'avait accueilli la toute première fois, vingt-sept ans plus tôt. Y retrouver les élèves, le senseï, le sourire aux lèvres, immédiatement, comme par magie, quelle que soit la journée parfois désastreuse qu'on a pu subir. Quitter ses habits, revêtir le karatégi, enfin s'immobiliser sur le seuil du dojo, saluer, avancer pieds nus dans l'espace qui sera bientôt peuplé, animé, saturé de déplacements, de gestes, électrisé de froissements d'étoffe, de glissements de pieds, de souffles de forge. Un bloc homogène et tendu d'énergie collective que le senseï dirige et conduit, tel un orchestre symphonique, kihon, kihon kumité, randori, kata, bunkaï, oui, le *Boléro* de Ravel, un torrent, les grands miroirs de cette vaste salle se couvrant d'une épaisse buée, dans la fournaise d'une quarantaine de corps engagés dans un rythme et une pulsation sans aucune pause jusqu'à la fin du cours, une heure plus tard. Nous retrouvant alors en ligne, le visage carminé et ruisselant, le karatégi trempé, sans doute dans une odeur de sueur et d'endomorphine que nous ne percevons plus, pour effectuer dans un étrange silence, soudain, le salut au lieu et au senseï, avant que d'aller dans l'autre salle, moins grande, se détendre et s'assouplir, perdus dans nos pensées ou échangeant sur notre quotidien avec les compagnons de fortune, puisque c'est bien la destinée heureuse, la *fortuna* que nous rencontrons et dont nous héritons ici.

Oui, comment expliquer cette constance depuis vingt et trente ans pour les plus anciens d'entre nous ici, cette obstination à poursuivre notre pratique contre vents et marées qui traversent l'existence et parfois la saccagent ?

Sans aucun doute pour mieux affronter ces tempêtes, me cramponnant pour ma part à cette ligne de vie justement.

Je me souviens de mon entêtement à déplier a minima des katas sur un coin de pelouse dérobé, jusque dans une clairière reculée du parc de la Villa Médicis. Dans cette salle déserte de la Villa Kujoyama, en surplomb de Kyōto, dans des appartements où je logeais, après avoir chaque jour poussé les meubles contre les murs. Parce qu'il fallait poursuivre coûte que coûte, alors que j'étais à l'étranger, loin du dojo. Ne jamais renoncer, continuer d'exécuter les gestes, d'impulser les rythmes, de convoquer l'énergie… Parce que c'était la cohérence même de ma vie qui était en jeu, la solidité de ma « main courante », celle qui permettait de dégringoler l'escalier sans tomber, sans chuter pour de bon. Avec l'assurance et la certitude qu'une fois revenu à Paris, je serais de nouveau là, nécessairement, au dojo, pour entrer dans le fleuve, participant à l'emportement symphonique, parce que cette main courante, ce filin était tendu au-dessus de ma tête et de ma vie, fiable, indestructible, tel celui en montagne, vissé à la roche, dans les passages périlleux.

*

Je comprends d'autant mieux cette obsession qu'avait mon père à vouloir me transmettre cette expérience physique et sensible qu'il avait vécue tout au long de son existence, de surcroît celle d'un ouvrier travaillant à l'usine. Certes, il avait un savoir-faire, une expertise d'ajusteur en micromécanique, un métier qui constituait en soi une dignité, mais enfin, la fabrication des appareils de radiologie s'organisait de manière segmentée, lui échappait dans son ensemble, avec nécessairement un caractère répétitif dans un temps qui ne lui appartenait pas. Comme l'écrit Günther Anders dans *L'Obsolescence de l'homme*, « le travail du travailleur est sans *telos*, sans finalité. Même si l'entreprise dans laquelle il travaille est une entreprise de production, il y a, comme le distingue bien la langue anglaise, quelque chose à faire (*to do*) mais rien à fabriquer (*to make*) : [...] et si chaque travailleur n'est affecté qu'à une étape de la fabrication,

[...] plus aucun ouvrier ne fabrique une chose, chacun se contente d'exécuter une tâche[14] ».

Ce n'était qu'en arrivant sur le tatami du dojo, vêtu de son judogi, qu'il accédait à une souveraineté, engagé dans une recherche qui mobilisait tout son être, sans limites, et dont la finalité était parfaitement posée. Ce n'était pas seulement une expérience physique et sensible, mais également spirituelle et intellectuelle, ouvrant sur l'accomplissement d'un *telos*, justement, qu'il essayait de me transmettre.

Mais Andrée n'était pas le seul obstacle à son désir, en ce sens que cette expérience dans toute sa diversité et tous ses apports n'était guère transmissible par la parole. Comment dire l'équilibre, la souplesse, la vitesse, cette mystérieuse force du ventre, les appuis, comme si la puissance venait du sol, de la terre ? Comment faire comprendre le passage à l'acte, la décision à l'instant propice de faire le geste, le kimé, qui ne relève d'aucune élaboration intellectuelle, beaucoup trop lente, mais de l'intuition d'un corps érudit, emporté, déjà pris dans sa vitesse et son impulsion ?

Une intuition qui organise la qualité des gestes, la justesse de leur enchaînement, et qui se confond avec la décision d'engager le geste, ce qu'Aristote nommait l'énergie, *energeia*.

Les moments paisibles où mon père pouvait à loisir m'évoquer le judo, son judo, une joie grave infusait ses traits, la réminiscence immédiate sans doute d'un bien-être, car au-delà de cette sensation d'énergie que la pratique du judo révélait en lui, il y avait aussi la sensation d'un plaisir intense accompagnant l'*accomplissement* des gestes, un plaisir de l'action : « Seul le mouvement dans lequel la fin est immanente est l'action », écrivait Aristote, à proportion bien sûr de la réussite des mouvements, un plaisir tout à fait équivalent à celui résultant de l'exécution et de l'interprétation réussies d'une musique. Ce qu'Aristote, toujours dans sa *Métaphysique*, nommait l'entéléchie, *entelecheia.* Un plaisir de l'accomplissement qui se déploie sans reste dans le pur présent de l'activité, que ce soit celle de la musique, d'un kata, d'un combat se déroulant dans le cadre du dojo.

Je mesure à présent qu'en ces instants privilégiés, on devienne la musique, le kata, le combat, emporté dans une forme du temps, une durée singulière qui se déplie, laquelle ouvre sur l'expérience inédite d'un véritable *oubli de soi* comme *sujet*, l'oubli d'un sujet campé dans sa conscience de soi, sa subjectivité, son histoire, tout simplement parce que nous sommes dans une forme temporelle – un rythme et une vitesse gestuelle – qui est celle du corps-livre, du corps érudit, tels les doigts sur le clavier du piano. Une forme temporelle où le sujet qu'on se prétend être n'a aucunement le temps de trouver place, sous peine d'être sans cesse à contretemps, que ce soit dans la pulsation du kata ou dans l'exigence du combat. Demeurer un sujet qui rationalise son action nous vaut d'être toujours en retard face au partenaire, qui soit nous pulvérise, soit s'ennuie d'échanger avec un interlocuteur jamais dans la conversation. À la manière dont le pianiste, attentif au mouvement de ses doigts, ne serait plus dans le mouvement de sa musique.

Sans ces moments qui ouvrent à l'oubli de soi, laissant le corps-livre déplier ses lignes mélodiques, ses trajectoires gestuelles et temporelles, comment expliquer cet entêtement de chacun pour une discipline qu'on poursuit sa vie durant, au point qu'elle constitue le noyau de son existence ?

Cet oubli de soi, chaque fois qu'on se laisse emporter dans l'action, joue absolument comme une *réparation*. Parce que l'action est une réalisation mais aussi parce qu'elle repose de *soi-même*, de ses drames et de ses ruminations. À la faveur de cette absence à soi, les nœuds d'angoisse, les tourments et les obsessions, privés du combustible de notre attention, se défont d'eux-mêmes, se délitent, au point qu'au sortir du dojo, les êtres fatigués sont reposés, les êtres stressés et angoissés sont paisibles, car on a pu, une heure, deux heures durant, se défaire de soi, non pas pour devenir une chose ectoplasmique livrée à l'engourdissement médicamenteux, mais pour laisser le corps-livre exprimer tout son possible, se rendre *actuel*.

*

C'est le corps-livre en mouvement qui nous recentre sur la consistance de notre présent, sur l'épaisseur de notre réalité. Comme le notait Bergson, le présent n'existe pas pour notre conscience, quand on veut le nommer c'est déjà du passé, ou du devenir qu'on nommera trop tard.

Ainsi, la seule réalité du présent s'incarne silencieusement dans notre corps vivant. Que l'on se remémore ou que l'on s'anticipe, notre corps n'existe qu'au présent et nous offre le sursis, à chaque seconde, d'un temps ouvert, mais il est bien la seule et l'unique condition de tous nos possibles. Mon corps ne vit pas à crédit ni dans l'épargne, il *est*, absolument, à chaque instant, mais seulement ici et maintenant. Et ce, jusqu'à ma mort.

Or, la vie au quotidien sans cesse nous décentre, nous déporte hors de notre réalité, de notre socle physique, afin d'accomplir tout ce qui nous incombe, dans une course sans fin vers un futur immédiat qui nous convoque sans répit. Certains en périssent à force de s'être quittés, d'avoir oublié qu'ils existaient. Dans une *présence* et un *présent* qui pourraient se superposer exactement.

L'oubli de soi qui s'instaure dans l'activité des arts martiaux, comme dans celle de tous les arts, c'est le dévoilement d'une épaisseur, d'une densité, d'une élaboration physique qui souterrainement comble l'esprit parce qu'il s'y trouve incarné en son centre, en sa matérialité et sa vitalité. C'est exactement la construction et la découverte en soi du corps-livre, vivant en son énigme, qui nous emporte vers plus d'action, plus de rythme, plus de musique.

Ainsi ce sentiment d'exister, de pouvoir exactement superposer sa présence et son présent ne relève pas d'une conscience centrée sur soi, d'un « travail sur soi » tel qu'on l'entend trop souvent… Mais au contraire d'un oubli de soi, non dans l'absolu, ce qui ne voudrait rien dire[15]. Il s'agit ici de l'oubli de soi dans un faire, une action, un travail, une activité singulière et sans limites, qui nous enjoint à rechercher la perfection. Dans la cérémonie du thé, l'art floral, celui du jardin, les arts martiaux, la musique, sans qu'elle ne soit jamais atteinte. Mais peu importe, là n'est pas la question. Ce qui importe, c'est de vivre à sa mesure cette tension vers la perfection, non pas celle d'un ailleurs mystique, d'une figure divine supérieure, mais très simplement la perfection d'une action concrète, tissée de gestes, de rythme, de vitesse et de chair.

L'expérience du sacré logé dans l'immanence du mouvement.

C'était assurément tout cela qui semait la joie sur le visage de mon père, c'était assurément cela qu'il voulait transmettre. Certes, il l'évoquait, il l'invoquait même, mais je n'en saisissais pas grand-chose. Pour que je l'entende, il aurait fallu que l'enfant d'alors, j'avais huit ou neuf ans, revête simplement le vêtement blanc et qu'il travaille des années durant, ses pieds nus glissant sur le tatami de la rue des Volontaires…

ÉCRIRE

Certains romanciers sont particulièrement habités par un désir de l'action et par le motif du héros. Je pourrais citer Conrad, London, Cendrars, Faulkner, Malraux. De grands romanciers, chaque fois, mais qui avouent franchement ou à demi-mot qu'ils écrivent par défaut. Par défaut de ne pas être dans l'action et tant qu'à faire de ne pas être des héros… Même si, en lisant *Typhon*, Conrad me fait comprendre que le héros ne l'est qu'aux yeux des autres, de ceux qu'il sauve, mais que lui-même, le capitaine du vaisseau, n'accomplissant que son travail au cœur de la tempête, ignore qu'il en est un. L'action plutôt que l'écriture donc. Dans une époque où le corps, volontiers masculin, qui se risque et s'aventure, était encore l'un des fondements de l'action. Ouvrant sur un accès possible à la figure du héros.

Il est vrai qu'écrire semble à l'inverse une activité toute cérébrale, qui muselle le corps, lequel se tiendrait en retrait, ligoté, camisolé, silencieux, quelque peu torturé d'ailleurs par cette interminable immobilité, se tortillant sur son siège, dépliant les jambes, les repliant, cherchant l'échappée comme il peut, qui ne vient pas, tel un colis en souffrance, un chien espérant la promenade une fois les pages écrites.

Pourtant je n'ignore pas qu'il me faut une condition « d'athlète » pour trouver l'énergie d'écrire, que je dois compter sur ma force physique, notamment celle de mon dos, disponible à l'effort afin d'insuffler le rythme et la pulsation des phrases. Si je m'éprouve essoufflé, fatigué, le texte qui s'écrit perd toute musicalité, c'est un phrasé morne et plat, une consignation administrative, une écriture défaite en rase campagne. Mon corps est donc particulièrement opérant dans le travail à ma table. Il n'est aucunement rangé dans un tiroir, déposé dans un coin, en attente de son usage. Rien de notre réalité ne nous prédispose d'ailleurs à l'immobilité. Jusqu'au battement de cils, jusqu'au mouvement des paupières et des traits du visage, tout bouge sans cesse à la surface de la peau comme dans l'épaisseur des tissus. Le regard de la Gorgone recèle toujours le même danger, la même terreur. Aucun doute, le corps est bien marathonien dans sa retenue, son apparente immobilité, qui sont en soi un effort physique, une énergie qui brûle et nous consume, participant à l'action d'écrire, laquelle action opère en somme une espèce de transsubstantiation. Montaigne notait à ce propos, évoquant ses *Essais*, qu'un peu de la matière de son corps était passé dans son texte.

Choisir un mot, c'est aussi le décider, l'écrire c'est aussi le tracer, rythmer la phrase, c'est aussi respirer. Lorsque mon ami Claude, qui fut d'abord mon professeur d'université, entreprit une thèse sur Cendrars[16], montrant combien la perte de sa main droite lors de la Première Guerre et l'usage de sa main gauche afin de continuer d'écrire modifiaient en profondeur la poétique de cet auteur, il pénétrait exactement cette question du corps engagé dans le travail d'écrire. Exemplairement quand il s'agit de la main. Comment s'enveloppent et s'enroulent réciproquement la géographie et l'histoire de la chair à celles des mots.

*

Je n'ai jamais écrit une scène de combat dans aucun de mes romans. La circonstance ne s'est ni présentée ni imposée. J'aurais eu pourtant la matière pour mettre en scène une telle chorégraphie. C'est un motif aussi intéressant et difficile à écrire qu'une scène sexuelle, il s'agit d'étreinte, il faut rendre l'échange présent, concret, qu'il y ait une immédiateté prégnante, et pour le combat l'urgence et la peur qui saturent la lecture. En évitant l'écueil des clichés spectaculaires dont le cinéma abonde.

La pratique des arts martiaux a nécessairement instruit mon regard sur de telles scènes et de tels gestes dont je reconstitue aussitôt l'enchaînement, la logique, le parti pris scénographique, et surtout la faisabilité technique. La scène vue au cinéma qui me paraît sans doute la plus juste est celle où Viggo Mortensen, tout à fait nu dans un hammam, se bat contre trois tueurs habillés, qui s'y sont introduits, armés de couteaux à lame courbe. Le héros dépourvu, tel un paysan pauvre d'Okinawa face à des samouraïs, use d'un vocabulaire de karaté, notamment d'un coup de pied latéral très puissant, un yoko-geri en la circonstance, qui lui sauve la vie, sinon que ledit coup de pied est très imparfait, approximativement porté, suffisamment efficace nonobstant pour éviter un coup de couteau fatal. Parce qu'un combat réel, cette fois-ci hors du dojo et hors de toute règle, où la réalité devient confuse et relative, gorgée de peur et de rage, et dont la survie peut être l'enjeu, n'engendre jamais de gestes purs et déliés.

Chacun fait ce qu'il peut, à sa mesure. Ce que restitue si justement cette scène du hammam dans *Les Promesses de l'ombre* de David Cronenberg.

En littérature, les deux scènes les plus exactes que j'aie pu lire se trouvent dans *La Trilogie des confins*, de Cormac McCarthy. Elles sont chaque fois des duels au couteau dans *De si jolis chevaux* et *Des villes dans la plaine*. La prégnance et la justesse des échanges sont si puissantes que j'en suis physiquement affecté, notamment de suées véritables. C'est alors moi qui me bats au couteau, la peur au ventre, aussi inexpérimenté que le jeune personnage face à un tueur assuré de sa technique.

*

Ce n'est évidemment pas le motif du combat qui fonde le lien pourtant évident qui se tisse pour moi entre le karaté et l'écriture. Si le travail du sabre informe et nourrit celui de la calligraphie, et inversement, puisqu'il s'agit de gestes dans l'espace, à la fois précis et contraints, amples et libres, où s'échangent les qualités techniques du sabre et du pinceau, l'énergie que je dois mobiliser au karaté est très semblable à celle de l'écriture, et inversement. Décider du geste juste à l'instant juste, le kimé, faire le geste donc, celui qui ouvre à l'enchaînement bref ou longuement articulé d'autres gestes, vaut tout autant pour le mot et la phrase. Placés que nous sommes à la pointe du temps, celle de l'insaisissable présent qui pourtant nous comble et nous anime chaque fois dans l'action.

Et nécessairement l'oubli de soi. Puisque ce n'est pas moi, le romancier, qui écris, du moins qui m'écris, mais bien des personnages qui vivent dans ce qui s'écrit et dont je me trouve traversé, à savoir le flux d'un présent qui ne m'appartient pas : « Noyau d'énergie [...] qui va me donner ma vitesse de libération. L'art est ce qui aide à tirer de l'inertie. Ce qui compte [c'est] le tonus. C'est pour en arriver là qu'on se dirige conscient ou inconscient, vers un état au maximum d'élan, qui est le maximum de densité, le maximum d'être, maximum d'actualisation, dont le reste n'est que le combustible ou l'occasion[17] », écrivait Michaux à propos de l'écriture et du dessin d'encre.

Je comprends d'une part que la question de l'écriture, y compris celle du roman, est avant tout celle de l'énergie qui doit animer suffisamment mes phrases et mes chapitres pour m'emporter, moi qui écris, mais aussi mes personnages, l'histoire et finalement la lecture, une énergie nécessairement constituante et constituée de rythmes et de pulsations, je pense encore une fois à la musique. Ce que Michaux nommait en son temps « le tonus ». Ce tonus qui n'appartient certainement pas à un auteur conforté dans sa pensée raisonnable et sa conscience raisonnante.

Cette réflexion sur l'écriture serait parfaitement transposable puisqu'à l'instant du kata ou du combat, ce qui s'actualise avec un maximum d'élan, de densité et d'être, c'est un vocabulaire et une grammaire de gestes dont je suis moi-même porteur et vecteur sans en être le *sujet* ni l'*auteur*. Peu importe l'objet ou l'origine, précisait Michaux. On devient, à la pointe extrême du présent – mon ami Jaume disait « à la pointe de l'inquiétude » –, ce par quoi quelque chose a lieu, quelque chose qui advient.

Si l'auteur, au sens étymologique de l'autorité, reprend le contrôle de l'écriture, si c'est de nouveau sa voix qu'on entend et qu'on lit, les personnages s'édulcorent, se fanent, deviennent des miroirs sans tain, des instances bientôt abstraites, le fil de l'élan vital et du présent sont rompus. « Dessiner l'écoulement du temps. Comme on se tâte le pouls », poursuivait Michaux.

Écrire, c'est bien s'abandonner activement à une poussée du vivant, une poussée de la langue et des mots qui s'engouffrent dans les personnages, lesquels avancent à l'aveugle dans leur histoire, tel chacun de nous dans sa propre vie. Comme de s'abandonner à la poussée des gestes qui s'engouffrent à l'aveugle dans l'action du kata et plus encore du combat.

L'auteur est alors chacun de ses personnages sans jamais être lui-même, traversé par des formes romanesques qui s'actualisent et se recomposent en lui, et dont il se fait le passeur, le *relais* au sens de l'électricité. Sans doute le moment où le romancier est, dans l'oubli de soi, au plus près de ce que Michaux désignait par le « maximum d'être ».

Ce pourquoi l'auteur est une réalité juridique et symbolique qui n'élucide en rien le processus de l'écriture. Que je peux toujours tenter d'expliquer a posteriori, mais jamais à la pointe du présent où l'action et l'intuition se conjuguent.

Comme l'écrivait Péguy : « Il me faut une journée pour faire l'histoire d'une seconde. Il me faut une année pour faire l'histoire d'une minute. Il me faut une vie pour faire l'histoire d'un jour. On peut tout faire, excepté l'histoire de ce que l'on fait[18]. »

LA MAIN

Ce qui impressionnait l'enfant âgé de cinq ans, ce qui m'impressionnait, découvrant l'homme qui deviendrait mon père – quand, deux ans plus tard, m'armant d'un insensé courage, je prononcerais à voix haute mais ténue ce vocable jusque-là imprononçable, redoutant la réponse qui me serait faite, je prononcerais ce vocable « papa », ce bégaiement de la syllabe privative *pa*, dessinant sur le visage de Robert un sourire d'acquiescement stupéfié –, ce qui m'impressionnait ainsi, au-delà de la haute taille et du gabarit de l'homme, c'était la grandeur de ses mains, la largeur de ses paumes, l'épaisseur de ses doigts pourtant maigres, le réseau veineux en relief et très dessiné, l'implantation des poils, si dense, sur le dessus des doigts et des mains. Quand je me blottissais contre ce corps-muraille ou que je m'asseyais sur ses genoux, j'en profitais pour me saisir d'une de ces vastes mains que je soupesais, que j'auscultais, que je déployais comme je l'aurais fait d'une patte d'ours, tirant sur les poils, que la peau se hérisse en buisson d'aiguilles. Je voulais souvent en mesurer la puissance, essayant en vain d'ouvrir ce poing, de déplier la pierre, j'y engageais toutes mes forces, rassuré par mon invariable échec. Les mains de Robert étaient plus qu'une partie de son corps, elles constituaient un objet à part entière d'étonnement et d'exploration, elles recélaient une puissance et presque un mystère intrinsèque, elles étaient en soi un être vivant à défaut d'être une personne.

Je découvre bientôt ces mains au travail, quand elles condescendent à réparer ma bicyclette. Parce qu'il déteste le bricolage, ne manque jamais de rappeler que les quarante-cinq heures d'atelier à l'usine suffisent amplement, le peu d'heures libres dont il dispose c'est pour lire ou jardiner, une fois accomplies ses tâches ménagères, à savoir passer l'aspirateur, dresser la table et laver la vaisselle.

Dans l'entresol voûté de la maison siège un énorme étau vissé sur une lourde table, sous un meuble mural où sont rangés en vrac l'ensemble de ses outils. C'est dans la lumière du soupirail et d'une lampe suspendue que Robert travaille de ses mains calmes à la réparation du vélo. Je l'observe, je suis rongé d'impatience, je ne comprends pas pourquoi ces mains-là prennent tout ce temps à disposer les pièces dans l'étau pour les travailler, les façonner, la voix de mon père réclamant des outils que j'identifie mal. Je lui tends notamment une

Non, pas une râpe. Ça, c'est pour le bois. Je t'ai demandé une lime…

Ah, pardon, tiens…

Non, pas une plate, une queue de rat, je t'ai dit !

Découvrant ces mains au travail, je mesure qu'elles peuvent opérer tout un ensemble de gestes savants, s'appuyant sur un savoir et un lexique précis des outils qui les prolongent. Que leur travail passe par un temps obligé qui me suffoque, dont je peine à appréhender la nécessité, tant je veux aussitôt remonter sur ma bicyclette.

J'apprends donc péniblement la patience, conçois tout aussi difficilement l'indispensable durée du travail avec laquelle on ne peut tricher, qu'on ne peut compresser. J'apprends aussi que les mains sont au centre de l'activité humaine et de la pensée, y compris quand celles de mon père ne s'activent plus autour de l'étau, mais quand elles me saisissent, à la chemise ou à la veste, à mon col et à mon bras, afin de me montrer les pas dansants, le mouvement tournoyant des hanches et la force du ventre qui ébauchent l'horizon du judo. Les mains de Robert s'y reprennent parfois pour bien enrouler l'étoffe autour de ses doigts avant de se verrouiller sur leur prise, ces mains autour desquelles le monde s'anime et se transforme.

Mais les mains de ma mère attirent également mon attention. Non pas seulement parce qu'elles sont fines et douces, non pas seulement parce qu'elles se consacrent à la confection de plats exquis, au repassage du linge, à la couture et au tricot, la répartition des tâches ménagères étant motivée par les compétences respectives des mains de chacun. Mais aussi parce que celles d'Andrée offrent un étrange spectacle quasi quotidien, tenant entre elles, paumes ouvertes, doigts écartés, de volumineux rouleaux de coton hydrophile d'une blancheur immaculée, d'où elles se dessinent comme sur un fond blanc neigeux d'une grande et délicate beauté.

L'ami Georges, propriétaire de la « maison de régime » d'Asnières, qui nous a précipités dans le végétarisme, a entraîné Andrée du côté de la radiesthésie et d'une pratique permanente du pendule, qui dit oui qui dit non, selon qu'il tourne à l'envers ou l'endroit, à l'extrémité d'une chaînette que tiennent les doigts d'Andrée, prolongeant l'expressivité de cette main visionnaire qui diagnostique, soigne, parle en somme, s'autorisant de plus en plus souvent à prédire l'avenir à court ou moyen terme. Cette main savante qui s'émancipera plus tard du pendule pour vibrer et tournoyer en toute indépendance, tout à fait nue et sans outil qui la prolonge. Pour devenir main-pythie, main-prêtresse, administrant le quotidien de la maisonnée avec une évidence qui échappe à l'entourage moins immédiat... Acquérant les pleins pouvoirs, cette main dictera à Andrée, de plus en plus enfermée dans ses visions, ce qu'elle doit faire de ses journées, ce qu'elle doit choisir quand elle achète habits et nourritures. Pouvant à une époque offrir à ma fille alors âgée de six ans une parka d'adolescente...

Mais ma mère est aussi convaincue d'avoir des mains de guérisseuse. Il est vrai qu'elle seule est capable, posant indifféremment sa paume droite ou gauche sur ma gorge enflammée d'enfant malade, elle seule a la puissance d'éteindre mes épuisantes trachéites, alors que je peux interminablement tousser plusieurs jours et plusieurs nuits d'affilée. Andrée, qui ne manque pas d'imagination, a inventé une procédure de stockage de son fluide magnétique aux vertus thérapeutiques. Il suffit qu'assise et concentrée, le regard fixe, elle tienne entre ses mains, une vingtaine de minutes, ces paquets de coton hydrophile sortis de leur emballage pour en confectionner des rouleaux conséquents, ledit matériau voluptueux, d'une blancheur de neige, emmagasinant, prétend-elle, ses propres ondes salvatrices. Le rouleau étant irradié, Andrée l'enveloppe dans un foulard de soie et le distribue aux proches qui s'en appliquent de vastes morceaux sur le front, le foie, le ventre, les poumons, selon les douleurs et les affections de chacun, enfin qu'ils jettent une fois l'échange opéré entre les bonnes et les mauvaises ondes, comme si le coton était à présent infesté. Je me lamente tout au long de l'enfance, silencieusement, de voir ce matériau virginal, si délicat, finir dans le fond ténébreux de la poubelle d'où il irradie encore une douce blancheur. Serait-ce pour cela que le coton hydrophile restera pour moi toujours associé à une idée de chose rare et précieuse, qu'exprime si justement le son ouaté du mot « ouate » ?

Les mains d'Andrée sont ainsi l'objet d'une attention familiale des plus exacerbée, elles délivrent du mal, elles sont d'une beauté qui offre la guérison, elles sont les mains de Jésus et de la Vierge qui traversent toute l'histoire de la peinture chrétienne d'Orient et d'Occident.

Les mains de mes parents constituent sans doute autant de scènes originelles qui construisent ma perception, j'ai le regard qui, trop souvent, s'attarde et s'exacerbe sur la forme des mains de celles et ceux que je fréquente, que je rencontre, comme si les mains étaient le chiffre des âmes, la résultante de leur activité, de leur manière d'exister, de leur manière d'être au monde, la manière, ce mot, la *manière*, dont la source étymologique est bien la main.

*

Si l'adulte que je suis peut avoir le sentiment qu'écrire et pratiquer le karaté sont des activités très semblables, c'est que tout paraît encore se jouer autour de la main. Elle fonde le nom même de la discipline : *kara*/vide, *te*/main, elle en constitue le noyau, son usage est multiple, complexe, quasi infini, et elle vectorise l'ensemble du corps.

Elle est tout aussi nécessaire pour écrire, et l'extrême attention que lui porte la philosophie[19] confirme son importance décisive en ce qu'elle constitue notre humanité.

Ce n'est décidément pas un organe ordinaire juste destiné à tenir, saisir, prendre, ce qui correspondrait à son versant animal[20]. Ainsi la main fabrique, construit, façonne, mais également fait signe, trace, inscrit, montre[21]. Tiens ! Il me fait signe. Quand la voix ne peut porter si loin la parole ou que les mots ne suffisent pas. La main est aussi celle qui inscrit et signe en bas de la lettre ou du document. La main signe et fait signe, elle introduit l'échange. Mes mains sont le lien entre mes pensées et le monde, elles sont la médiation et l'accompagnement, elles sont le sous-texte du dialogue[22].

On comprend dès lors combien un art martial construit autour de la main en appelle au champ métaphorique du langage…

Si je peux considérer que la calligraphie serait l'horizon d'attente du kendo, je peux avancer que l'écriture serait également l'horizon d'attente du karaté sans vraiment forcer le trait. Il est d'ailleurs exigé d'écrire un mémoire sur le karaté lors du passage du 6ᵉ Dan, alors qu'on entre à ce niveau de pratique dans la réflexion et la réflexivité gestuelle de cet art, comme si l'usage fondamental et multiforme de la main appelait à cette heureuse convergence : « La main pense avant d'être pensée, *elle est pensée*, une pensée, la pensée[23] », insiste Derrida. Et si la pratique du karaté conduit à sa réflexivité au point d'en venir à l'écriture, c'est que la main d'elle-même se fait réflexive, conscience de soi. Heidegger, comme plus tard Merleau-Ponty, souligne le fait que la main non seulement donne mais encore s'offre, *se* donne, elle est l'essence du don, et pour cela se constitue tout autant en sujet qu'en objet, elle est bien réflexive et réflexion : « Qu'il s'agisse de la prière – les mains de Dürer – ou de gestes courants, il importe que les mains puissent se toucher l'une l'autre comme telle, s'auto-affecter, même au contact de la main de l'autre dans le don de la main[24]. »

Dans le travail du kihon, qui est une courte chorégraphie réglée à l'avance entre deux praticiens, ne s'agit-il pas d'offrir à l'autre mes gestes d'attaque et de défense afin qu'en retour il travaille simultanément ses gestes de défense et de contre-attaque ? Je lance ici mon poing ou ma main vers l'autre, moins pour le frapper que pour lui offrir de les saisir ou de les stopper. Notre main d'attaquant, tori, s'offre à la défense de l'autre, uké, ainsi je donne et je me donne, je donne des coups et je m'offre aux coups de l'autre. Sans cet échange, ce don et ce contre-don, de ma main à celle de l'autre, aucune progression sérieuse n'est même envisageable.

*

Je comprends que la main puisse porter le karaté, constituer son histoire, elle qui porte la parole et rend possible l'écriture. La main est bien dans le corps humain ce point de passage, cette réalité physique obligée[25]. Sujet et objet, la voix et la main sont consubstantielles au langage et à la pensée, elles en sont le socle, concret et charnel, sur lequel peut se dessiner tout horizon d'humanité.

Je songe à la manière dont les philosophes grecs de l'Antiquité pensaient en parlant, mais aussi en marchant parce que la voix et le corps cheminaient ensemble. L'activité physique est requise, nécessaire à l'émergence d'une pensée. Ce ne serait qu'autant que l'humain marche qu'il pense. *Je marche donc je pense...*

Si la main, tant pour le karaté que pour l'écriture, est un socle à partir de quoi tout est rendu possible, encore faut-il que j'engage le geste. Encore faut-il que je multiplie mes gestes, que je les répète, résolu d'imiter sans comprendre, m'abandonnant justement à la matérialité physique des mouvements à faire et à refaire inlassablement. Afin que naissent tout d'abord des sensations, puis du sens, enfin de la réflexion. Afin que se construisent le karaté et son corps-livre, enfin sans doute une pensée du karaté. Et non l'inverse...

De manière tout à fait identique, ce n'est qu'autant que j'écris que je pense[26]. Parce qu'il n'existe aucune pensée a priori qui reposerait là, en deçà du langage, dans quel lieu ? dans quel néant ? En souffrance ? Dans l'attente d'être écrite ?

Faire le geste enfante le signe et invente le sens, c'est parce que je fais le geste d'écrire que les mots apparaissent, existent, engendrant et façonnant du sens, pour en appeler à d'autres mots, construisant entre eux une syntaxe, échafaudant des articulations, des enchaînements, élaborant enfin de la pensée. Ce néant qui préexiste ne dessinant au mieux que le soupçon d'un possible, l'intuition d'un devenir, celui d'une virtualité encore inenvisagée.

Ce pourquoi l'écriture enfante au mieux de la pensée en même temps que de la surprise, parfois même une heureuse stupéfaction proportionnelle à la puissance de la pensée qui vient, qui monte, tel un parfum, tant elle se construit dans le présent du geste, dans le présent des mots qui surgissent et s'écrivent sous la main.

Si écrire, encore une fois, consistait à copier et à recopier ce qui se trouve déjà là, ce qui est déjà partagé hors de la page encore blanche, à quoi bon l'écrire ?

Le *gai savoir* est du côté de l'*invention*, que ce soit dans l'écriture et en conséquence dans la lecture.

*

Il y a vingt-cinq ans, on me demandait encore, sur le mode de l'anecdote, si j'écrivais à la main ou à la machine, comme on aurait pu me demander si je préférais le chocolat noir ou le chocolat au lait. Il s'agissait de fleurir l'interview du romancier d'un détail « intime », alors qu'il s'agissait en fait d'une question fondamentale. Aujourd'hui, cette question n'est plus jamais posée, cela semble aller de soi, et si je précise que j'écris à la main, l'étonnement est de mise, comme devant une survivance archaïque, le bégaiement d'un passé révolu.

Or, et à juste titre, Heidegger insiste sur le fait que « la machine "dégrade" le mot ou la parole qu'elle réduit à un simple moyen de transport, à l'instrument de commerce et de communication. [...] Dans l'écriture à la machine, tous les hommes se ressemblent[27] », conclut-il.

Le choix d'écrire à la main ou à la machine n'est donc pas une anecdote, tant la technique isole l'être de son dire, creuse la distance de l'un à l'autre puisqu'elle défait le lien charnel des mots à la main qui les trace et les monte en pensée.

Quand le mot vient sous ma main et la plume du stylo, il vient en entier, ma main assemble, rassemble les lettres en déjà le mot, qui s'impose d'emblée dans sa cohérence, dans son ciment, tel qu'il est dans ma voix, une pulsion, une pulsation, insécable. J'éprouve physiquement le mot dans ma main comme je le vis dans ma voix. C'est une sensation corporelle du langage qui infuse le dessin de la pensée, oui, ma main garde la parole, la protège, elle préserve le lien consubstantiel du corps au langage et du langage au corps, puisque la langue coule dans mes veines et irrigue mes tissus.

Quand je passe à l'écriture au clavier, toutes les lettres se valent, le mot advient par une addition purement quantitative de lettres, la succession mécanique et linéaire d'une même pression des doigts sur chaque touche, ce qui autorise précisément les « fautes de frappe », les « coquilles ». Il m'est à cet égard vertigineux de voir parfois se configurer sur l'écran un tout autre mot qui tord le sens prévu sous l'effet d'un doigt dérapant sur une mauvaise touche, ce qui n'arrive jamais quand j'écris à la main... Avec le clavier de l'ordinateur, l'indifférence machinique est parfois telle que je peux me heurter à des coagulations entre deux mots, mais aussi à des coupes malencontreuses à l'intérieur des mots, enfin à des ponctuations errantes, une virgule, un point d'exclamation ou d'interrogation ouvrant soudain la ligne du dessous... Parce qu'écrire se dissocie de la voix et de la main, parce qu'écrire devient un bon usage technique de la machine, renvoyant la langue à l'arbitraire brut d'un code abstrait. À la différence d'un clavier de piano où la force et l'intensité de la touche avec le jeu complémentaire des pédales font sens dans l'émission de la note.

Lorsque je délaisse mon manuscrit, convaincu de ne pouvoir aller plus loin dans mes corrections, c'est un travail autre qui s'engage alors. Il s'agit de transmuer le magma manuel et illisible pour quiconque en une forme, une visibilité qui appartiennent à tout le monde, un texte « officiel » à caractère multiple et duplicable. Cette transcription me révèle d'ailleurs certaines scories, des maladresses et des répétitions que l'écriture manuscrite me dissimule. Sans doute parce que la réalité de ma main s'y manifeste trop présente, trop prégnante, qu'elle aveugle mes multiples relectures…

Mais si cette transcription en lettres d'imprimerie, en « simple moyen de communication et de transport » est salutaire pour la finition technique, pour le lissage du texte, c'est bien parce qu'elle m'éloigne, encore une fois, de mon écriture, du geste premier de ma main et du langage qui pensent ensemble et font, dans le meilleur des cas, surgir l'évènement, l'avènement du sens à partir du rien. C'est bien un travail de réglage, de dressage, qui domestique l'évènement, qui en frappe la monnaie d'échange et le rend pérenne. Procurant un plaisir d'une autre nature.

D'une part, celui de l'éloignement, du détachement de ce manuscrit avec lequel il me faut en finir. Dans *Le Chef-d'œuvre inconnu* de Balzac, le drame du peintre est de ne pas accepter d'en finir, lui qui retouche sans cesse son tableau au point que la peinture devient un magma informe reversé au chaos premier. D'autre part, celui calme et apaisant d'un travail d'artisan, puisque l'enjeu n'est plus l'invention mais la technique de calage et de polissage du manuscrit pour aboutir à un objet qui n'appartient plus à personne, pas même à l'auteur… Un objet lisse et anonyme sorti des chaînes d'impression, un produit labellisé offert à la lecture où s'entendra peut-être une voix qui chante et qui respire, à défaut d'y voir une main qui pense.

TRANSMETTRE

N'ayant pu m'engager dans « la voie de la souplesse » sur le chemin de mon père, l'homme vieillissant que je suis en garde encore, chevillé au corps et à l'âme, un profond regret. Le seul véritable en ce qui concerne l'enfance ? Sans doute.

Certes, mes trente-sept années de pratique ininterrompue sur « la voie de la main vide » ont comblé et continuent aujourd'hui de combler ce manque. Mais elles en sont aussi le rappel en ce sens que, si je peux me considérer comme un honnête karatéka préparant son 6e Dan, je ne pourrai jamais prétendre atteindre l'excellence du senseï ou d'un ami comme Fabrice. Eux-mêmes, sans aucun doute, pensent par-devers eux que l'excellence est loin devant, jamais atteinte, et que cette pratique comme pour tous les arts martiaux relève d'une quête qui conduit la vie, sans que quiconque puisse se prévaloir un jour d'avoir trouvé le Graal.

Mais enfin, au-delà du génie qui les distingue dans cet art, leur travail remonte pour eux à l'enfance, à ce moment où se constituent et s'achèvent la maturité neuromotrice et sa chaîne musculaire.

Ils ont intégré au plus enfoui de leur être un vocabulaire, une syntaxe, des rythmes qu'ils restituent dans leur technique avec un « naturel » qui participe de leur constitution, tout comme la couleur de leurs yeux, de leur chevelure, tout comme leur langue maternelle. Il suffit de travailler avec eux pour mesurer combien ils incarnent cet art avec une évidence et une puissance que je ne pourrai jamais atteindre. Chez eux, cela ne semble pas relever d'un acquis mais d'une origine, même si, bien sûr, c'est le résultat d'une éducation.

Les rares fois où je suis le partenaire du senseï montrant un enchaînement, j'éprouve au-delà de sa technicité une espèce de présence singulière, certains diraient un charisme, d'autres un champ d'ondes, une présence donc qui est très loin d'une simple subjectivité, une puissance dont le regard et l'énergie me traversent et me déplacent hors de moi-même, comme si je devenais une simple objectivité qui pour tenir sa place doit s'oublier totalement en laissant faire le corps-livre. Sinon que nos deux livres ne contiennent pas le même savoir, un abîme les sépare.

Lorsque je m'entraîne avec Fabrice, d'un gabarit semblable au mien, et que nous enchaînons des kihons kumités, si mon travail consiste à lancer un poing, un yaku, pour le frapper au thorax ou au visage, et si son travail consiste à détourner ce coup par un geste de défense, j'ai beau y mettre tout mon élan, mon poids, toute ma stabilité, ma force, ma technique, son age-uké ou son uchi-uké ne font pas que détourner mon poing, c'est tout mon bras jusqu'à la coiffe de l'épaule qui vibre et qui s'envole, comme si une barre de fer me l'arrachait.

Ce résultat et cette sensation ne sont en rien l'effet d'une prodigieuse musculature qu'il a plus sèche et maigre que la mienne. Je retrouve chez lui ce que j'éprouvais en travaillant avec le maître japonais. Ce n'est pas de la force musculaire, c'est une énergie des nerfs que vient décupler une technique parfaite. Rien dans son gabarit ne permet de visualiser une telle puissance, une telle cohérence corporelle. Je sais d'où elle vient. D'un ancrage profond dans le sol, d'un équilibre exact dans toutes les phases du mouvement, et d'une distance toujours adéquate à l'adversaire. Je lis et j'interprète parfaitement ce qui a lieu. Le reproduire dans la sensation et l'efficience est tout autre chose.

Ce que j'éprouve, moi qui en cet instant demeure un fils et un élève, c'est qu'entre mon karaté et celui du senseï ou de Fabrice, ce n'est pas une différence de degré mais bien de nature. Ils *sont* le karaté, dans l'instant juste, le rythme parfait et une cohérence de l'ensemble du corps qui en font des monolithes ancrés dans la terre, et souples à la fois, justement pour cela d'une vitesse et d'une dynamique désarmantes. C'est évidemment une joie de travailler avec eux, tant ils dévoilent l'infini des possibles qui m'attend, mais ils sont aussi le rappel que j'ai manqué ces dix années de l'enfance qui m'auraient peut-être permis d'incarner cet art avec la même simplicité du corps instruit, du corps-livre.

L'âge adulte a introduit trop de pensée réflexive, trop de rationalité dans mon apprentissage. S'abandonner sans question, sans distance, à l'imitation patiente et irréfléchie, embrasser le mouvement pour lui-même, faire et répéter les gestes dans le processus même de la croissance appartient à l'enfance, au point d'en devenir la croissance même de l'être, consubstantiellement. Ainsi mon karaté me semble insuffisamment instinctif, insuffisamment intuitif. La trentaine approchant, les muscles se sont noués et articulés trop tard dans le montage et la technicité de mes gestes pour qu'ils aient le naturel de la marche ou de la course à pied. C'est évidemment dans les appuis qui garantissent dynamique et puissance, mais aussi dans la plasticité nécessaire au combat, que le déficit se creuse. Il aurait suffi qu'entre mes sept et vingt ans…

On ne repasse pas les plats. Mon corps, mon esprit que le temps traverse sont une sorte de boîte noire qui enregistre implacablement mes durées vécues, rien ne s'oublie dans les plis et les replis de l'existence, écrit Bergson, ni les acquis ni les manques.

Pourrait-on imaginer que survenir tard dans un univers de formes suscite d'autres aptitudes qui joueraient comme autant de compensations ?

À la manière d'Albertine qui, de famille modeste, découvrant tard les formes esthétiques, devient pour Marcel, dans la *Recherche du temps perdu*, celle dont le jugement esthétique est le plus sûr ? Alors que lui-même est né dans un milieu où l'architecture, le mobilier, les œuvres accrochées sur les murs, les habits, les gestes, le langage se devaient d'être beaux et l'environnaient justement comme une nature, une origine, un étant donné ?

À la manière d'un Kandinsky, professeur d'économie, qui se met à peindre à l'âge de trente ans ?

À la manière d'un Supervielle qui se met à écrire à l'âge de cinquante ans ?

Je n'ai pas de réponse, éprouvant cependant que le corps recèle malgré tout moins de plasticité que la pensée. Mais enfin, qu'importe. Le travail se poursuit quotidiennement et la magie opère. Celle de sensations toujours nouvelles, d'une autre intelligence technique qui s'élabore à mesure, tant les arts martiaux accompagnent tout autant qu'ils accomplissent chaque âge de la vie.

*

C'est pourtant ce manque initial, cette faiblesse d'Achille au talon qui m'a déterminé, père devenu, à transmettre à mes quatre enfants ce qui ne pouvait ni se dire ni se décrire mais qui devait se vivre.

Deux chemins s'offraient à moi pour les conduire vers l'expérience qui serait aussi une connaissance et un fondement. L'aménagement d'un dojo dans la maison, qui permettrait d'y enseigner le karaté chaque semaine. Et la marche en montagne chaque été.

Le fait de gravir des cols, même si l'on s'en tient à des sommets qui ne dépassent pas les 3 500 m, consiste bien à faire le geste, à trouver l'énergie et la résolution de mettre un pied devant l'autre alors qu'on affronte un dénivelé positif de 1 500 m. Mais ces marches parfois harassantes, qui réclament toute l'énergie et réalisent la puissance, offraient aussi d'explorer et de contempler d'infinis paysages au rythme de nos pas et de notre respiration, chacun avançant dans la beauté du monde, les sommets dévoilant des points de vue bouleversants à 360° dans le regard fasciné de mes enfants alors âgés de cinq ans.

L'un des souvenirs les plus saisissants est cette marche qui nous conduisit, l'été 2012, celui de la mort de Robert, au sommet du plus haut volcan d'Indonésie, le Rinjani, dans l'île de Lombok, à 3 800 m d'altitude. Trois jours sont nécessaires pour accomplir cette randonnée, le volcan étant constitué de deux cratères nécessitant l'escalade puis la descente d'un premier versant avant l'escalade d'un second versant.

Le premier soir, alors que nous venons de parcourir un premier dénivelé positif de 2 200 m, qu'un tapis nuageux se forme à nos pieds, d'un blanc cotonneux si dense qu'on a le sentiment voluptueux de pouvoir s'y allonger, que nous contemplons le soleil couchant sur l'archipel indonésien, baignés de cette lumière dorée aux accents mauve orangé, distinguant au loin, qui émergeait de ce tapis de velours blanc, le sommet du volcan de Bali à 3 000 m, mon fils aîné, alors âgé de seize ans, se tourne vers moi et demande, sur un ton où affleurait un agacement sinon une colère

Mais, papa, pourquoi tu nous fais faire des choses aussi dures ?

C'était une question parfaite, surgie au moment le plus inattendu, devant un spectacle, un tableau jamais entrevu sous les latitudes tempérées des sommets français. C'était en cet instant de contemplation ardente, envahi d'un sentiment du sublime propre à la beauté qui nous submerge, une véritable question philosophique, plus précisément métaphysique, sans doute. J'en demeurai interdit de longues secondes, moi qui pensais, à tort, que cette beauté foudroyante suffisait, en soi, à l'énergie engagée. Mais ce n'était pas sur la question de la beauté et du sublime que j'étais interpellé par mon fils, mais bien sur celle de l'énergie dépensée, de la nécessité ou non de faire le geste. Le défi que posait la question se situait en cet endroit

Pour que vous sachiez que vous êtes capables de faire de grandes choses. Que vous en soyez convaincus !

Ce fut la seule réponse que je pus formuler. Afin que mon fils aîné s'approprie pour lui-même, sans doute, l'effort extrême qui lui avait été demandé. D'autant que le guide, considérant le jeune âge de mes trois autres enfants, souhaitait en rester là de l'escapade et m'avait proposé de redescendre sagement au camp de base le lendemain matin. Ce que j'avais refusé. Cette réponse me semblait pourtant trop courte, trop pauvre, mais saisi par la question, je ne parvenais pas à mieux développer ma réponse, ce que je fis le soir suivant. Elle parut cependant suffire à l'aîné pour qu'il s'abandonne alors à l'instant présent.

Ainsi, accomplir de grandes choses pouvait s'apparenter à un travail, à l'engagement âpre et physique de gestes offrant seuls l'accès à la beauté, celle même qui sème l'effroi et le saisissement, tant elle nous excède. Non pas qu'il faille répéter ici un modèle ascétique et religieux, la récompense ne survenant qu'à la suite de l'effort et, pourquoi pas, de la souffrance. C'était plutôt qu'il s'agissait d'une joie de la beauté ne se découvrant que dans la durée de la marche, un dévoilement qui s'incarne *par* et *dans* son propre corps, selon son mouvement et son rythme.

L'effort suscité par le rude dénivelé contraignait à considérer chacun de nos pas, chacune de nos respirations. Nous étions précipités dans notre présent quand il fusionne avec notre présence charnelle et musculaire, quand nous devenons chacun de ces pas. Et qu'alors un récit, une narration, une musique consubstantielle à notre marche monte et s'élabore dans l'imprévisible dépliage des lumières, des couleurs et des roches. Le travail, en somme, d'une appropriation et d'une actualisation intime de cette géographie qui devient chair et qui devient nôtre.

Visionner sur un écran ce qu'ils avaient alors sous leurs pas et sous leurs yeux ou même contempler en présence ce paysage après qu'un hélicoptère les y eût déposés n'aurait aucunement pu se substituer à ce qu'ils éprouvaient alors. Voilà le fourvoiement essentiel et contemporain de notre relation machinique au monde, et qui nous en exclut. Ce qu'Anders nomme notre « honte prométhéenne ». C'était cela que je n'avais pu répondre, interpellé par mon fils aîné dans le vif d'une parole soudaine et imprévisible. Mes trois autres enfants, âgés de onze et douze ans, semblaient juste habités par une joie plus intuitive que leur procuraient la lumière et l'immensité, c'était une résonance plus instinctive à ce qui les baignait, agités, soulevés qu'ils étaient d'une fièvre géographique.

Le second jour s'ouvre sur un dénivelé négatif de 1000 m dans la lumière de l'aube, pour atteindre le sol intérieur du premier cratère, où nous nageons dans une eau volcanique et chaude qui nous plonge à contretemps dans une douce torpeur. Avant que d'affronter de nouveau, sous le soleil de midi, un dénivelé positif de 2000 m, la pente ressemblant trop souvent à un mur... On établit le nouveau campement à 3 000 m. Le paysage est devenu plus aérien et plus irréel encore, comme si l'on s'était extrait d'un avion en plein vol afin de fouler le ciel et son tapis de coton, dans une lumière si pure et une palette de couleurs au couchant dont on pourrait inhaler les pigments.

L'effort de la veille parut modeste au regard de cet harassant deuxième jour. Sans pour autant, cette fois, poser question. Ils étaient assis, la bande des quatre, sur une ligne de crête, en surplomb du second volcan qui dévalait jusqu'au fond du premier, d'où s'exhalaient en filets de brume douceâtre les eaux chaudes et soufrées. Mais à 3 000 m, le regard franchissait le versant du premier volcan où ils avaient séjourné la veille, ils arpentaient en silence, tels des anges ou des dieux, le plafond nuageux d'un velouté poudreux qui se coagulait à leurs pieds, tandis qu'ils se diluaient, les quatre, par les yeux, dans une gamme colorée qui poussait l'âme vers l'incandescence. Sans un mot. Hypnotisés.

Le troisième jour, c'est à 2 h 30 du matin qu'on dut se mettre en marche pour franchir les derniers 800 m. Rendez-vous était pris avec le soleil qui lèverait le voile à 6 heures sur l'archipel et l'océan Indien, à l'infini d'une vue à 360°. Plus de trois heures pour ce court dénivelé semblait bien suffisant. Sinon que nous progressions, frissonnants, dans une température proche de zéro, foulant à la lueur des torches un sable volcanique qui nous ensevelissait à mesure, devant faire trois pas pour avancer d'un seul. La nuit, le froid, les corps fantomatiques dans la poussière grise traversée du faisceau des lampes conféraient à la scène une irréalité absurde qui ajoutait à la fatigue et à l'asphyxie.

Progresser sur ce sol entre deux abîmes, sur cette ligne de crête dont il ne fallait jamais se départir, devint bientôt une épreuve où tout manquait, où tout se dérobait : les appuis, les jambes, le souffle, l'entêtement, la résolution. Du moins pour moi à la traîne des enfants. Quand je parvins au sommet, en retard sur le soleil et titubant dans la lumière, l'un de mes quatre, le plus jeune, assis sur une roche de lave rouge, au bord de l'immensité ouverte aux quatre points cardinaux, pointant de l'index le cadran de sa montre, m'apostropha avec un sourire radieux Ça fait vingt minutes qu'on t'attend, papa !

L'air glacé emplissait les poumons, le soleil incendiait les couleurs, le vent bousculait nos silhouettes ivres d'espace, on se tenait sur le radeau du ciel, secoués d'un rire incoercible

C'est ça, le monde ?

Oui, ce pouvait l'être.

Quand nous quittâmes à regret le plafond du ciel indonésien, dans les couleurs mûries d'un implacable soleil de 7 heures, il fallut d'une seule traite parcourir cette fois un dénivelé négatif de 3 800 m afin de rejoindre le camp de base. Les 800 premiers mètres de sable volcanique offrirent, de par leur souplesse et le degré de la pente, d'y faire des bonds de cabri qui finirent d'euphoriser, dans l'irradiante et indicible beauté, ma fille et mes trois garçons gesticulants. La descente d'un seul trait, où le regard était en surplomb et non plus enveloppé dans le paysage, permit d'appréhender au gré des altitudes la variété des sols et de la flore, la forêt tropicale succédant au désert volcanique avant de laisser place à une sorte de savane puis de lande.

Lorsque, de retour au campement, nous nous hissâmes, engourdis de fatigue, dans la benne du camion qui devait nous rendre à la ville côtière, nous calant ensemble entre les sacs, le dos contre la paroi de métal, nous nous accordâmes non pas dans la parole mais dans un silence plein, chacun s'entretenant avec lui-même de ce qu'il avait vécu, assis à l'embouchure du fleuve de ses sensations acquises. Seuls les sourires persistants et les regards complices trahissaient notre état, l'expérience avait eu lieu, elle participerait à la croissance des tissus et de l'âme, telle une ressource inaliénable.

*

N'ayant jamais connu, enfant et adolescent, la montagne que l'hiver, couverte d'une neige immaculée qui me fascinait et m'émerveille encore aujourd'hui, je me demandais si ces marches que j'avais instaurées avec mes propres enfants, dès leur plus jeune âge, n'étaient pas une façon d'explorer aussi cette part d'ombre dans l'univers de mon père. Car si Robert évoquait longuement et volontiers ces moments heureux, suscitant chez ma mère et moi-même le désir de marcher en montagne, l'enfant que j'étais savait aussi, Andrée plus encore, que ces moments intenses appartenaient pour Robert à une époque révolue, telle une chambre condamnée dans laquelle on n'entrerait plus.

L'accident à moto de l'ami René avait brutalement interrompu leurs courses en montagne, il n'y retournerait pas sans lui, même avec son amoureuse et son fils. La montagne, l'été, n'appartenait ainsi qu'au récit enfiévré de mon père, mais n'avait même jamais été approchée en cette saison durant les vacances familiales, qui demeurèrent résolument océaniques, Andrée redevenue naïade dans l'onde bleutée, moi carambolant inlassablement dans les vagues, engageant avec elles d'épiques combats, Robert, qui ne savait pas nager, se languissant probablement d'ennui sur ce sable horizontal, pénétré malgré tout par la vision de cette amoureuse que la nage et les effluves iodés de l'horizon marin ressuscitaient pleinement.

Toujours est-il que je compris, adulte et père, emmenant mes propres enfants dans ces longues marches estivales, combien la parenté était forte entre cette activité et celle des arts martiaux, et combien il s'agissait d'être dans un mouvement qui était sa propre fin, sans reste et sans objet autre que lui-même, ce qu'Aristote nomme l'action, qui n'a lieu qu'au présent, un moment unique qui exhausse le sens et la joie, et révèle à l'être son énergie et sa puissance d'être[28].

Quant à la transmission du karaté et par le karaté, l'entreprise se révélait beaucoup plus difficile. Elle nécessitait une pratique régulière dans une durée longue où les gestes à engager n'auraient nullement l'évidence naturelle de la marche, aussi âpre qu'elle soit en montagne.

Des gestes qui devraient être appris, inlassablement répétés, ainsi que leur syntaxe, leurs rythmes et leur articulation aux gestes de l'autre. Plus rien n'allait de soi, la position des pieds, l'angle et le verrouillage des appuis, le placement du bassin, la mobilisation du ventre, la posture de la tête, le relâchement des épaules, les multiples usages du pied, du genou, du coude, de la main ouverte ou du poing fermé, tout devrait être enseigné, au détail près.

C'était l'écriture du corps-livre qu'il faudrait entreprendre. Sachant que les premiers chapitres rédigés dans l'enfance constitueraient la croissance même de leur géographie neurologique. Leur corps d'adulte demeurant ouvert sur de nouvelles pages blanches qu'ils pourraient noircir tout au long de l'existence. En réserve. À portée. Tel le recours possible d'un bonheur au présent, dans une recherche dont ils auraient les clés. Seuls dans le kata. À deux dans le combat et la conversation.

Il y eut des lenteurs, des inerties, des découragements, des résistances, des malentendus, des erreurs pédagogiques aussi… Notamment quand je n'eus pas la présence d'esprit d'expliquer suffisamment aux enfants combien le combat était une maïeutique, un dialogue dont l'enjeu n'était pas de gagner mais d'actualiser pour chacun d'eux leur puissance et leur énergie, au regard d'un art. Ce pourquoi ils en ressortiraient tous gagnants, pourvus d'un corps plus érudit, chacun à sa mesure et selon son être du moment. Ainsi, quand l'un d'entre eux perdait face à l'autre trop nettement le combat, pensait-il son père comme le metteur en scène de son humiliation… Un sentiment dont, à tort, je n'avais pas le moindre soupçon, aveuglé par ce qui m'apparaissait comme une évidence socratique que je partageais avec eux.

L'aîné, un moment, emprunta le chemin de la danse, mais le karaté n'était-il pas une certaine pratique de la danse ? Ma fille s'esquiva très tôt vers l'apprentissage du trapèze et de ses figures, mais n'était-ce pas une façon autre d'explorer les sensations qu'il s'agissait de transmettre, sans pour elle la moindre peur du vide qui m'avait tellement entravé ?

Entre six et quatorze ans pour les plus jeunes, entre neuf et quatorze ans pour l'aîné, le rendez-vous dans le dojo de la maison fut honoré. Advint le moment où ils s'émancipèrent de mon enseignement. Mais enfin, ils savent comment superposer présence et présent, ils savent le chemin d'un accès possible au bonheur, ils savent parcourir les inépuisables pages du corps-livre ou en écrire de nouvelles.

Aujourd'hui qu'ils sont de jeunes adultes, que je ne peux suivre leur cadence ni me tenir dans leur sillage, je me réjouis de les voir disparaître, gravir si promptement les versants montagneux d'une marche allègre, réjouis qu'ils sont eux-mêmes de déplier à la fois leur être et le paysage. Nous retrouvant tous au sommet, les uns frais et dispos, moi…

En revanche, en ce qui concerne le karaté où technique et expérience participent grandement du corps-livre, le combat, la conversation demeurent largement possibles entre nous. Chacun dans le dojo peut y tenir sa place et de sérieuses disputes, au sens étymologique, se déroulent encore, dans la joie et l'exaltation, celle de l'oubli de soi, à la recherche du geste juste, à l'extrême pointe du présent.

Notes

Indiens et cowboys

1. Cf. *Mother,* Stock, 2012, et Gallimard, Folio, n° 5801.

Errances

2. Cf. Paul Virilio, *Vitesse et Politique,* Galilée, 1977.

3. Cf. Aristote : « L'œuvre est en effet ici la fin, et l'acte est l'œuvre ; de ce fait aussi, le mot *acte*, qui est dérivé d'*œuvre*, tend vers le sens d'*entéléchie.* » *Métaphysique*, livre XI.

4. René Viénet, du groupe des Situationnistes, ne s'y est pas trompé, quand il réalise en 1973 le film *La dialectique peut-elle casser des briques ?*, détournement d'un film chinois de Hong Kong, de 1972. La caste dominante, armée de sabres, affame des paysans et les soumet sous un joug cruel et meurtrier. Lesdits paysans s'entraînent dans une école de karaté, pauvre et populaire. Puis se révoltent, affrontant le daimyo et ses samouraïs. René Viénet a réécrit l'ensemble des dialogues en les truffant de citations marxistes, présentant cette nouvelle version du film comme une propagation du matérialisme dialectique et un outil de la lutte des classes. Avec l'humour, le sérieux et la provocation mêlés dont sont capables les Situationnistes. Ainsi, les pratiques du kendo et du karaté marquent clairement

l'appartenance dans ce film « situ » à des classes sociales antagonistes.

Le vêtement de travail

5. L'inverse, en fait, d'un kimono, qui est la recherche vestimentaire japonaise la plus codée et la plus sophistiquée afin d'atteindre à une magnificence singulière.

Le combat / La conversation

6. Cf. Henri Michaux, *Plume*, Gallimard, 1963.
7. Les grades, en karaté comme en judo, relèvent d'un diplôme national obtenu devant un jury extérieur au dojo, et dont les membres sont désignés par la FFKA, la fédération officielle qui regroupe l'ensemble des arts martiaux.
8. Cf. Henri Bergson, *Matière et mémoire*, PUF, 1959, p. 281.
9. Cf. Gilles Deleuze, *Périclès et Verdi*, Minuit, 1988, p. 22.
10. Cf. Maurice Merleau-Ponty, *Phénoménologie de la perception*, Gallimard, « Quarto », 2010, p. 746.

La maison / Le dojo

11. Que ce soit la pratique des arts martiaux, du tir à l'arc, de l'art floral ou de la cérémonie du thé, qui excède le corps humain et englobe l'espace physique de la pratique et au-delà.
12. Cf. chapitre « Katas / Les textes sacrés », pp. 251-254.

Katas / Les textes sacrés

13. Si les katas sont bien des chorégraphies scellées dans une forme à peu près pérenne et canonique, l'instauration d'un canon, pour l'Ancien et le Nouveau Testament comme pour les katas, relève toujours d'un certain arbitraire historique. Mais l'établissement dudit canon s'avère pourtant nécessaire si l'on veut constituer une discipline et un enseignement destinés à durer pour les siècles à venir : « Fixer un canon n'est pas une fin : il n'est qu'une étape préliminaire à partir de laquelle, ensuite, peut s'accomplir une exégèse, elle-même encadrée et commandée par des finalités à la fois spirituelles et pratiques, puisque c'est d'elle que dépendent la dogmatique, pour une part, c'est-à-dire l'entreprise d'unifier la croyance confessionnelle dans toutes ses dimensions, puis la catéchèse et, au niveau le plus immédiat des rituels, la liturgie et l'homilétique. » Si je cite Marc de Launay à propos de ses *Lectures philosophiques de la Bible* (Hermann, 2007), c'est qu'il s'agit pour les textes sacrés comme pour les katas d'un processus très semblable. Sinon qu'il faudrait quelque peu « laïciser » cet extrait en remplaçant « croyance confessionnelle » par « discipline corporelle et spirituelle », et « catéchèse » par « enseignement »... Mais il existe bien dans le karaté comme dans les autres arts martiaux une dogmatique, des rituels, une liturgie et une homilétique. Ce n'est plus Dieu qui en est directement ou indirectement l'inspirateur et la source, mais l'Histoire, en l'occurrence celle de l'île d'Okinawa, avant et après l'invasion des seigneurs japonais au XVIIe siècle. Comme Marc de Launay le souligne, l'établissement d'un canon a deux vertus essentielles. Celle de pouvoir constituer ensuite une exégèse, mais aussi une herméneutique, ce que sont justement les bunkaïs.

Pour ce qui est de l'exégèse, il suffit d'étudier par exemple l'histoire du kata Enpi, vol de l'hirondelle, pour s'en convaincre, sachant que ce travail d'exégèse est sans cesse à reconsidérer et à remettre sur le métier : « On dit qu'il fut introduit par le Sappushi Wanshu et pratiqué dans la région de Tomari, on croit aussi qu'il fut le résultat de l'influence du kenpo chinois et des arts martiaux d'Okinawa. Plus tard, il sera enseigné par Sanaeda, suivi de Matsumora, ces deux versions actuelles furent modifiées par Itosu et Matsumura. Funakoshi, dans son karaté-kenpo des Ryūkyū, écrit qu'il est composé de quarante mouvements paraissant confirmer qu'il s'agit d'un kata de Tomari. En shotokan, il devint Enpi lorsque les caractères de "main chinoise" », *to té*, furent changés pour *kara té*. Selon la théorie de Motobu, jusqu'au changement politique et géographique de l'époque Meïji, les deux katas, Wanshu et Rohaï, étaient seulement communs à Tomari. Ils étaient inconnus à Shuri et Naha, les deux principales écoles d'Okinawa. Maître Kiyatake du style Shorin-Ryū (influencé par le Shuri-te et le Naha-te) inclut Wanshu et Nanko parmi les katas importants dans son œuvre *Sept katas originels du style ancien*. Enpi est un des katas les plus anciens dans notre école », écrit maître Hirokazu Kanazawa, dans ses deux livres consacrés aux katas Shotokan (Éditions Shotokan Karaté International, 1981).

L'oubli de soi

14. Cf. Günther Anders, *L'Obsolescence de l'homme*, tome 2, Fario, 2011, p. 74.

15. C'est la réponse de Merleau-Ponty à Descartes. Non pas « je pense donc je suis », mais « je pense *quelque chose*, donc je suis ».

Écrire

16. Cf. Claude Leroy, *La Main de Cendrars. Orion manchot*, Presses universitaires du Septentrion, 1995. Mais également, entre autres : *Dans l'atelier de Cendrars*, Honoré Champion, 2011 ; et l'établissement de l'œuvre complète de Cendrars dans la collection « La Pléiade », Gallimard, 2017.

17. Cf. Henri Michaux, *Passages*, Gallimard, 1963, p. 197.

18. Cf. Charles Péguy, *Clio,* Gallimard, 1931.

La main

19. Que ce soit chez Aristote, Hegel, Heidegger, Merleau-Ponty, Derrida, entre autres.

20. Cf. Friedrich Hegel, *La Phénoménologie de l'esprit*, tome 1, trad. Jean Hyppolite, Montaigne, 1941, p. 261 : « Elle est après l'organe de la parole le meilleur moyen par lequel l'homme parvient à se manifester et à s'actualiser [...] On peut dire d'elle qu'elle *est* ce que l'homme fait. »

21. Cf. Martin Heidegger, *Qu'appelle-t-on penser ?*, PUF, 1959, p. 90 : « Les gestes de la main transparaissent partout dans le langage et avec la plus grande pureté lorsque l'homme parle en se taisant. »

22. Cf. Friedrich Hegel, *op. cit.*, p. 262 : « L'individu aura sa manifestation et son extériorité en premier lieu dans sa bouche, dans sa main, dans sa voix, dans son écriture. »

23. Cf. Jacques Derrida, *Heidegger et la question*, Flammarion, « Champs », 1990, p. 190.

24. Cf. Martin Heidegger, *op. cit.*, p. 90 : « La main offre et reçoit, et non seulement les choses, car elle-même s'offre et se reçoit. »

25. Cf. Friedrich Hegel, *op. cit.*, p. 261 : la main, cet « organe de l'activité [qui] est aussi bien un être que le processus d'opérer ».

26. Cf. Martin Heidegger, *op. cit.*, p. 90 : « Ce n'est qu'autant que l'homme parle qu'il pense et non l'inverse, comme la métaphysique le croit encore. »

27. « Ce même langage, en tant que recevant une existence plus fixe et plus solide que celle qu'il avait par la voix, il devient écriture et plus précisément écriture *manuscrite* », souligne Hegel, à une époque où la machine à écrire n'existe pas encore mais où l'imprimerie existe déjà. Cette insistance à propos de l'écriture à la main est reprise par Heidegger de façon plus radicale en un temps où la machine à écrire est devenue un outil ordinaire. Cf. Martin Heidegger, *Parménide*, trad. Thomas Piel, Gallimard, 2010. Il insiste en ce sens : « La machine à écrire tend à détruire le mot : elle arrache l'écriture au domaine essentiel de la main, c'est-à-dire du mot, de la parole. » Et il poursuit ainsi, montrant le tissage premier et fondateur de la parole, du mot et de la main : « La machine à écrire menace en tous cas ce qui, dans la main, garde la parole ou garde, pour la parole, le rapport de l'être à l'homme et de l'homme aux étants. »

Transmettre

28. *Énergie* et *puissance* qu'il ne faudrait pas confondre avec *avoir* et *pouvoir*. Cf. Aristote, *Métaphysique*, VIII (1049b-1051a) et IX (1065b-1066a).

Remerciements

À Valérie, sans qui l'idée même de ce livre n'aurait pas existée et qu'elle a infusée de tout son élan et de son énergie.

À Alice, pour ses inlassables lectures, ses critiques toujours justes, qui a sans faille accompagné ce livre jusqu'à sa fin.

À Manuel, qui m'a toujours assuré de son regard et de sa confiance dans ce projet.

Aux élèves du SIK, qui font vivre sincèrement et fidèlement ce dojo qui m'est si cher.

À Monique, la gardienne du temple.

À Emmanuel, qui veille au grain sur l'océan des mots.

Table

Cet ouvrage a été composé
par PCA
et achevé d'imprimer en France
par CPI BRODARD & TAUPIN (72200 La Flèche)
pour le compte des Éditions Stock
21, rue du Montparnasse, 75006 Paris
en août 2023

PAPIER CERTIFIÉ

Stock s'engage pour l'environnement en réduisant l'empreinte carbone de ses livres. Celle de cet exemplaire est de :
450 g éq. CO_2
Rendez-vous sur www.editions-stock-durable.fr

Imprimé en France

Dépôt légal : août 2023
N° d'édition : 01 - N° d'impression : 3053506
75-51-3221/2